實戰智慧館 341 李仁芳 策劃

尋找下一支飆股

Finding the Next Starbucks

How to Identify and Invest in the Hot Stocks of Tomorrow

by

Michael Moe

麥克・莫伊 著

韓文正 譯

實戰智慧館 341

尋找下一支飆股

作　　者——麥克・莫伊 (Michael Moe)
譯　　者——韓文正
封面設計——黃聖文
編　　輯——曹　堤
主　　編——林麗雪
副總編輯——吳家恆
財經企管叢書總編輯——吳程遠
策　　劃——李仁芳博士
發 行 人——王榮文
出版發行——遠流出版事業股份有限公司
臺北市 100 南昌路二段 81 號 6 樓
郵撥／ 0189456-1
電話／ 2392-6899　傳真／ 2392-6658

著作權顧問——蕭雄淋律師
法律顧問——王秀哲律師・董安丹律師
排　　版——凱立國際資訊股份有限公司

2008 年 2 月 1 日 初版一刷
行政院新聞局局版臺業字第 1295 號

新台幣售價 380 元（缺頁或破損的書，請寄回更換）

ISBN 978-957-32-6232-9

YLib 遠流博識網
http://www.ylib.com E-mail: ylib@ylib.com
http://www.ylib.com /ymba E-mail: ymba@ylib.com

出版緣起

王榮文

在此時此地推出《實戰智慧館》，基於下列兩個重要理由：其一，臺灣社會經濟發展已到達了面對現實強烈競爭時，迫切渴求實際指導知識的階段，以尋求贏的策略；其二，我們的商業活動，也已從國內競爭的基礎擴大到國際競爭的新領域，數十年來，歷經大大小小商戰，積存了點點滴滴的實戰經驗，也確實到了整理彙編的時刻，把這些智慧留下來，以求未來面對更嚴酷的挑戰時，能有所憑藉與突破。

我們特別強調「實戰」，因爲我們認爲唯有在面對競爭對手強而有力的挑戰與壓力之下，爲了求生、求勝而擬定的種種決策和執行過程，最值得我們珍惜。經驗來自每一場硬仗，所有的勝利成果，都是靠著參與者小心翼翼、步步爲營而得到的。我們現在與未來最需要的是腳踏實地的「行動家」，而不是缺乏實際商場作戰經驗、徒憑理想的「空想家」。

我們重視「智慧」。「智慧」是衝破難局、克敵致勝的關鍵所在。在實戰中，若缺乏智慧的導引，只恃暴虎馮河之勇，與莽夫有什麼不一樣？翻開行銷史上赫赫戰役，都是以智取勝，才能建立起榮耀的殿堂。孫子兵法云：「兵者，詭道也。」意思也明指在競爭場上，智慧的重要性與不可取代性。

《實戰智慧館》的基本精神就是提供實戰經驗，啓發經營智慧。每本書都以人人可以懂的文字語言，綜述整理，爲未來建立「中國式管理」，鋪設牢固的基礎。

遠流出版公司《實戰智慧館》將繼續選擇優良讀物呈獻給國人。一方面請專人蒐集歐、美、日最新有關這類書籍譯介出版；另一方面，約聘專家學者對國人累積的經驗智慧，作深入的整編與研究。我們希望這兩條源流並行不悖，前者汲取先進國家的智慧，作爲他山之石；後者則是強固我們經營根本的唯一門徑。今天不做，明天會後悔的事，就必須立即去做。臺灣經濟的前途，或亦繫於有心人士，一起來參與譯介或撰述，集涓滴成洪流，爲明日臺灣的繁榮共同奮鬥。

這套叢書的前五十三種，我們請到周浩正先生主持，他爲叢書開拓了可觀的視野，奠定了紮實的基礎；從第五十四種起，由蘇拾平先生主編，由於他有在傳播媒體工作的經驗，更豐實了叢書的內容；自第一一六種起，由鄭書慧先生接手主編，他個人在實務工作上有豐富的操作經驗；自第一三九種起，由政大科管所教授李仁芳博士擔任策劃，希望借重他在學界、企業界及出版界的長期工作心得，能爲叢書的未來，繼續開創「前瞻」、「深廣」與「務實」的遠景。

《實戰智慧館》

策劃者的話

李仁芳

企業人一向是社經變局的敏銳嗅覺者，更是最踏實的務實主義者。

九〇年代，意識形態的對抗雖然過去，產業戰爭的時代卻正方興未艾。

九〇年代的世界是霸權顛覆、典範轉移的年代：政治上蘇聯解體；經濟上，通用汽車（GM）、IBM虧損累累——昔日帝國威勢不再，風華盡失。

九〇年代的台灣是價值重估、資源重分配的年代：政治上，當年的嫡系一夕之間變偏房；經濟上，「大陸中國」即將成爲「海洋台灣」勃興「鉅型跨國工業公司（Giant Multinational Industrial Corporations）的關鍵槓桿因素。「大陸因子」正在改變企業集團掌控資源能力的排序——五年之內，台灣大企業的排名勢將出現嶄新次序。

企業人（追求筆直上昇精神的企業人！）如何在亂世（政治）與亂市（經濟）中求生？外在環境一片驚濤駭浪，如果未能抓準新世界的砥柱南針，在舊世界獲利最多者，在新世界將受傷最大。

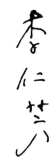

亂世浮生中，如果能堅守正確的安身立命之道，在舊世界身處權勢邊陲弱勢者，在新世界將掌控權勢舞台新中央。

《實戰智慧館》所提出的視野與觀點，綜合來看，盼望可以讓台灣、香港、大陸，乃至全球華人經濟圈的企業人，能夠在亂世中智珠在握、回歸基本，不致目眩神迷，在企業生涯與個人前程規劃中，亂了章法。

四十年篳路藍縷，八百億美元出口創匯的產業台灣（Corporate Taiwan）經驗，需要從產業史的角度記錄、分析，讓台灣產業有史爲鑑，以通古今之變，俾能鑑往知來。

《實戰智慧館》將註記環境今昔之變，詮釋組織興衰之理。加緊台灣產業史、企業史的紀錄與分析工作。從本土產業、企業發展經驗中，提煉台灣自己的組織語彙與管理思想典範。切實協助台灣產業能有史爲鑑，知興亡、知得失，並進而提升台灣乃至華人經濟圈的生產力。

我們深深確信，植根於本土經驗的經營實戰智慧是絕對無可替代的。另一方面，我們也要留心蒐集、篩選歐美日等產業先進國家，與全球產業競局的著名商戰戰役，與領軍作戰企業執行首長深具啓發性的動人事蹟，加上本叢書譯介出版，俾益我們的企業人汲取其實戰智慧，作爲自我攻錯的他山之石。

追求筆直上昇精神的企業人！無論在舊世界中，你的地位與勝負如何，在舊典範大滅絕、新秩序大勃興的九〇年代，《實戰智慧館》會是你個人前程與事業生涯規劃中極具座標參考作用的羅盤，也將是每個企業人往二十一世紀新世界的探險旅程中，協助你抓準航向，亂中求勝的正確新地圖。

【策劃者簡介】李仁芳教授，一九五一年出生於台北新莊。曾任政治大學科技管理研究所所長，輔仁大學管理學研究所所長，企管系主任，現為政大科技管理研究所教授，主授「創新管理」與「組織理論」，並擔任行政院國家發展基金創業投資審議會審議委員，交銀第一創投股份有限公司董事，經濟部工業局創意生活產業計畫共同召集人，中華民國科技管理學會理事，學學文化創意基金會董事，文化創意產業協會理事，陳茂榜工商發展基金會董事。近年研究工作重點在台灣產業史的記錄與分析。著有《管理心靈》、《7-ELEVEN 統一超商縱橫台灣》等書。

尋找下一支飆股
Finding the Next Starbucks

目錄

推薦文一

數字．願景．夢想

呂張投資團隊總監
呂宗耀

投資可以很簡單，也可以很複雜，一通電話就可下單，但對我來說這通電話値千金重，「重」在於花了多少時間了解這間公司，多年來我一直認爲這與你能在其中獲得多少報酬是呈正相關；短時間內不加思索決定投資一間公司，持有信心絕對不強，一有風吹草動必定出場，相對報酬有限，甚至以賠錢方式收場。投資是項決策不是行爲，策略的決定，需經一連串研究、思考與閱讀，蒐集各方面資訊，將策略失敗機率降到最低，獲得可預期之報酬。選擇寧靜，遠離大眾喧嘩，是我帶領團隊成員一路走來不變之定律，因爲最大報酬往往來自於乏人問津的公司，讓自己在不受外界干擾下寧靜思考一間公司所有可獲得之資訊，才能做出最佳判斷。

「數字、願景、夢想」是我走投資這條路二十多年以來，判斷公司最基本的三項重點，成就一間永續長存企業，缺一不可，沒有基本獲利數字的公司，不用談未來願景、夢想；長年以來數字上擁有穩定獲利的公司，對未來沒有任何企圖心，市場不會給予任何掌聲，股價由市場決定，自然不會給予高本益比。我一直強調本益比的重要性遠大於目前每股盈餘；換句話說，不考慮系統性風險，公司長期股價表現是決定於市場願意給它多高本益比，而不是目前的每股盈餘。

華爾街知名分析師麥克．莫伊著作《尋找下一支飆股》是作者在華爾街市場二十年來發掘許多成長潛力股包括星巴克、Google、eBay等的思考邏輯，這些邏輯讓他贏得「當代最具洞察力市場專家」美譽，當我閱讀完這本書，我決定爲此書寫序，因爲這本書點出許多台灣投資人忽略的地方，相信這本書對於在找尋投資標的時具有正面幫助，可以增加思考點，減少判斷錯誤的機率。

作者研究美國一萬多間公司挑出一九九五年至二〇〇五年間二十五支股價表現最佳股票，挑選出的公司不是重點，重點在於這些股票爲啥有這種本事，得到一共通點就是「搭上趨勢的列車」，在趨勢的前端，市場就願意給予較高的溢價（本益比）。

然而，每一間企業能成功，背後必有一個眼光遠大的創辦人，帶領企業往對的方向邁進，這也是我在投資一間公司，一定要見過「經營者」最大的原因。眼光遠大除了發揮在公司未來發展方向的遠見外，另外對於在人才的遴選方面也非常重要，奇異前總裁傑克・威爾許說：「人對了，事就對了」，一家公司首要關鍵都在人——卓越的人才，而吸引人才方面，領導人因素更佔一半以上，從微軟的比爾・蓋茲、奇異的威爾許，到蘋果的賈伯斯，可見一個優質領袖可發揮多大的威力，人才自然會吸引人才，這是一種良性循環，良性循環成就企業源源不絕的生命力。文中提出八大趨勢（知識經濟、人口結構、全球化、網際網路與委外代工會帶動市場增長，加劇競爭程度。加乘效應、企業合併和品牌則是決定產品、技術、公司、產業是否能夠成功之重要因素）是推動產業蓬勃發展最大動力，因爲在趨勢下的產業才能找到持續創造高盈餘成長商機，再以四P（人才、產品、潛力、可預測性）來挑選出其中出類拔萃的企業。

投資是一條無止境的路，不斷地閱讀擴大思考層面是必要的，唐朝諫官魏徵說過：「欲求木之長者，必固其根本。欲求流之遠者，必浚其泉源。」根越扎實，即使樹被雷擊倒了，經過一段時間，仍會重生。本書作者麥克・莫伊提出「十誡」作爲其投資哲學，每一條都是其投資時必須堅守的準則，讀者除了謹記這「十誡」之外，也應找出自己的「十誡」，我們不能將風險免除，但降低風險發生機率是我們能做的。謹記！

推薦文二

尋找明日之星的迷思

iGroup 國際出版集團顧問　樂爲良

每個做理財投資的人都渴望能找到飆股，發掘到明日之星，帶來十倍或百倍的豐厚回報；但多半我們只是想想，即使眞的去找也徒勞無功。爲什麼？因爲我們多數是散戶、是局外人、是訊息的末端接收者。就算你認眞做功課找到了，可能早有人捷足先登，價格當然也被拉到買不下手。

因此我個人不做這個夢也不妄想這件事，我採取的是穩定可靠的投資方式。簡單說就是，我選定幾支會分股利、產品市場有長期性、耐心等待合理價位或低價位進場，只要有一‧五到二成的獲利，我就出場。即使出脫後股價再漲我也不懊惱，任它而去。

這種投資法有幾個優點：

一、不賠錢，就算買進後股價下跌，我年終分到的股利也遠比銀行定存好數倍；

二、不用爲了股票耗神，把看盤的時間拿去做一些有生產力的事，你會發覺可能比股市好賺；

三、因爲選的公司、它的行業、它的經營團隊都已事前掌握，再加上低價才進場，以這幾年的經驗，沒有碰過買了之後大跌這回事。

我有時一年進出幾次，有時兩年才下個單，但必有收獲，遠遠好過定存，高於大盤。我只求這些，很理性，也很沒出息。

但話又說回來，我的工作經驗告訴我這已不簡單。我曾經在一家理財刊物做過很短暫的總編輯。我當時認爲要吸引讀者，要讓讀者閱讀後眞的有用，才是這本刊物的核心價値。因此我向發行人建議，將公司傑出的分析師組成一個圓桌論壇，每週決定買哪些股票，同時公布上週的績效，把掛單給讀者看，以示眞實與誠信。

發行人欣然接受，但幾天後她告訴我有困難，因爲分析師不管在電視上吹噓他多厲害，但實際上他們不一定長期賺錢，不一定次次都做對了，或甚至能贏過大盤。所以這件事就不了了之，當然我也因此更加確認，理財的道理簡單但操作起來卻很困難，即使你很懂技術線條，很會事後分析，但要賺到錢才算。

之後我就參考了巴菲特的理論（我替遠流出版公司翻譯了《巴菲特勝券在握II》）加上個人的心得，有了上述「很理性，也很沒出息」但一定賺錢的模式。這幾年我也安於這種方式，偶一出擊、次次獲利。

但我讀完《尋找下一支飆股》後，我的看法動搖了。第一，確實有不少潛力明星公司有待發掘；第二，本書很有系統地解釋未來之星的條件是什麼；第三，告訴你要以什麼公式去計算，要閱讀什麼樣的資訊去界定與認識像星巴克成器前的公司；第四，有哪些領域値得讀者去探索，並且提供每一領域有哪些具有潛力的企業；第五，我辛苦很多年賺來的一點錢，比不上一生只投資一支成長股、明星股、飆股。

本書另一個特點是訪問了多位美國頂尖創投家，這些人戰果輝煌，舉世皆知的一些快速成長公司如Google、eBay都經過他們之手，這些以風險爲業的人眼光與見解確實獨到、令人服氣。二〇〇三年被《富比士》雜誌封爲「點石成金」大王的科斯拉（Vinod Khosla）在書中說：「做我這一行的，輸的話頂多把本錢輸光，賺錢的話，本錢可以翻個五十甚至百倍。這有兩層涵義。首先在挑選成長股，先天就佔有一些優勢。當市場夠大，你就能從錯誤中摸索……你必須認知你不可能了解非常透徹這個事實，但比起別人，你還是領先一些。投資的過程就是從錯誤中盡快汲取經驗……只要市場的波動夠大，即使你偶爾犯錯也不至於滅頂。」

這個邏輯的層次更高，投資不能怕風險或不敢犯錯，除非你不想賺大錢。我現在覺得忙了半天只賺得小錢有什麼意思？

我很高興讀到這本書，還能與讀者分享我的投資經驗與閱讀心得。我不至於冒然就去找飆股，我還是會維持那套謹慎的操作模式，但是我會撥出一些時間，參照作者的建議以及豐富的內容，尋找明日之星。作者說：「眺望未來，觀察最有利的趨勢動向，考慮各種假設情況，就不難找出明日之星。」本書最可貴之處就在於內容豐富而實用，會改變你的投資理念。

書中提到：「有家Aspen Aerogels的公司研發出一種隔熱材質，效果比同類材料強三倍……汽車、冰箱到各種家電用品，應用範圍極廣。」「二〇〇七年將是生物燃料起飛的階段，會冒出幾款石油替代品……從上市申請遞件的資料來看，好幾家公司將浮上檯面。」「強化版發光二極體將取代所有電燈泡，包括Color Kinetics等幾家公司已推出先期產品。」「Nantero是利用奈米碳纖維製造記憶體……它能立即啓動，以這種記憶體組成的電腦可隨時啓動，不用等候，而這只是優點之一，順利的話，勢必取代所有的記憶體設備。」

是不是都有明日之星的架勢？以台灣和美國產業的連動關係，花點時間去找尋國內哪些企業可能與上述這些公司有關，說不定我們就找到了一支夢寐以求的飆股！

第1章

發掘未來之星

就我個人而言，我打算發掘下一位超級巨星！

——「美國偶像」製作人考威

很幸運，當星巴克於一九九二年股票首次公開發行（initial puplic offering, IPO）時，我是看好這家公司雄厚潛力的分析師之一，當時這家公司的市值（股價乘以股票的流通數量）僅兩億兩千萬美元。時至今日（編註：今日指二〇〇五年十二月三十一日，全書同），市值已一路狂飆，高達兩百四十億美元。

阿波羅集團（Apollo Group）於一九九四年十二月公開上市，當時市值一億一千萬美元，我也是最早追蹤並推薦這支股票的分析師之一。在一九九四到二〇〇四年間美國上市交易的眾多股票當中，這支股票的表現領先群倫，在該公司首次公開發行時投資一塊錢，到今天值八十三美元。

Google以每股八十五美元上市當天，我的公司就大力推薦。當股價衝破兩百美元，我在財經電台CNBC節目中表示，身爲全球最重要的成長型公司，Google這時的價位算是「便宜」。CNBC「有話直說」（*Squawk Box*）的主持人海尼斯頗表不屑：「住在舊金山的人才會這麼神經。」二〇〇五年十二月三十一日，股價已經攀升到四百一十五美元。

時來運轉？或許有那麼一點。靈機一動？科學分析？兩者皆有。勤奮努力？那是當然。且聽我道來。

還記得某個週四下午，那個禮拜我四處奔波拜訪公司。人在西雅圖，應該打道回府了，但還約了一家公司。朋友提過那家咖啡公司，以文學小說《白鯨記》（*Moby Dick*）中某個角色命名，恐怕沒幾個人聽過。去機場的路上，我滿腦子只想回家，差點要取消會晤，因爲這家公司似乎不大對勁。

如果你住在西雅圖，或許會認爲咖啡這一行前途無量，但在我看來，這很難搞出什麼名堂，我自己根本不喝咖啡！不過，既然星巴克公司總部位在去機場路上的五號洲際公路邊上，我想，順道去看看也無妨。

但當我一走進接待區，就感覺這裡氣氛不一樣。接待員態度親切，彷彿把我當成老朋友。執行長霍華・舒茲（Howard Schultz）親自接待，他以熱情的口吻表示，要把星巴克變成全球咖啡產業龍頭。他暢談員工的價值，強調彼此建立的夥伴關係。他堅持產品的品質，重視給顧客的感受。他描繪了一幅遠景，計劃將星巴克打造成全球最受尊崇的品牌。初次會晤，我就被深深打動。甚至開始喝咖啡！

純粹由本益比（股價P除以公司每股盈餘E，簡稱P／E）、股價／淨值比、股價比照其他餐飲同業等傳統的投資角度思考，就想不通星巴克的咖啡有何過人之處。經過這次會晤，我相信自己挖到了寶。

我憑什麼有這種印象？

明日之星

> 不要短打。目標放在場外！眼光鎖定出類拔萃的公司。
>
> ——廣告大師奧格威（David Ogilvy）

其實，還有很多類似星巴克的例子：微軟於一九八六年上市，如果當初投資一元，今天

表1.1　挑中飆股，就像挖到寶

公開發行時投入一元到 2005 年 12 月 31 日的價值

公司	公開發行年份	當年市值（百萬美元）	2005 年底的市值（億美元）	當時投資一美元到 2005 年底的價值
Wal-Mart（WMT 沃爾瑪）	1970	25	1,950	5,809
Home Depot（HD 家得寶）	1981	34	860	1,153
Microsoft（MSFT 微軟）	1986	519	2,780	374
Dell（DELL 戴爾）	1988	212	710	338
Southwest（LUV 西南航空）	1971	11	130	299
Cisco（CSCO 思科）	1990	226	1,050	274
Oracle（ORCL 甲骨文）	1986	228	630	264
Amgen（AMGN 應用分子基因公司）	1983	463	970	210
Genentech（DNA 基因科技公司）	1980	263	980	133
QUALCOMM（QCOM 高通）	1991	314	710	86
Apollo Group（APOL 阿波羅）	1994	118	110	83
Yahoo!（YHOO 雅虎）	1996	334	550	72
eBay（EBAY）	1998	715	590	58
Starbucks（SBUX 星巴克）	1992	216	230	56
Schwab（SCHW 嘉信理財）	1987	419	190	41
Guidant（GDT）	1994	247	210	18

資料來源：FactSet, ThinkEquity Partners.

會變成三百七十四元。思科（Cisco Systems）一九九〇年上市，當初投資一元，今天變成兩百七十四元。家得寶（Home Depot）於一九八一年上市，當時投資一元，現在值一千一百五十三元。雅虎一九九六年上市時投資一元，現在值七十二元（參見表1.1）。

我發現：一個公司由小變大，買它的股票會帶來豐碩的回報。我的目標就是發掘所謂的明日之星——業績成長最快、最具創新能力的公司，也就是最具爆發力的飆股。

長期來看，一家公司的股價幾乎百分之百隨著它的盈餘成長波動。盈餘成長會帶動股價上揚。同理，長期來說，盈餘成長率最高的公司就是回報率最高的公司。

不過，誠如經濟學家凱因斯（John Maynard Keynes）所說：「就長期來看，咱們都死光了！」於是，也得留意短期的陷阱。

Google、星巴克、高通（QUALCOMM）、戴爾電腦（Dell）的股價之所以表現亮麗，是有賴公司的盈餘成長迅速（參見圖1.1）。

話說回來，投資這些成長型公司，往往會看走眼，以為會是下一個星巴克的，結果只是像波士頓雞業（Boston Chicken）一樣，一夕垮台。本書的主旨，是提供一套發掘明日之星、又能免於血本無歸的模式。

成長型股票的道路上，觸目皆是半途夭折的企業。因為車速快，一旦撞到障礙，後果多半不堪設想。

波士頓雞業曾經曇花一現，隨著業績急速成長，公司開始浮濫融資，加上有瑕疵的營運模式，終於股票崩盤，市值從三十億美元跌到一文不值。我當年追蹤過這檔股票，那種慘狀至今記憶猶新。矽谷有一條定律：成功的經驗稍縱即逝，失敗的教訓刻骨銘心。我算是過來人了（參見圖1.2）。

圖1.1　盈餘成長驅動股價上揚

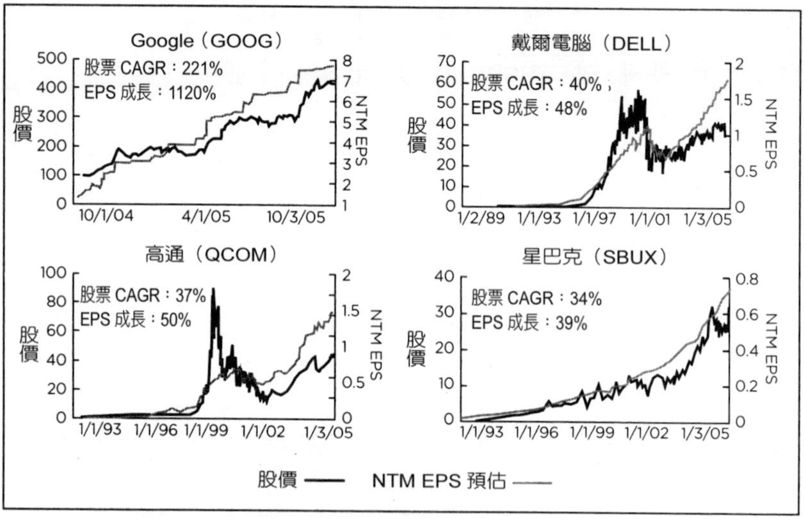

CAGR = 年平均複合成長率（Compound Annual Growth Rate）

EPS = 每股盈餘（Earnings per Share）

NTM = 接下來十二個月（Next 12 months）

資料來源：FactSet, ThinkEquity Partners.

圖1.2　股市敗將：從高峰跌到谷底

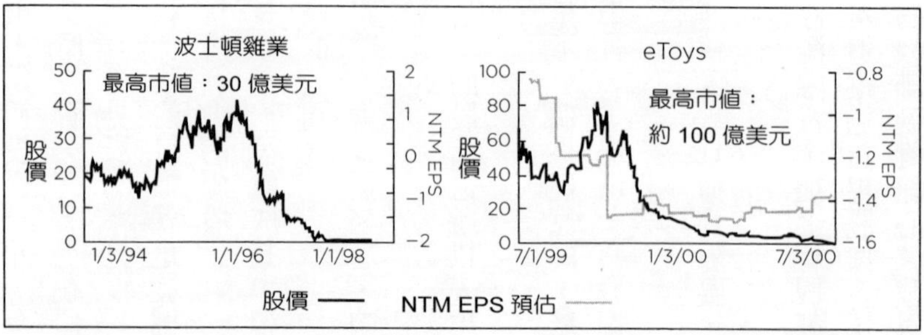

資料來源：FactSet, ThinkEquity Partners.

成長的優勢

跑得最快不一定奪冠軍，實力最強不見得會贏，但你下注的對象應該在他們身上。

——朗尼恩（Damon Runyon）

現在，就來談談我發掘明日之星的方法。

首先，讓我們界定什麼是成長型公司。大致來說，成長型公司的營收和盈餘的成長率，都遠超過同業水平。可以參考的財務指標至少包括營收成長、單位成長及盈餘成長，當然還有其他方面。

有某些人聲稱：國內生產毛額（GDP）年成長率三%到四%，超過這個比率就算成長型公司。眞是胡扯一通。

也有人拿美國股市的長期每股盈餘七%爲標竿，只要某家公司成長率超過此數，就算是成長型公司。這種說法不算離譜，但尚嫌不足。

一家很老練的投顧公司表示，成長型公司就是「本益比超過市場水平的公司」。道理在於，成長型公司的本益比較高。這種說法看似合理，其實不著邊際。好像說全壘打者就是安打紀錄最高的球員。全壘打者通常打擊率很高，成長型公司的本益比也多半超出市場水準。畢竟我們的目的是要預測誰將擊出全壘打，不是安打，個人的安打紀錄無關宏旨。

要登上成長俱樂部的殿堂，營收和盈餘的成長率需要達到怎樣的水準？

固然，成長愈快愈好，不過，成長率的最低門檻跟公司規模有關。規模越小的公司，必須成長更快，才能突顯其投資價值。一家永遠長不大的小公司，誰都沒有興趣。反之，一家公司儘管市值很高，若營業額和盈餘的成長率超出市場一截，因爲可預測性和流通性都更高，也是值得投資的成長型公司。

此外，公司的市值也得列入考慮。我認爲，市值在兩億五千萬美元以下的公司，營收成長率起碼要二十五%，盈餘成長率至少要三十%。市值兩億五千萬到十億之間，營收成長率至少兩成，盈餘成長率至少二十五%。市值十億到五十億之間，營收成長率至少十五%，盈餘成長率至少兩成。市值五十億以上的大公司，營收成長率至少一成，盈餘成長率至少十五%（參見表1.2），才算及格。

據說，有人問惡名昭彰的大盜薩坦幹嘛要搶銀行，他的答案直截了當：「因爲裡面有錢！」同樣的道理，我把焦點鎖定在成長型公司，因爲這裡潛在的報酬最高。短期而言，許多因素會導致股價波動——地緣政治事件、資金流動、利率升降、石油價格等等。長期來看，影響股價的因素只有一項——盈餘成長率！

再次強調：長期而言，一家公司的盈餘成長率和股價表現，幾乎有百分之百的連帶關

表1.2　成長型公司的資格

市值（億美元）	營收成長率	盈餘成長率
2.5 以下	25%	30%
2.5-10	20%	25%
10-50	15%	20%
50 以上	10%	15%

係。或如林區（Peter Lynch）所說：「很多人賭市場的短暫波動，但盈餘才是驅使波動的長期因素。」

成長和風險

依照世俗觀點，因做法保守而失敗，並不會丟臉，開創新局獲致成功，反而風險更大。

——經濟學家凱因斯

金融操作有一條涉及風險與報酬的金科玉律：潛在的報酬越高，「預期」的潛在風險越大。這條定律幾乎適用於各種領域：運動、教育、選擇職業、賭博、投資，也提供了許多風險與潛在報酬的可能組合。但在認同這條定律之前，要先研究一下風險在哪裡。

位於風險——報酬光譜的一個極端，是為了圖心理上的安穩而多付出一些代價。高通算是典型的藍籌股，本益比約比市場整體高出五十％，但由於盈餘成長看俏，使得其本益比顯得合理。另一個極端，是以低價買入，期望以後大撈一筆的成長股。用便宜的價格買進乏人問津的股票，公司之後回升反彈，倒也不乏現成的案例。顯而易見，採用後者這種策略得承受極大的風險，除了可能賠光老本，還可能顏面掃地。

有鑒於人類趨吉避凶、特愛面子的天性，投資者寧願以高價選購績優股，即使賠了錢，也是大家一起賠，不會單獨丟臉。

圖1.3 成長型股票的本益比和成長率對照

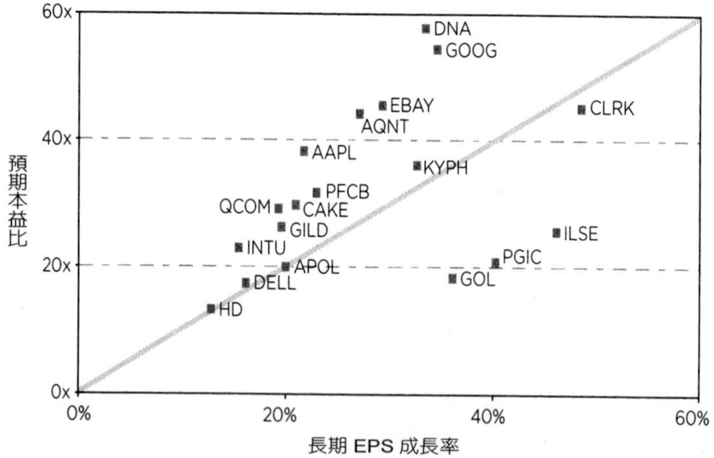

AAPL	Apple Computer(蘋果電腦)	ILSE	IntraLase
APOL	Apollo Group(阿波羅)	INTU	Intuit(財捷)
AQNT	Aquantive	ISRG	Intuitive Surgical
CAKE	The Cheesecake Factory (乳酪蛋糕工廠)	KYPH	Kyphon
		PFCB	PF Chang's(華館)
CLRK	Color Kinetics	PGIC	Progressive Gaming(創新遊戲)
DELL	Dell(戴爾)	QCOM	QUALCOMM(高通)
DNA	Genentech(基因科技公司)	RNWK	RealNetworks
EBAY	eBay	SBUX	Starbucks(星巴克)
GILD	Gilead Sciences(吉列德科技)	TFSM	24/7 Real Media
GOL	GOL Airlines	UNH	UnitedHealth Group (聯合健康)
GOOG	Google		
HD	Home Depot(家得寶)	YHOO	Yahoo!(雅虎)

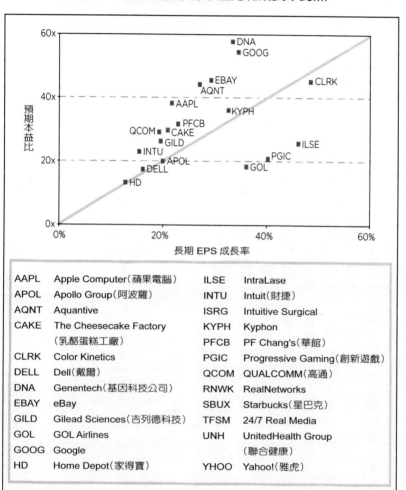

無奈的是，經驗顯示，投資人往往會陷入「績優陷阱」。一半以上的基金經理人操作績效低於大盤，他們製造績優陷阱的技倆，是把過去的輝煌變成將來的幻想，等於是利用假象來抬高身價。

許多人有種根深蒂固的想法，不惜花大錢買沃爾瑪或奇異的股票，卻不願用便宜的價格投資籍籍無名的新公司。然而，如果換個投資眼光，這種想法並不合邏輯。

舉例來說，假設有兩家公司，一家已創業五十年，規模宏大、基礎穩固，目前股價四十元，每股盈餘兩元，預期每年盈餘成長率八%；另一家是小規模的成長型公司，目前股價五十元，每股盈餘一元，預期每年盈餘成長率五十%（參見下頁表1.3）。

若從本益比的定義來看，這家大公司的本益比是二十，相較於小公司的本益比五十，以目前實現的盈餘計算，這家大公司要花二十年才能回收當初付出的買股成本，而這家小型成長公司要花五十年，前者看似比較划算。換句話說，拿累積盈餘賺回所付股價的時程，足足少了三十年。

然而，若考慮盈餘成長率，那又是另一回事了。這家大公司的年成長率八%，以累積盈餘撈本要花十二年多；小公司成長率五成，七年多就能撈本。若熬個十二年，當初以五十元買進的股票，其累積盈餘多達三百八十七元（參見二十九頁表1.4）。

即使，假設這家小公司的成長率每年滑落十%，這樣到了第十二年，成長率「僅僅」達到十六%，過了九年半可以回本，比投資大型股的保守投資者的回收期還提早兩年半（參見下頁表1.3）。當然，就如第三章針對表現最佳股票的研究顯示，我們不僅要收回本錢，還希

表1.3　盈餘勝過一切——成長的威力

年度每股盈餘						
年度	大型股		成長股		成長股	
	EPS（美元）	年成長率	EPS（美元）	年成長率	EPS（美元）	成長率逐年遞減10%
0	2.00		1.00		1.00	
1	2.16	8%	1.50	50%	1.50	50%
2	2.33	8%	2.25	50%	2.18	45%
3	2.52	8%	3.38	50%	3.06	41%
4	2.72	8%	5.06	50%	4.17	37%
5	2.94	8%	7.59	50%	5.54	33%
6	3.17	8%	11.39	50%	7.17	30%
7	3.43	8%	17.09	50%	9.08	27%
8	3.70	8%	25.63	50%	11.25	24%
9	4.00	8%	38.44	50%	13.67	22%
10	4.32	8%	57.67	50%	16.32	20%
11	4.66	8%	86.50	50%	19.16	18%
12	5.04	8%	129.75	50%	22.17	16%

編註：買一支小型成長股，即使未來成長動能逐年趨緩，12 年後的 EPS 都能高過大型股。

表1.4 累積盈餘威力更大

累積盈餘						
年度	大型股		成長股		成長股	
	EPS（美元）	年成長率	EPS（美元）	年成長率	EPS（美元）	成長率逐年遞減10%
0	2.00		1.00		1.00	
1	4.16	8%	2.50	50%	2.50	50%
2	6.49	8%	4.75	50%	4.68	45%
3	9.01	8%	8.13	50%	7.74	41%
4	11.73	8%	13.19	50%	11.91	37%
5	14.67	8%	20.78	50%	17.45	33%
6	17.85	8%	32.17	50%	24.62	30%
7	21.27	8%	49.26	50%	33.70	27%
8	24.98	8%	74.89	50%	44.95	24%
9	28.97	8%	113.33	50%	58.62	22%
10	33.29	8%	171.00	50%	74.94	20%
11	37.95	8%	257.49	50%	94.10	18%
12	42.99	8%	387.24	50%	116.27	16%

望透過盈餘成長推動股價上揚，獲得豐盛的回報。

總而言之，在運動、賭博、投資、人生各個領域，研究過去的功績效用不大。準確預期未來走向，才是獲得高額回報的竅門。巴菲特言之有理：「假使歷史書籍是通往財富的途徑，富豪榜上應該有很多圖書館職員。」

對風險和報酬的觀念，是我們追求投資良機不可或缺的基礎。在我看來，風險意味著永久性資本損失——而非短期的帳面損失——的可能性，可藉此評估公司未來的價值是否不如預期。

依照這個邏輯，我敢直接挑戰傳統思維。傳統的想法堅信：爲圖愈大的報酬，就得冒更高的風險。在我看來，只要能把握眞正上升的契機，就能獲得豐盛的回報，所付出的代價，並不見得特別高。我的目標，是找出某些價格被市場低估的股票，而不是帳面價值已充分反映的股票。除此之外，我要發掘一些「當紅產業」的股票，換言之，具有巨大潛在商機的產業。找出這種公司並不容易，但我將其視爲使命。

成長的契機—未來的金礦

要找出最具成長潛力的公司，應把目標鎖定小型股。小型股池塘的魚兒除了游得快，且同樣的成長機會，價格相對最低。爲便於說明，我按照市值（或股本）將公司大致分類：

迷你股（Nanocap）　五千萬以下

微型股（Microcap）　五千萬～兩億五千萬

小型股（Small-cap）　兩億五千萬～十億
中型股（Mid-cap）　十億～五十億
大型股（Large-cap）　五十億以上

報酬最高的投資機會，是洞燭機先，針對成長快速的公司逢低吃進。弔詭的是，大型投資機構只在乎股票交易量，以致許多明日之星成了漏網之魚。分析師對小公司（迷你股、微型股、小型股）的研究，通常與公司規模成正比。例如，那斯達克上市的公司有近四分之三的市值低於十億美金，但華爾街七大巨頭的研究報告有八十五％是針對市值十億美金以上的企業（參見圖1.4）。但獲利最驚人的操作，都是從市值十億以下，且往往低於兩千萬（迷你股），就進場佈局。

我寫這本書的目的就是要告訴你：若你打算找出明日之星，鑽研華爾街的研究報告恐怕無濟於事。華爾街的焦點都是眾人熟知的公司。要發掘明日之星，你也不必跟華爾街的高手對

圖1.4　華爾街的研究分析著重在大公司——明日之星目前都是小公司

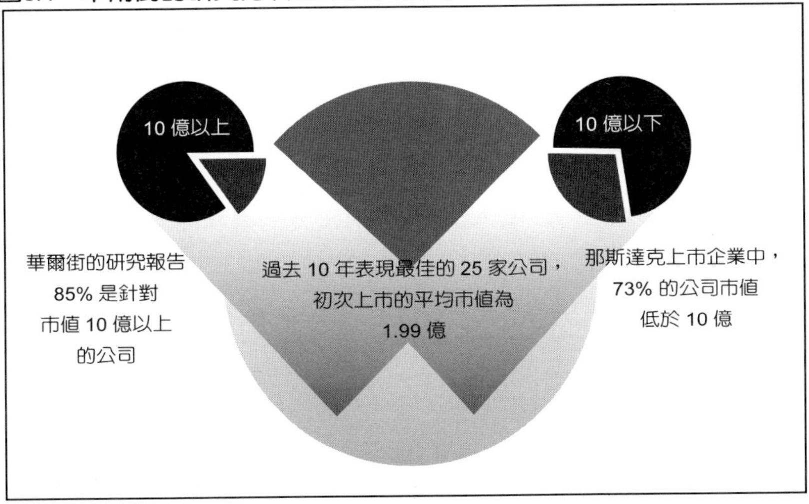
10 億以上
10 億以下
華爾街的研究報告
85% 是針對
市值 10 億以上
的公司
過去 10 年表現最佳的 25 家公司，
初次上市的平均市值為
1.99 億
那斯達克上市企業中，
73% 的公司市值
低於 10 億

作，因爲那不是他們的地盤。

華爾街極度欠缺對中小企業的分析，此處有資可證：全美公開交易的七百六十七家迷你公司當中，僅一百二十六家（十六%）有分析報告。針對微型公司的比例較高，五十八%，但仍有六百五十家無人問津。若合併統計，未被分析的迷你股加上微型股公司高達一千三百多家，相當於二十%的市值總額。即使報告中提到，多半也僅由一位分析師撰寫。

顯而易見，投資小公司的報酬豐碩。一九七三年時投資一萬元到小公司，二〇〇五年底變成一百零六萬六千零五十七美元，年平均複合報酬率達十六・三%。相較於大公司（十二萬七千九百六十三美元，八・六%）或那斯達克同時期的整體表現（二十三萬九千二百一十四美元，一〇・八%），投資小公司顯然划算多了（參見表1.5）。

所以，要鎖定能快速且持續成長的公司。發掘那些創辦不久、默默無名、成長潛力雄厚的公司，就能掌握發財的機會，除了長期的盈餘分紅，真正的巨額報酬是，人們在公司揚名立萬之後搶購而推動的股價攀升。

我們分別採了幾個時間區段，整理出最佳股票的特質。結論大致一樣。在五年和十年期間表現最佳的二十五支股票當中，初

表1.5　1973年投資小型股1萬元的獲利最佳

	2005 年的價值（美元）	年均報酬率
小型股	1,066,057	16.3%
中型股	756,864	15.0%
大型股	127,963	8.6%

期的平均市值都很低，介於一億到兩億之間。如今，這些公司許多已非常搶手，市值大漲（有些甚至變成大公司），當然也成了分析師追逐的對象。這在第三章將詳細分析。

若有正確的投資理念框架，加上一般人視成長股的風險爲畏途，反而替我們製造了更多機會。成長股的分析報告已日漸增多，訊息更爲流通，股價不像以往那樣容易波動。你可能會擔心，這批小公司名不見經傳，以後也沒什麼搞頭。或許這是我的個人偏好，就像你不會問美髮師需不需要理髮，既然你問我，我就推薦自己的專長。大樹的成長需要時間，它原本不過是一顆種子。一家跨國集團，剛開始也是小公司。每一個大企業的背後，都有一個眼光遠大的創辦人，憑著先知灼見，推出顧客愛用的產品、打造優秀的企業。一九八〇年耐吉（Nike）初次上市，市值才四億一千八百萬美元，同年創辦的聯合健康集團市值才兩千九百萬。多虧他們創辦人的遠見，公司才有今天的局面（參見三十四頁表1.6）。

要變成大企業，一家小公司需要具備哪些條件？我歸納了四點：人才（people）、產品（product）、潛力（potential）、可預測性（predictability），即所謂的四P。這是投資成長型公司的四大要素，詳情請參閱第六章。事實證明，具備雄厚潛力的小公司，就是未來的熱門人選。所謂投資，不外是在可承受的風險範圍內追求最大的回報。小公司成長成大公司，就能給你最大的回報！

表1.6 大公司的成長歷程

公司名稱	首次公開發行時間	市值（百萬美元）		股價年平均複合成長率	每股盈餘成長率
		IPO	現在		
UnitedHealth Group（聯合健康）	1984	29	79,002	33%	33%
Apple（蘋果電腦）	1980	810	59,662	12%	18%
ADP	1961	10	26,737	15%	15%
Gilead Sciences（吉列德科技）	1992	208	24,173	27%	30%
Nike（耐吉）	1980	418	22,660	15%	20%
Boston Scientific	1992	1,692	20,274	13%	15%
XTO Energy	1993	192	15,964	35%	38%
Electronic Arts	1989	59	15,834	34%	30%
Biogen	1991	109	15,030	21%	21%
Paychex	1983	61	14,732	27%	23%
Coach	2000	884	12,775	70%	50%
Express Scripts	1992	82	12,296	44%	27%
VeriSign	1998	437	5,633	20%	23%
Dollar Tree Stores	1995	294	2,571	22%	27%

資料來源：FactSet, ThinkEquity Partners.

第 2 章

複利的威力

複利是世上第八大奇蹟。

——愛因斯坦

我深信：盈餘成長是長期影響股價的因素。如此看來，事情應該很好辦，只要找出高盈餘成長的公司，就可安心坐收漁利。事實上，因爲複利的緣故，投資高成長公司的獲利往往更多。了解複利和盈餘的原理，就知道成長型股票的魅力。

複利、高盈餘成長率，加上時間，是創造豐富報酬的條件。即使短期回收率沒有很高，但是加上時間，以及複利，長期下來也會造成很大的影響。

下面說一個故事來闡釋複利的妙用。一六二六年一個叫米努伊（Peter Minuit）的荷蘭人，以相當於二十四美元的一批雜貨，向印地安人買下整座曼哈頓島。換句話說，他用今天在紐約市只夠吃頓早餐的價格，就擁有曼哈頓市區整片地皮。

在很多人看來，米努伊可眞是撿了便宜，但我只想藉此說明複利的威力。愛因斯坦稱複利是世上第八大奇蹟，再加上第九大奇蹟**HP 12C**（惠普公司推出的財務計算機），我們可以算算這筆交易到底有多划算。

很顯然，最關鍵的變數，是用來計算那二十四美元的利率。換言之，若把同樣的錢投資到別處，又能賺多少？

而且，利率五%和十%所產生的回收，隨著時間遞增累進，差別可不只一倍而已。二十四美元以五%利率計算，三百八十年後的今天會變成二十七億美元。二〇〇〇年洛克菲勒中心以十八億五千萬脫手，相較之下，米努伊付的價錢眞是太便宜了。如果利率是十%，結果則是利率五%結果的四千五百萬倍！試算如下：

一六二六年買下曼哈頓的價格　二十四元

以年利率五%算到今天的價值　二十七億
以年利率七．五%算到今天的價值　二十．七兆
以年利率十%算到今天的價值　一百二十八．七千兆
二〇〇〇年洛克菲勒中心的售價　十八．五億
美國股市總市值　十五．五兆

我的投資理念的基礎是，長期而言，股價和盈餘的關連絕對密不可分。所以，我的目標是找出高盈餘且持續成長的公司，運用複利理論來滾錢。

在投資領域，很少股票能達到米努伊買地的報酬率。微軟算是極少的特例，上市最初的市值僅五億美元，目前接近三千億美元，在過去二十年間，年均盈餘漲幅約四成。

問題在於，企業不可能永遠維持如此驚人的漲幅，成長率會隨著規模擴大而遞減。過去十年內共一萬兩千多家公司當中，盈餘漲幅都能維持在兩成以上，只有區區六家而已（參見表2.1）。

表2.1　萬中選六！　（EPS成長率%）

1萬2千多家公司中，過去10年每年EPS漲幅都能維持二成以上，只有六家

公　　司	1996	1997	1998	1999	2000	2001	2002	2003	2004	2005
Apollo Group（阿波羅）	66	61	51	33	28	30	40	55	45	25
Bed Bath & Beyond	30	37	32	31	32	32	26	37	28	29
Capital One	32	22	21	41	31	30	30	35	25	27
NVR	95	63	31	126	81	70	63	44	34	37
Ryland Group	148	59	107	54	37	57	44	37	39	42
Starbucks（星巴克）	67	20	33	25	30	29	37	20	22	42

資料來源：Company SEC filings, ThinkEquity Partners。

七十二定律

運用「七十二定律」，足以顯示複利的威力，這可是哈佛商學院沒有教的。我認爲，HP 12C顯示了數學神奇的一面，七十二定律只是簡單的算術，一般人都能掌握。規則如下：七十二除以利率，答案就是能讓本金翻倍的年數。假設利率九%，一塊變兩塊需耗時八年（72÷9=8）。若利率十二%，六年就能翻一倍（72÷12=6）。換個角度，若一家公司的盈餘成長率十五%，本益比穩定持平，其股價約五年就能翻一倍；若盈餘成長率二十五%且本益比持平，股價約三年就能翻倍（參見表2.2）。

假設你有一檔基金，三十年來投資報酬率三%，對照投資報酬率十二%（過去八十年小型股的平均收益），三十年後，後者累積的收益是前者的十二倍。

換句話說，投資一家盈餘成長率二十五%的公司，十年之後，假設本益比持平，股價翻了將近十倍。

表2.2　七十二定律

利率	本金翻倍需要時間（年）	30 年後 1 美元的價值
3%	24	2.43
6%	12	5.74
9%	8	13.27
12%	6	29.96
15%	5	66.21
25%	3	807.79

一分還是一萬？

下面再舉個例子，顯示翻倍的效應驚人無比。假設你找到一份顧問工作，爲期一個月，現在老闆提供兩種薪水計算方式讓你挑選：週薪一萬，或上班第一天一分錢，之後每天翻倍直到最後一天。你會選擇哪一種？

我們來實際計算一下，哪一種方式較划算。若週薪一萬，月薪頂多四萬。若另一種方式，第一天一分，第二天兩分，第三天四分，第四天八分，依此類推。到了第三十一天，累計所得將高達兩千多萬！成長的威力由此可見（參見圖2.1）。

圖2.1 翻倍的效應

你要第一天一分，逐日翻倍，還是週薪一萬？

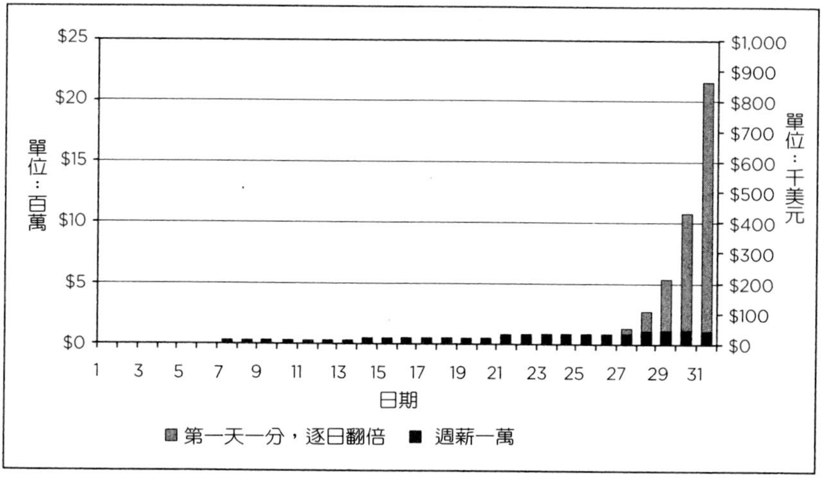

資料來源：FactSet, ThinkEquity Partners.

賠錢的算法——負面效應

> 有老練的駕駛，也有勇猛的駕駛，但沒有既老練又勇猛的駕駛。
>
> ——佚名

當報酬率是正的，複利固然很好，若報酬率是負的，下場也會很慘。爲了說明起見，我們假設有兩檔基金投資組合。

一是甲基金，平均本益比無關緊要，每年投資股票的汰換率百分之兩千。由於持股變化過於頻繁，很難判定前十名股票，只好換個角度，注意哪些股票每天迭創新高。

二是乙基金，專注投資本身熟悉的產業，挑選成長率二十%以上、獲利率高、營業額和利潤前景明朗的龍頭公司。

兩檔基金都在年初以十萬美元起家，甲基金頭一年增加了百分之百，隔年跌了三成。乙基金每年成長兩成。你認爲到了第二年底，哪個基金績效較好（參見表2.3）？

投資的秘訣之一是，靠獲利在一段期間內不斷翻滾。不過，若中途突然賠錢，事情就很棘手。譬如，當季業績滑落五十%，要達成預期目標，下一季必須成長百分之百，才能彌補之前的損失（參見表2.4）。

假設，你在二〇〇〇年三月以每股四十三塊買進世界通訊（WorldCom），持股到二〇

表2.3　哪個基金績效較好？

基　金	開始		第一年		第二年
	組合價值	報酬率	組合價值	報酬率	組合價值
甲基金	10 萬美元	100%	20 萬美元	-30%	14 萬美元
乙基金	10 萬美元	20%	12 萬美元	20%	14.4 萬美元

答案：乙基金。

〇二年底，那時股價已跌到一毛二。若想打平，報酬率必須達到三萬五千七百三十三%！若在二〇〇〇年三月以每股五十元買進朗訊（Lucent），如今股價在兩塊六毛徘徊，報酬率必須在一千七百八十%，才可能翻本。

投資成長型股票時，價格劇烈波動、短期收益逆轉，都是家常便飯。既然要放長線釣大魚，就得著重基本面，觀察盈餘成長率和股價是否長期維持同步。一旦發覺苗頭不對，立刻撤守，不要猶豫。若能賺個五倍、十倍，偶爾少了十個、二十個百分點還無傷大雅；如果踩到地雷，一下滑落九成，根本無法挽回。

表2.4　趁早認賠出場

跌　幅	打平所需的漲幅
-10%	11%
-20%	25%
-30%	43%
-40%	67%
-50%	100%
-60%	150%
-70%	233%
-80%	400%
-90%	900%

開疆闢土成了箭靶——倖存者坐收漁利

> 信任，但要確認。
>
> ——美國前總統雷根（Ronald Reagan）

投資成長型公司需要超乎常人的抗壓性和充分的自信。傳統觀念往往會看衰這類公司，很多「精明人」對這些股票不屑一顧。所以經常可以聽到這些說法：「從前沒人這樣搞。」「風險太高。」「既然這麼好康，那些大公司幹嘛不投入？」「本益比是行情的三倍，股價太高。」「他們沒兩下就會被對手幹掉。」「這只是一窩蜂。」「股價六個月翻了一倍，不可能繼續漲下去！」

星巴克的市值還低於十億美元的時候，我就大力推薦這檔股票，很多人笑我是傻瓜，還說：「這一行門檻太低。」「紐約人斤斤計較，誰會花五毛錢以上買杯咖啡？」「麥斯威爾很快會把他們殺個精光。」

當某一家新興公司半途夭折，而大多數的小公司命運也是如此，市場更是不留情面：「我早就料到了！」什麼眞知灼見，此時都鴉雀無聲。

沒錯，市場險惡，處處陷阱，但報酬也很驚人。

如何去蕪存菁？如何辨別優秀企業和爛公司的差異？是每個投資人的基本課題。

人云亦云的陷阱

斑馬有些特性跟組合基金經理人（我也算其中之一）好像難兄難弟。

首先，都喜歡追逐不切實際的目標。基金經理人想達到卓越的績效，斑馬只要鮮美的嫩草。

第二，都不愛冒險。基金經理人擔心被炒魷魚，斑馬生怕成了獅子的晚餐。

第三，物以類聚，集體行動。他們外表一個模樣，想法一致，總是聚在一塊兒。

如果你是斑馬，跟著一群同類，你會很關心自己在群體中的位置。當周遭環境安全無虞，最好待在外圍，才能吃到嫩草。中間草地多半被吃過，不然就是被踩爛。膽大的斑馬會在外圍，吃的比較好。

話說回來，你也得擔心獅子。站在外圍的斑馬容易被獅子吃掉，中間瘦弱的斑馬雖然吃的草比較少，卻能保全性命。

替銀行信託部門、保險公司或共同基金這些大機構打工的基金經理人，不能當外圍的斑馬，他們沒那個本錢。他們謹守一項最高原則：待在群體中央。只要一律買進績優股，橫豎不會出事。如果他原想大撈一筆而選了一檔乏人知曉的股票，一旦賠了錢，鐵定被大肆抨擊。

——華格（Ralph Wanger），《獅子王國的斑馬》（*A Zebra in Lion Country*）

「團體迷思」（groupthink）是越戰年代流行的字眼。意指一群聰明絕頂的人集思廣益做出的決定卻是其蠢無比。問題就出在，人們預先接受了某種集體「共識」，以致無法以客觀的角度權衡現實。處在團體中的人，往往身不由己，糊裡糊塗一同跳下陷阱。

以投資風險爲例。從個人的角度，所謂的投資風險，無非就是永久性的資金損失、變動程度、不確定性等等。換作集體環境，「偏離群眾共識」可能變成最大的風險。人們衡量風險的考慮，往往是不能沒面子。對於股票投資，團體迷思會驅使投資人寧願以高價購買知名的藍籌股，而不願低價投資前景看好的無名股。因爲這支股票信譽卓著、有口皆碑，於是被稱作績優股。這就像當年IBM的廣告詞：「採購IBM，可以保住你的飯碗。」

團體迷思影響投資的另一個實例，是分散投資組合。一般的見解總認爲應該分散投資，東拼西湊買各種股票，藉此降低風險，而非集中精力只買幾檔你熟悉的股票。他們不肯把雞蛋放在一個籃子裡，操作績效反而差勁。績效頂尖的投資行家，投資的標的多半很集中。

偉大的藝術品、最動聽的音樂、最美味的料理，都不是集體創作的成果。我也沒見過哪個基金的超凡績效，是由一個委員會負責操盤。預見未來的經濟走勢，肯定和目前的市場眼光有所衝突，在外人看來，只有特立獨行的分子膽敢跟大家作對。

盲目逆勢操作固然不可取，但以周密的思慮跟眾人唱反調，正是投資股市的致勝秘訣。投資成長型股票必須以客觀的角度探究成長的動力，即使牴觸一般的看法也在所不惜。這類投資者多半膽識過人。行情飆升時，他們獲利豐厚，碰到市場震盪，財富也跟著劇烈起伏。

成長的商機遍地都是。問題是，投資人如何適時確認出正在成長的公司，並且根據最新時局不斷地做出調整。

專家訪談

舒茲　星巴克創辦人兼執行長

憑著過人的遠見，舒茲把西雅圖一家默默無聞的咖啡公司，變成呼風喚雨的跨國企業，打造出最受尊崇的品牌之一。一九八七年他買下這家公司，當時只有十七家分店。如今，這家公司市值達二百四十億，分店遍佈全球。以下是我與舒茲的訪談：

莫伊：當初你做了哪些重要決定，讓星巴克有今天的局面？

舒茲：回顧發展的初期，我認爲我們有一貫的堅持，直到今天，總是先投資之後，就帶來一波成長曲線。一開始，我們就把眼光放遠，不認爲自己只是本土公司。當然，那時沒想到會擴展到一萬多家分店，但我們有願景，決定要擴大經營。我們知道要怎樣向目標邁進，包括系統整合、基礎設施、人才培訓、生產製造等各個方面，促使我們在成長攀升之前就招募人手，並進行投資。

做我們這一行，品牌形象要從內部建立。我們建立公司所憑藉的文化、價值、方針，首先會傳達給員工，再傳達給顧客。我們一開始就強調，我們希望做得比顧客期望的更好，要達到這個目標，必須先超越員工的期望。顧客之所以信賴我們，是因爲我們在員工及顧客之間培養了某種情感，藉此鞏固了品牌形象。咖啡是一種適合社交、富含浪漫情調的飲料，我們藉此打造了一個情感交流的平台，擴展到世界各個角落。

員工都希望受到尊重，顧客則希望有個安全舒適的環境，商家不能只顧賺錢，而忽略客人的感受。秉持著這個理念，本公司達到今天的規模，並遠遠超過當初的預期。

莫伊：財捷（Intuit）的老闆坎貝爾（Bill Campbell）提起過一件事。他有一回和你參加一場論壇。有人問到，公司剛創辦應該先招募哪種人才？他說是業務經理，你說是人力資源經理。他立刻改口，同意你的看法。

舒茲：是啊，當時是有人這麼問，應該先僱用哪個部門經理？我說人力資源部。在大多數的新創公司，許多人仍然不明白這一點：人力資源是公司的核心。一般的公司通常會先找業務、行銷、財務，把人事擱在一邊。我認爲應該倒過來，一開始就把人力資源置於首位，掌握最高決策權，長期來說也是如此。我們的人事主管在經營高層和董事會都有一席之地，我非常重視也願意採納他們的意見。回想創業歷程，我敢打包票，能夠吸引和留任人才，是我們成功的主因。我們總是能在適當的時機，招募到幹練的人才，因爲我們在人事方面投入大量心血，讓人事主管握有最大決策權。我們在中國大陸的發展，也完全套用美國的模式，搶先佈局投資。要達到我們希望的層次，就必須套用美國的模式。

莫伊：你如何打造未來的品牌，品牌本身能代表什麼？

舒茲：成功沒有一套固定公式，但能夠歷久不衰的品牌，必定有一貫的理念。我不喜歡人云亦云，但這些故事有一定程度屬實。如果沒有內涵，光憑著密集打廣告，只是疲勞轟炸，肯定無濟於事。如今的世界，在某些方面要成功比過去更爲困難，但另一方面也容易許多，因爲大家追求短期成效和立即的解決方案，很多問題還有待克服。現在有很多大品牌，蘋果電腦是最好的例子，iPod和顧客建立了一種情感層面的聯繫。還有耐吉、宜家家居（IKEA）和Google，他們的產品超越了消費者原本的經驗。光憑經驗還不夠，他們從消費者那裡得到某種情感的聯繫，在層次上，跟你買一包洗衣粉完全不同。

莫伊：對於貴公司或其他企業，海外市場的前景如何？

舒茲：看看《世界是平的》（*The World Is Flat*）那本書或隨便一本商業期刊雜誌，事實擺在眼前，中國與其他亞洲國家將成爲世界中心。印度和俄羅斯的情況也不遑多讓，網際網路在很多方面消除了距離的壁壘。在我看來，客戶和市場在哪裡，位於哪個國家並不是重點。對我來說，市場是個整體。要在多元化的市場順利發展，你必須盡量融入當地。但首先，你要放眼全球，不能只侷限在美國。當年進入日本市場的時候，或許我們還力有未逮。我們邊做邊學，犯了一些錯誤。但假使沒那樣做，就不會有今天的規模，我們不可能在三十七個國家開上三千家分店，也不會在適當時機進入中國。企業應該權衡何時該追逐商機，即使在準備不周下得做些必要的犧牲，但這是實現夢想的過程。

莫伊：如何守住核心，同時追求成長？

舒茲：成長往往讓人沖昏了頭，所以要有人不時瞻前顧後，以免鑄下大錯。零售店都擅長守住本業，同時精益求精。所以我們提供店內音樂、會員卡和無線上網服務。這些東西可以營造更好的環境，和咖啡本業有互補作用。既然做的是店面生意，你不能忽視顧客爲何上門，就要設法提升那種誘因。談到經營管理，這些年來我也悟出一些道理：不能同時追求太多目標，先固守本業要緊，切忌好高鶩遠。

不要操之過急，別把每個機會都當成寶。對新創公司來說，商機滿天飛，問題是你沒那個能力。很多公司開始一帆風順就得意忘形，糟蹋了品牌、得罪了顧客，導致中途夭折。

莫伊：對競爭對手有什麼看法？

舒茲：我覺得，很多公司太在乎競爭對手，太關注對方在幹嘛，妄想一舉擺脫競爭壓力。經過這些年，我們學到一點，把店內每個顧客伺候好，就是應付競爭的絕招。

莫伊：展望未來，對於你的公司或整個市場生態，有什麼事最讓你期待？

舒茲：跟其他人一樣，我對中國的崛起感到有些震驚。我目前每一季都在中國停留一個禮拜。雖然這麼說，我也要提醒：我認爲很多人去中國的心態純粹爲了淘金，跟網路泡沫沒兩樣，美夢遲早會破滅，有些人會遭殃。

莫伊：你還看好哪些領域？

舒茲：替顧客營造舒適空間的零售店面，將有新一輪的變革。除了提供用餐環境，我們還營造了一個空間——一個除了工作地點與家之外的「第三地」——其重要性不輸給咖啡本身。如何營造讓人們感到舒適的環境是零售業的趨勢，但很少人體認到這一點。人們接受新事物的速度，也出乎我的意料。我們過去花了二十多年的時間來建立星巴克的品牌。我想有鑒於資訊發達，未來人們接受新事物的速度還會更快。

莫伊：對音樂產業有什麼看法？

舒茲：星巴克是賣咖啡的實體產業，但處在今天，不能只關心經營店面。你必須靈活多變，透過各種管道維持你的知名度。

重點提示

- 複利是靠股票滾錢的秘訣。
- 盈餘成長率長期維持在二十％以上的公司，少之又少。
- 一旦苗頭不對，趁早認賠出場，才能避免血本無歸。
- 想靠股票賺大錢，你得獨立思考。

第3章

成長股的秘訣：盈餘、盈餘、盈餘

不要杵在球當前的位置，
應該滑到球即將抵達的定點。

——加拿大冰球皇帝葛瑞斯基

若只是根據以往的紀錄就可以挑選未來的明星股，事情就好辦了。無奈凡事變化萬千，鑑往知來其實問題多多。

回顧一九二五年美國的明星產業，你會發現，前一百大市值最高的公司，有二十三家屬於鐵路行業、十家經營汽車零件、四家金屬和礦冶公司。排名前一百大的公司，沒有一家資訊、醫療或金融服務業。

跳到二〇〇五年。前一百大公司只有一家是金屬礦冶，鐵路業完全消失。資訊業有二十家、金融業二十三家、醫療健保十七家（參見表3.1）。

看過去的名單其實找不出明日之星，但分析這些公司成功的原因，有助於發掘未來的明星。

超級熱門股（一九九五—二〇〇五）

爲了找出績效最佳的股票，我研究了一萬多家公司，依照投資報酬率挑出一九九五至二

表3.1　過去不見得反映未來

前一百大公司在各行業的家數		
產業別	1925	2005
鐵路	23	0
礦冶	4	1
汽車	10	0
資訊科技	0	20
金融服務	0	23
醫療／製藥	0	17

資料來源：FactSet，米爾肯。

〇〇五年間二十五支最佳股票。製作這份名單沒什麼學問，都是事後孔明。哪些公司上榜並不重要，重點是他們爲什麼有這個本事。

爲了驗證我的理論，我分析這些公司的特質，研究他們成長的來源，看他們怎樣替股東賺錢。成功並非偶然，很多公司都是搭上大趨勢的列車。

根據這份研究報告，一九九五年排名前二十五的企業市值的中位數是一億九千九百萬，每股盈餘成長二十七%，到二〇〇五年平均每年股價漲幅三十三%。到二〇〇五年爲止，這二十五家公司的平均市值暴增爲四十二億（參見下頁表3.2）！

從這份報告中不難發現，主導一檔成長型股票長期績效的因素，主要是利潤。績效很多因素是由於本益比

圖3.1　績效最佳公司的25支股票，表現超越大盤（1995-2005）

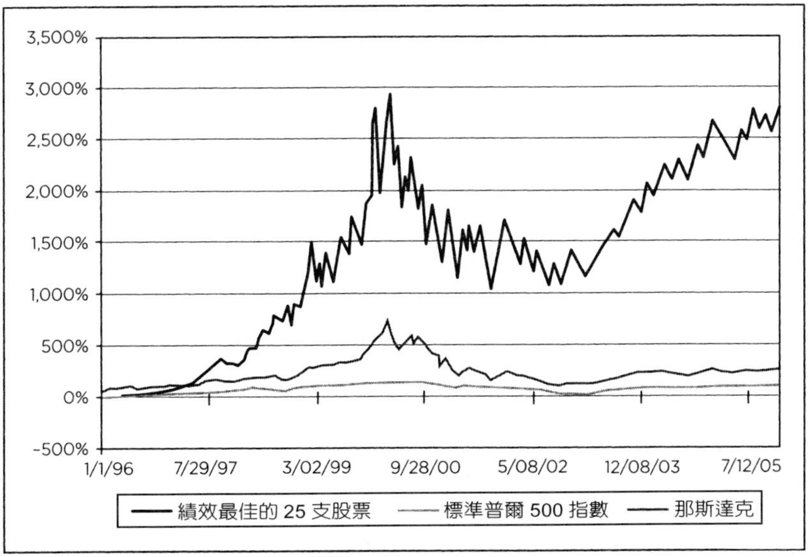

資料來源：FactSet, ThinkEquity Partners.

表3.2 1995～2005年25支績效最佳股票

交易代號		公司名稱	市值（百萬美元）		股價年平均複合成長率	每股盈餘成長率	本益比	
			12/31 1995	12/31 2005			12/31 1995	12/31 2005
1	AEOS	American Eagle Outfitters	59	3,456	49%	62%	29.0	12.2
2	PENN	Penn National Gaming	56	2,734	41%	24%	11.3	40.4
3	CELG	Celgene	117	10,992	40%	226%	222.9	186.2
4	XTO	XTO Energy（克洛斯提柏石油公司）	326	15,964	40%	42%	15.7	18.2
5	DELL	Dell（戴爾公司）	3,220	72,097	39%	32%	13.7	23.2
6	JBL	Jabil Circuit（捷菁科技）	199	7,629	39%	31%	17.4	30.6
7	BBY	Best Buy	694	21,527	37%	30%	12.5	21.6
8	RMD	ResMed（瑞士美）	93	2,733	37%	29%	21.4	40.9
9	WFMI	Whole Foods Market（全食超市）	256	10,633	36%	21%	24.1	77.9
10	EXPD	Expeditors International of Washington（勁達貨運）	314	7,346	35%	25%	18.9	41.5
11	OSK	Oshkosh Truck（奧士科載重車）	129	3,308	33%	27%	12.7	20.5
12	URBN	Urban Outfitters	199	4,213	33%	25%	18.4	35.1
13	LM	Legg Mason（美盛資金管理）	423	13,510	33%	23%	16.1	33.9

表3.2（續） 1995～2005年25支績效最佳股票

交易代號		公司名稱	市值（百萬美元）		股價年平均複合成長率	每股盈餘成長率	本益比	
			12/31 1995	12/31 2005			12/31 1995	12/31 2005
14	SNDK	SanDisk（晟碟）	330	11,472	33%	32%	34.7	36.1
15	QCOM	QUALCOMM（高通）	2,785	71,406	32%	43%	76.8	34.1
16	PNRA	Panera Bread（潘娜拉麵包）	82	2,061	32%	48%	58.9	41.2
17	GLYT	Genlyte Group	86	1,525	32%	25%	11.0	18.5
18	MRX	Medicis Pharmaceutical	60	1,760	32%	27%	18.9	26.9
19	EV	Eaton Vance（伊頓范斯公司）	263	3,559	32%	20%	9.8	24.1
20	ELX	Emulex	61	1,671	31%	51%	42.7	24.0
21	IMDC	Inamed（義乳公司）	67	3,197	31%	15%	8.6	46.8
22	BRO	Brown & Brown	216	4,274	31%	22%	14.6	29.3
23	AMHC	American Healthyways	76	1,573	30%	20%	22.8	51.0
24	BIIB	Biogen Idec	294	15,030	30%	23%	36.1	116.4
25	USNA	USANA Health Sciences	71	765	30%	34%	27.3	20.3
		平均數	419	11,777	35%	38%	31.8	42.0
		中位數	199	4,213	33%	27%	18.9	33.9

資料來源：FactSet, ThinkEquity Partners.

倍數的增加——即使最初的本益比已經相當高了——只要公司能掌握市場、快速擴張、持續獲利，市場就願意承受溢價。

這種本益比倍數的改變，也就是說，一家溢價的公司的價值不斷被向上調整，是成長型公司和成長型股票的差異。相較之下，若公司只依賴景氣來實現長期的成長，卻沒有景氣繁榮、減速型通貨膨脹、消費人數增加、市場人氣等正面因素支撐，很難期望有溢價。

爲了證明這十年期間並非特例，我們再提前十年，研究一九八五到九五年間表現最佳的二十五檔股票。

注意，一九八五到一九九五年間表現最佳的二十五檔股票，公司市值的中位數更低，僅一億三千四百萬美元。本益比平均十七・六，平均盈餘成長率三十一%，股價年平均複合成長率三十二%(參見表3.3)。

研究這些股票績效最佳的公司，可以發現，股價長期表現主要決定於盈餘成長，而不是起始價，因爲價格通常是反映之前的營運狀況。由此可以推出一個結論：投資人選擇股票時，不應抱著撿便宜或衝動的心態，而要選擇長期潛力雄厚、競逐巨大市場的成長型公司。

搭上產業潮流的公司，通常業績亮麗。大趨勢重塑社會的當時，就會引發潮流，替企業製造商機。例如，提供保全系統和偵測篩選技術的企業，會因爲施行國土安全法而受惠。相反的，逆潮也會衝擊某些產業，如禁菸法令會直接打擊菸草業。那些不僅依賴潮流，還能靠著市場成長獲利的公司，能夠取得更多的市場佔有率，股票才能夠溢價，替股東帶來更高回報。

表3.3 1985～1995年25支績效最佳股票

交易代號		公司名稱	市值（百萬美元）		股價年平均複合成長率	每股盈餘成長率	本益比	
			12/31 1985	12/31 1995			12/31 1985	12/31 1995
1	AMGN	Amgen	147	15,776	49%	88%	14.1	31.5
2	HD	Home Depot（HD 家得寶）	313	22,766	44%	39%	22.9	32.6
3	AMAT	Applied Materials（應用材料）	134	7,059	41%	40%	14.7	15.4
4	STJ	St. Jude Medical（聖猶達醫療用品）	98	3,437	38%	27%	8.8	25.2
5	MU	Micron Technology（美光科技）	163	8,202	37%	33%	2.7	8.5
6	MDT	Medtronic（美敦力鼎眾）	657	12,980	35%	22%	12.8	36.3
7	PAYX	Paychex（沛齊）	108	2,273	35%	31%	36.6	50.1
8	PHS	Pacificare Health Systems（太平洋保健系統）	107	2,696	35%	30%	16.7	23.1
9	NKE	NIKE（耐吉）	528	9,973	35%	48%	51.9	20.8
10	IGT	International Game Technology（國際遊戲科技）	72	1,360	35%	51%	46.2	14.8
11	TLAB	Tellabs	156	3,286	34%	31%	22.5	29.3
12	DHR	Danaher（丹納赫）	80	1,857	32%	31%	16.4	18.0
13	ADCT	ADC Telecom-munications	120	2,290	32%	20%	15.2	39.1

表3.3（續） 1985～1995年25支績效最佳股票

交易代號		公司名稱	市值（百萬美元）		股價年平均複合成長率	每股盈餘成長率	本益比	
			12/31 1985	12/31 1995			12/31 1985	12/31 1995
14	BMET	Biomet（生邁公司）	112	2,063	31%	35%	31.8	23.9
15	FNM	Fannie Mae（房利美）	1,886	33,818	31%	36%	18.0	15.9
16	CBRL	CBRL Group	51	1,039	30%	33%	20.2	15.5
17	RHI	Robert Half International（漢福國際顧問）	77	1,210	29%	21%	16.0	30.9
18	SYK	Stryker（史賽克）	180	2,549	29%	26%	21.7	29.3
19	SUP	Superior Industries International	60	766	29%	21%	7.6	14.9
20	BRK.A	Berkshire Hathaway（波克夏海瑟威）	2,833	38,327	29%	6%	6.5	48.0
21	OCR	Omnicare	75	1,178	28%	20%	25.6	52.3
22	NOVL	Novell（網威）	188	5,295	28%	43%	46.0	15.8
23	CD	Cendant（勝騰）	214	6,195	28%	25%	54.6	69.8
24	INTC	Intel（英特爾）	3,395	46,592	28%	37%	15.2	14.2
25	SFE	Safeguard Scientifics（安科投資）	58	727	28%	16%	17.6	47.1
		平均數	473	9,349	33%	32%	22.5	28.9
		中位數	134	3,286	32%	31%	17.6	25.2

資料來源：FactSet, ThinkEquity Partners.

表3.4 兩組績效最佳25支股票對照

平均	本益比		市值（百萬美元）		年平均複合成長率		本益比複合成長率
	開始	結束	開始	結束	股價	每股盈餘	
10 年研究期 (1995-2005)	31.8	42.0	419	11,777	35%	38%	5%
10 年研究期 (1985-1995)	22.5	28.9	473	9,349	33%	32%	4%
中位數	本益比		市值（百萬美元）		年平均複合成長率		本益比複合成長率
	開始	結束	開始	結束	股價	每股盈餘	
10 年研究期 (1995-2005)	18.9	33.9	199	4,213	33%	27%	6%
10 年研究期 (1985-1995)	17.6	25.2	134	3,286	32%	31%	3%

如果我們要找出今後十年的明星企業：
(1) 鎖定公司的盈餘成長，而不要貪股價便宜。
(2) 鎖定市值小的股票，因為「小」逼著它們成長。

資料來源：FactSet, ThinkEquity Partners.

飼料槽理論

> 就算你身在正確的軌道，如果賴著不走，遲早會被輾死。
>
> ——羅傑斯（Will Rogers）

投資成長型公司的秘訣之一，就是集中火力、嚴格限制投資的公司家數。最好是深入了解自己投資的對象，專注在優良標的（或加碼買進）。當然這麼做也有這樣做的風險。

一般課堂上會教你要分散投資，如果你只打算表現平平，如此也未嘗不可。套句巴菲特的說法：「籃子裡寧可少放幾顆雞蛋，然後好好照顧這個籃子。」

創辦「白蘭地基金」（Brandywine Fund）的投資大師佛萊斯（Foster Friess）對投資組合的加碼減碼有個比喻。他說，投資就像「飼料槽前的豬隻」。

我在明尼蘇達鄉下長大，對這樣的比喻當然不陌生。記得每逢週末的嘉年華會，都可以享受到一串串的烤豬肉、烤黃瓜、甚至烤冰淇淋。農家還會展示巨大的南瓜和胡瓜，還有牲畜大會。

嘉年華會上有五百多公斤的超級大豬公，飼料槽前面是一排豬隻搶著吃飼料，身強體壯的豬能夠佔到位置，弱小的豬只能排在後面。

佛萊斯比喻，他隨時觀察投資組合的「飼料槽」，看哪隻豬體質最差，就撤掉它，拿一隻強壯的豬替補。如果每隻豬都很猛，就暫且維持現狀。

我們這一行會傾向於維持現狀，無奈市場形勢多變，絕對或相對的估價會變化，當基本面改變，或冒出一家新公司更有投資價值，但我們手上的資源有限時，難免就要更換投資對象。

中小企業的表現一般比較優異，但投資的重點仍舊要鎖定成長率。

我們的目標是找出未來五到十年內表現最佳的公司。一開始的作法不妨先參考過去幾年的排行榜，並不是要在舊榜單上選出明日之星，而是要探究他們成功的原因。

盈餘帶動成長

一支股票的長期表現和這家公司的盈餘有百分之百的連帶關係。過去十年表現最佳的二十五支股票，股價年均漲幅三十三%，年均盈餘增幅二十七%。二〇〇〇至二〇〇五年間，股價年均漲幅的五成是由四十六%的年均盈餘成長帶來的；一九九五至二〇〇〇年間，年均漲幅的七十五%是由五十三%的年均盈餘成長帶來的。

還有一點值得注意：能夠長期持續創造盈餘的公司，它的股價會隨著本益比不斷向上修訂而水漲船高，投資人因此可以獲利豐厚。

一九九五至二〇〇五年間，本益比調整平均使股價上揚六個百分點。前五年，股價上漲平均兩成是由本益比促成的，後五年其中一成是由本益比促成，是標準普爾五百指數的長期平均收益的兩倍以上。

此外，這些排名最佳的公司，最初的交易價格並不「便宜」，本益比平均達十八．九。

其中很多還被認爲是「高估」的股票，之後卻漲勢凌厲。因此，即使上市的價格偏高，但只要盈餘持續成長，估價的負面因素將被抵銷。

這意味著成長還有另一層威力：成長型公司不斷提升它們的內含價值，自然就抵銷了估價衍生的風險。

成長的歷程

發掘未來表現最猛的股票，必須有一套策略，才能找出那些競逐巨大商機、快速成長、能夠長期持續創造盈餘的公司。

我採用雙管齊下的方式，先針對商機無限的市場，再鎖定具備基本條件、有本事取得高市場佔有率的公司。我先研判大趨勢，以及打破現狀並成爲主流的科技、經濟、社會因素。我相信，了解目前演進中的大趨勢，有助於判斷未來商機的走向。至於個別的公司，則看他們是否具備四P：人才、產品、潛力、可預測性，依此判斷這家公司的前景。

盈餘帶動股價

> 股市投資客習慣隨時跟著市場搖擺，但長期驅動市場搖擺則是盈餘。
>
> ——彼得・林區

之前提過，股價幾乎和盈餘有完全的連帶關係，所以，我們要找出哪些公司能持續長期創造盈餘。至於目前的股價，其實無關緊要。只要確定基本面健全、盈餘成長快速，自然會反映到以後的股價。

盈餘快速成長會長期驅使股價上揚。所以我們要先找蓬勃發展的市場，再從這些市場找出最猛的公司。既然目標放在成長，自然會鎖定規模較小的公司，只要業績稍微攀升，對公司整體成長就大有助益。

小公司通常專精單一領域，推出的產品或服務只針對特定市場。相對之下，大企業要顧及現成的生意，身段不夠靈活，在許多利基市場比不上小公司。因此，提供快速成長的產品或服務，對專精於特殊市場的小公司來說，效應更為明顯。

在許多方面，小公司先天就佔有優勢，比如說它們比較容易創造市場利基；然後，隨著市場持續變大，由於規模小和專精能保持靈活的身段，可以針對市場變化及時反應，迅速推出新產品滿足消費者多變的需求，能夠領先規模較大但反應遲鈍的競爭對手。

話說回來，如果市場利基還不成熟，規模太小就很吃虧，可能導致許多小公司長期無法獲利，成長率甚至落後大盤（表示市場佔有率衰退）。

總之，要持續並快速創造高盈餘成長，這些公司必須競逐蓬勃發展的市場，如資訊科技、醫療保健、替代能源、消費者和企業服務、專業性零售、傳媒娛樂業等等。能夠自己創造利基，並推出專屬產品的公司，幾乎沒有競爭對手。這些公司市場地位最穩固，獲利率也遠超過一般水準。

為了證實我的說法，我挑選了幾個成長股和一些循環股進行對照，比較其盈餘成長率和股價表現之間的關係（參見表3.5以及圖3.2）。假使十年前投資一塊錢購買成長股，今天的價值超過十二塊，而十年前投資一塊買循環股，到今天只有一‧零四美元。在這十年期間，成長型公司的盈餘成長率爲二十五%，循環股卻衰退四個百分點。

通用汽車一九八四年的淨利爲十億，到了二〇〇五年，淨利是負三十九億！過去有句俗話：「通用汽車景氣，象徵美國景氣」。事實上，美國的經濟動力是來自新創公司。

表3.5　成長股和循環股投資報酬率比較（1995-2005）

成長股	年平均複合成長率		投資 1 美元回報率	
	每股盈餘	股價	1995	2005
Wal-Mart（沃爾瑪）	15%	15%	1	4.21
Microsoft（微軟）	22%	17%	1	4.77
Dell（戴爾）	35%	39%	1	27.68
Starbucks（星巴克）	29%	28%	1	11.43
成長股平均表現	25%	25%	1	12.02
循環股	年平均複合成長率		投資 1 美元回報率	
	每股盈餘	股價	1995	2005
General Motors（通用汽車）	NM	-7%	1	0.47
JCPenney（潘尼公司）	-9%	2%	1	1.17
PG&E（太平洋天然氣與電力公司）	-2%	3%	1	1.31
DuPont（杜邦）	-2%	2%	1	1.22
循環股平均表現	-4%	0%	1	1.04

資料來源：FactSet, ThinkEquity Partners.

圖3.2 成長股和循環股股價走勢圖比較

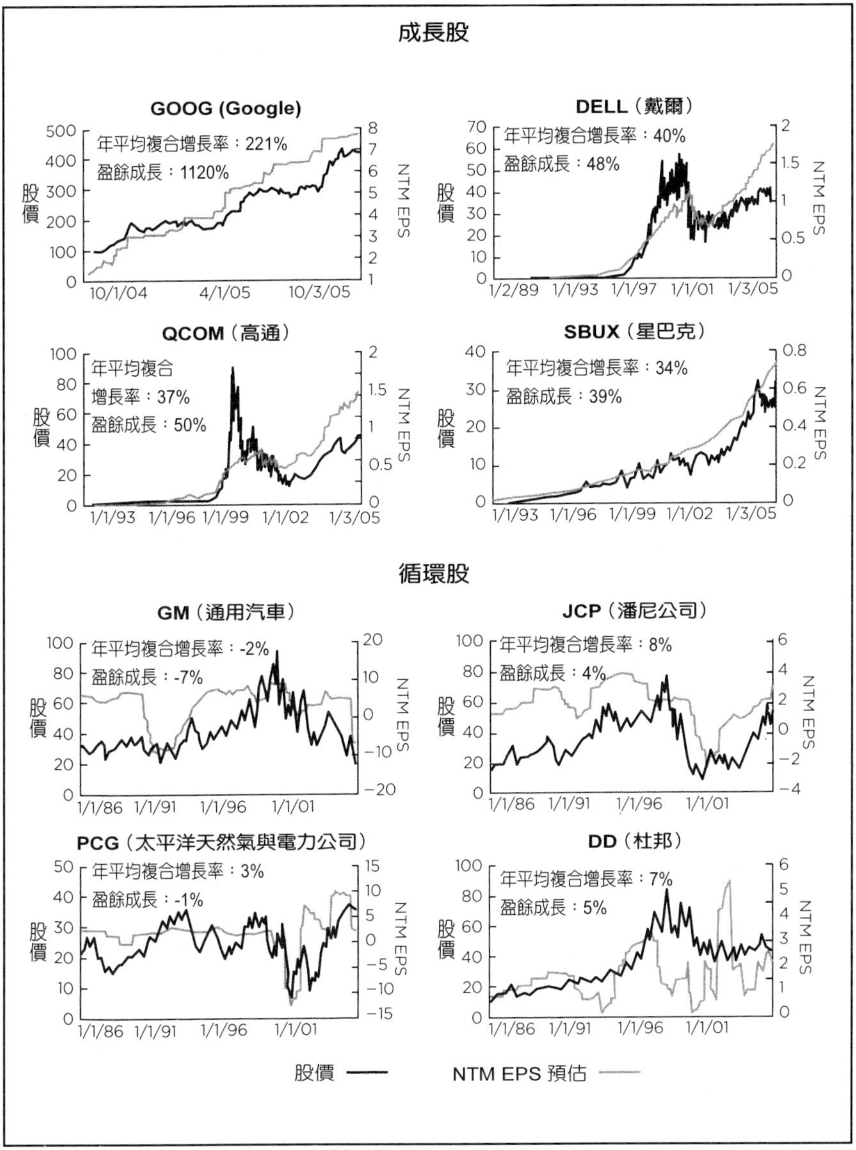

資料來源：FactSet, ThinkEquity Partners.

超出市場預期的威力

挑選股票的首要條件就是看盈餘成長率。如果想找漲勢最猛的股票，就要看盈餘成長率能否超出分析師預期。盈餘超出預期算是驚喜，市場會給予肯定。譬如說，分析師預測某公司盈餘將會成長兩成，結果卻成長三成，股價將不光因爲高盈餘成長受惠，還加上看好公司前景，本益比也會向上調整。

投資成長股夢寐以求的情形，就是盈餘持續大幅成長和超出市場預期。股價往往會反應其獲利能力，而翻升好幾倍。

舉個例子。某公司去年盈餘一塊錢，預期今年可達一塊二，分析師預期未來三到五年的盈餘成長率維持兩成。其股價行情是本益比二十。結果今年的盈餘達一塊三，假使行情還維持本益比的二十倍，股價就是二十六塊，報酬率三成。不過，若投資人認爲成長率能繼續維持三成，股價就是本益比的三十倍。一個正常的市場下正常成長的公司，本益比相當於盈餘成長率。所以，股價應該是三十九塊，十二個月內翻了一倍（參見表3.6）。

阿波羅算是經典案例（參見圖3.3）。該公司於一九九四年公開發行，當時市值一億一千兩百萬，向投資人承諾盈餘成長率二十五%。結果到二○○五年，其盈餘成長四十二%，並連續四十五季符合或超

表3.6　加乘效應：高盈餘成長率超出市場預期

	每股價位（美元）	每股盈餘（美元）	預期成長率	本益比	實際達成的盈餘（美元）	調整後的本益比	股價（美元）	成長率
未反映的情況	20	1.00	20%	20	1.30	20	26	30%
反映後的情況	20	1.00	20%	20	1.30	30	39	95%

圖3.3　阿波羅集團表現超出預期

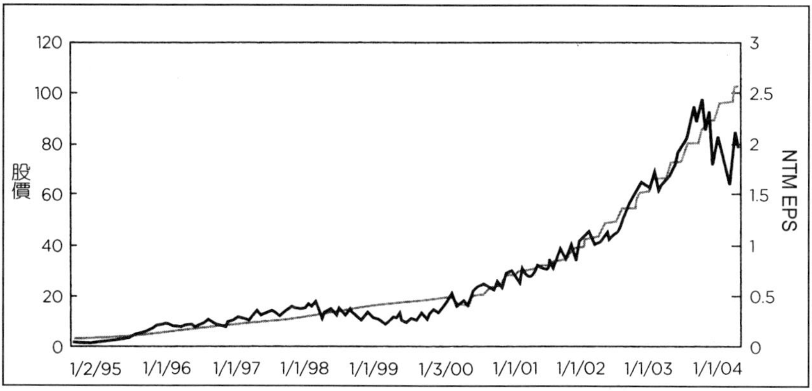

資料來源：Think Equity Partners

阿波羅的成績單：

1994年12月4日公開發行，市值1.12億，預期盈餘成長率25%。

1. 1995至2005年間，實際盈餘成長42%。
2. 連續45季達成或超出市場預期。
3. 股價複合成長率為59%。
4. 初次公開發行時投資1美元，今天值83美元。

盈餘成長率（1996年3月～2005年12月）

日期	實際	預期	日期	實際	預期
Dec. '05	0.73	0.70	Dec. '00	0.14	0.09
Oct. '05	0.65	0.65	Oct. '00	0.12	0.12
Jun. '05	0.77	0.74	Jun. '00	0.12	0.11
Mar. '05	0.47	0.46	Mar. '00	0.07	0.07
Dec. '04	0.58	0.56	Dec. '99	0.10	0.09
Oct. '04	0.52	0.48	Oct. '99	0.09	0.09
Jun. '04	0.56	0.51	Jun. '99	0.11	0.11
Mar. '04	0.35	0.32	Mar. '99	0.06	0.06
Dec. '03	0.44	0.39	Dec. '98	0.08	0.08
Oct. '03	0.37	0.34	Oct. '98	0.07	0.07
Jun. '03	0.39	0.35	Jun. '98	0.09	0.08
Mar. '03	0.24	0.20	Mar. '98	0.04	0.04
Dec. '02	0.30	0.23	Dec. '97	0.06	0.06
Oct. '02	0.26	0.22	Oct. '97	0.05	0.05
Jun. '02	0.27	0.24	Jun. '97	0.07	0.06
Mar. '02	0.15	0.12	Mar. '97	0.03	0.02
Dec. '01	0.18	0.17	Dec. '96	0.04	0.04
Oct. '01	0.17	0.16	Oct. '96	0.04	0.03
Jun. '01	0.19	0.15	Jun. '96	0.04	0.04
Mar. '01	0.09	0.06	Mar. '96	0.01	0.01

資料來源：Company filings, FactSet, ThinkEquity Partners.

出市場預期。在那十年期間，它的股價複合成長率五十九%，絕非偶然。

你的目標就是要鎖定承諾相對保守但績效超出預期的經營階層，他們能持續替公司創造超額的盈餘成長。超級贏家通常就是他們。阿波羅集團堪稱箇中典範。

專家訪談

拉波特（Jack Laporte）

普信集團（T. Rowe Price）旗下 New Horizons 基金經理人

自一九八七年起，拉波特主掌操盤資產六十三億美元的 New Horizons 基金。這是規模數一數二、享譽業界的小型股基金。他在任內的年報酬率十一．八%，比標準普爾五百指數高出一．六，比羅素二〇〇〇（Russell 2000）小型股指數高出五．五。在訪談中，他指出成長型股票投資人常犯的錯誤：

明明是一家優秀傑出的成長型公司，很多投資人仍然瞻前顧後，吝於付出相當的價格。如果你眞的很有把握，看準一家公司的年均盈餘漲幅可達兩成，且好景將持續幾個年頭，不妨參照目前的盈餘，付出相對的高價。偶爾我也會糊塗，認爲「這家公司看來不錯，經營階層很優秀，可惜價位太高。」如果的確是傑出的公司，經營階層很優秀，你就該仔細考慮目前的股價（哪怕比照目前的盈餘，股價似乎嫌貴），參照兩、三年後的盈餘水準，其實價錢很便宜。

重點提示

- 分散選股的操作績效，多半馬馬虎虎。
- 因循傳統的做法，往往錯失良機。
- 在公路上駕駛，不要頻頻觀看後照鏡。
- 明日之星通常是小型股，本益比相對較高，盈餘在一段時期持續高漲幅。
- 盈餘高成長，或超出市場預期，是創造超級巨星的條件。

第4章

如何發掘明星股？

各位不妨想一想：
怎麼從來沒聽說哪個算命仙中了樂透？

——知名脫口秀主持人雷諾

說來詭異，華爾街分析師對投資機會的評估程序往往非常草率。我在李曼兄弟（Lehman Brothers）證券當分析師時，該公司的研究部門被評爲華爾街第一名。之後我跳槽到美林擔任全球成長股研究部門主管，該公司也被評爲第一。等我到蒙哥馬利證券（Montgomery Securities）擔任成長研究策略主管時，該公司研究績效則超過這兩家排名頂尖的公司。而且，在這三家公司裡，無論在哪家公司，上司給我的指示都一樣：「電腦在這兒，去弄幾篇報告，推薦幾家公司！」

美林有何秘訣？李曼兄弟呢？有沒有一套發掘、分析、評鑑股票的程序策略？根本沒有！基本上，證券巨頭評鑑股票的做法，就是僱用反應機靈、野心勃勃的年輕人，叫他們幹活。這種法子偶爾管用，但往往行不通。分析師地位卑微，在業界也不是什麼秘密。美林證券和李曼兄弟能夠成爲全球的頂尖公司，跟能不能看中未來的明星股一點也沒有關係。

這也怪不得他們，因爲他們沒有一套程序。如果星巴克也是這麼搞法，隨便僱人叫他們「去泡一杯拿鐵」，肯定不會有今天的局面。

頂尖公司的特質之一是，對經營生意方面非常系統化且注重策略。同理，要成爲頂尖投資者，在分析公司方面，你也必須系統化，並有自己的策略。爲了找出快速成長的公司，我們擬定了一套模式：首先從「投資十誡」開始，再分析大趨勢，接著評估一家公司的四P，並輔以嚴密的估價方式。且聽我一一道來。

我的投資程序

「投資十誡」是我堅持的守則。這幾項看來簡單的原則，架構了投資避險與獲利的基礎。投資的目的就是要賺錢，但若缺少一套明確的框架和法則，則絕不可能獲利。我的「投資十誡」如下：

一、分析基本面。盈餘成長會驅動股價。長期來看，公司的營運狀況和股價幾乎百分之百有連帶關係。最好專注在快速成長的公司上。

二、積極主動，不要被動。把眼光放遠，研判趨勢走向，趁早發現未來的贏家。設法預測明天報紙刊出的消息，而不是針對眼前的事件作出反應。

三、態度嚴謹，但不要過於嚴苛。從資產負債表研判，看公司有沒有充裕的週轉現金來支撐你的夢想。無論如何，不必吹毛求疵。最佳的投資選擇往往十分簡單，無非就是直覺判斷。

四、一旦出了差錯，立刻承認。對一流的投資人和分析師來說，看走眼可謂家常便飯。替錯誤找藉口最要不得。抱著坦誠的心態，根據現實狀況——而非你早先的預期——作出明智的決策。

五、蟑螂理論。一個廚房不可能只有一隻蟑螂。同理，一旦發現某家成長型公司出了漏子，幕後肯定還有內情。問題不會馬上消失，及早認賠出場，才是高明的輸家。

六、投資憑藉的就是消息和眼光。如果能掌握內幕消息，就彌足珍貴。至於琢磨消息背後隱含的意義，靠的是眼光。

七、四**P**（人才、產品、潛力、可預測性）是成長型公司能否成功的關鍵。尤其第一項，人才最爲重要。

八、針對每檔投資的股票，保持五個獨立的消息管道。盡可能定期會晤公司高層，但也不能盡信片面之詞。

九、至少要有三個理由，才能判斷一檔股票的漲跌走勢。此外，還得注意短線影響股價的催化因素。憑著邏輯思維來持有一檔股票。

十、抱著熱情的心態投資，但以冷靜的眼光看待投資標的。股票不會對你產生感情。

以上的十條原則，構成本人一貫的投資哲學，也是我們採用的準則（參見圖4.1）。接下來，我們會逐項分析各個成長型產業領域，研究大趨勢和產業動能如何影響產業的潛力。循序漸進，鎖定投資的重點。

接著，我們列出重點產業的公司，從公營機構到私營企業，依規模大小和成長

圖4.1　挖掘大金礦的公式 — 投資十誡

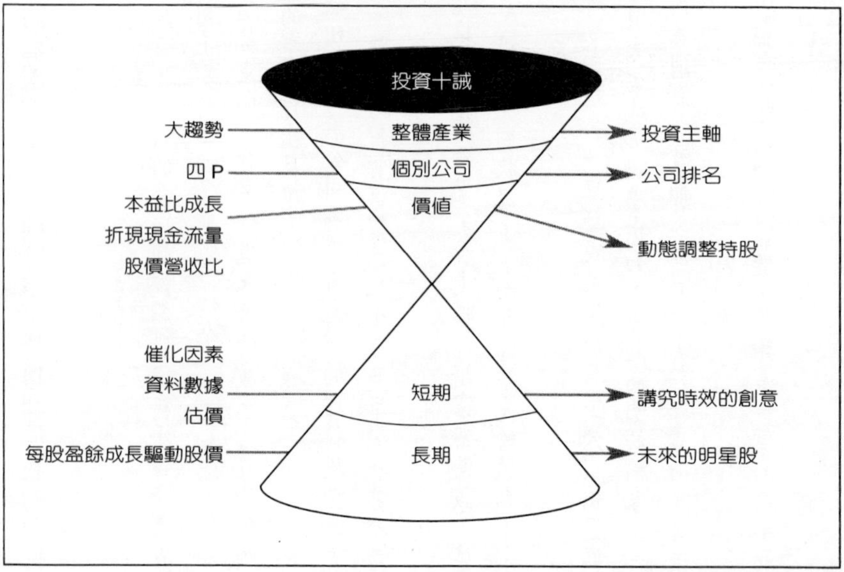

速率，並依照四P原則評分。這不是放諸四海皆準、大小通吃的模式。但憑著四P原則，讓你對最好和最爛的公司有個概念。

把重點產業的公司大致排列之後，再運用嚴謹的估價程序，從盈餘成長率和本益比等數據來研判短期的投資效益。不管什麼時期，總是有些好公司的股價被低估，因而創造了短線機會；同樣的，也不乏爛公司的股價被高估。嚴謹的估價方式，著眼在未來的獲利能力，讓我們在決策和風險管理上有所依據。

在研究過程中，你的眼光必須平衡兼顧短期和長期。最大的利潤無疑是來自看準了長期趨勢，但畢竟生命有限，不能太好高騖遠。

若把眼光放在短期，必須對催化因素、資料數據和估價方式有所了解。盡量掌握未來兩分鐘、兩小時、兩天、兩週內可能影響股價的因素。至於長期，則是評估盈餘成長率。我再次強調，盈餘成長與公司的長期績效密可不分，是主導股價的決定性因素。

大趨勢——長期成長的動力

> 我只看未來，因為我今後要那樣度過。
>
> ——凱特靈（C.F. Kettering）

最巨大的商機都位於經濟體系的前緣，由局部的改變逐漸衍生爲大規模的變革。研判能夠驅動改變、提升生產力、創造經濟成長的大趨勢，是建構投資策略的基礎。

依我所見，大趨勢是不可或缺的市場催化劑。透過對消費者行爲和商業流程的改變，大趨勢會替新產品和服務上市鋪路。更有甚者，藉著價格降低與品質改善，潛在的需求得以發揮，使原本邁向夕陽的產業重燃生機。

每個新興產業的背後，都是依靠大趨勢來創造潮流。潮流會醞釀商機，替產業基本面營

圖4.2　大趨勢創造潮流

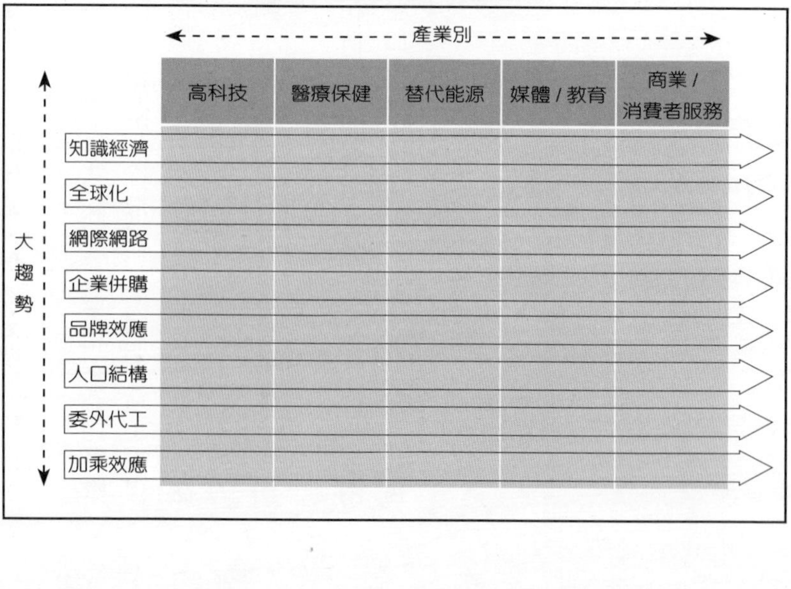

造快速成長的環境。高科技、醫療保健、替代能源、媒體、教育、商業以及消費者服務——以上這些大趨勢跟成長產業領域交會的區塊，正蘊含著最大的商機。

當前影響經濟活動的主要大趨勢，包括知識經濟、全球化、網際網路、品牌效應、委外代工、加乘效應、人口結構以及企業合併（參見圖4.2）。

就長期而言，這些力量會以直接和間接的方式，帶動整個產業的銷售額和利潤上揚。那些潛力雄厚的公司，會在快速成長的市場上取得高佔有率，進而替股東創造豐厚收益。

四P原則

> 唯一賠錢的那次，是我違背了自己訂下的守則。
>
> ——李佛摩（Jesse Livermore）

推動市場快速成長的催化劑固然重要，問題是：哪些公司有本事把商機變成業績？獲利潛力最大且具備四P條件的公司，是我們看好的對象（參見下頁圖4.3）。

我相信，一個成長型企業成功的關鍵，在於它的人才和成長文化。特別是對於草創時期的公司，更是重要。這些公司沒什麼紀錄可循，公司人員則不然。

接下來，尋找在業界佔龍頭地位、有特殊的產品或服務項目、獲利率遙遙領先同業的公司。換句話說，要有賣點！

圖4.3　成長型公司的組成要件

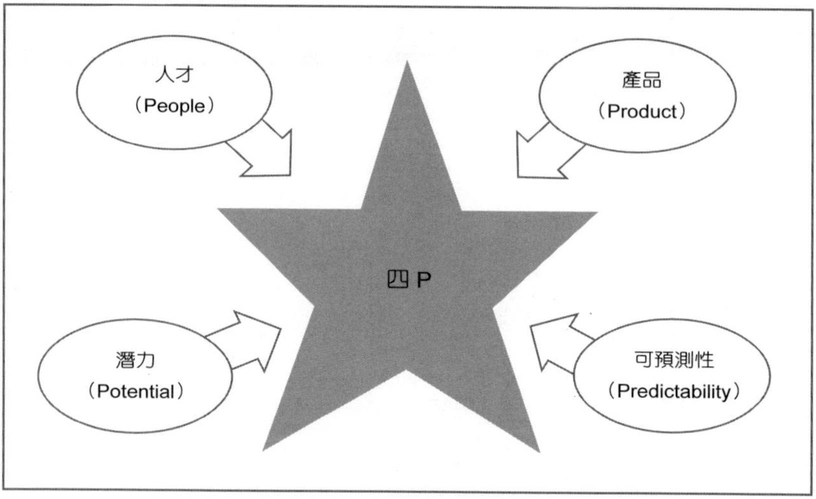

談到潛力，要找產品可打入的那些商機龐大的市場，注意那些冒出苗頭、將無限成長的商機，這些因素，構成了有利於小公司成長茁壯的環境。市場佔有率會有多大？以何種速度成長？則取決於大趨勢。

最後，要評估一家公司成長的可預測程度，例如它有沒有循環營收或一套可預期回收的經營方針？頂尖的成長型公司多半營運前景明朗，且隨著經濟規模變大而取得更多優勢。

說來說去，我要找的是能掌握市場成長契機的強者，不是追逐潮流的弱者。這種公司才能在市場上取得高佔有率，獲得豐厚的回報。及早判斷一個產業將蓬勃發展、不斷成長；找到經營有術、能取得高佔有率的公司，就能在成長的潮流獲取豐厚的利益。

具備以上特質的公司，彷彿品種稀有且行動敏捷的大象，要找出來可得煞費苦心。幸虧，只要它出現，你一眼就看得出來。

重點提示

- 頂尖的公司和高明的投資人，都有一套清晰的思維和策略。
- 筆者列出的「投資十誡」，是投資人必備的基本理念。
- 研判個別行業的大趨勢，確定投資的主軸，在當中挑選未來的明星股。
- 在各個產業和投資主軸，依照四P條件列出公司排行榜。
- 運用P/E/G和股價營收比等方法，估算出合理價位和進場時機（將在第七章詳述）。
- 按部就班分析催化因素、資料數據、估算價位，以研判短線風險和獲利機會。
- 最後、也是最關鍵的一點：盈餘成長率最高、獲利期間最長的公司，就是你要鎖定的目標。

第5章

八大趨勢

我不會創造趨勢，
我只是研判趨勢以設法從中獲利。

——電視節目主持人克拉克

大趨勢是一種科技、經濟與社會層面的動力，先在周邊形成風潮（早期採用）再轉爲主流（大眾消費市場），足以顛覆現狀（成熟市場），推動公司、產業和整個經濟體改革，提高生產力，創造商機。

回顧過去，大趨勢的效應歷歷可見，在社會、經濟、技術與政治層面的變革過程中，它都扮演了關鍵角色。然而在發生的當時，卻往往遭到忽視。因爲它醞釀的過程非常緩慢，效應由下而上，從一些「局部」事件逐漸累積達到一個臨界點，最後導致全面且劇烈的改變。

在一九八二年出版的《大趨勢》（*Megatrends*）一書中，作者奈思比（John Nasbitt）指出了幾個大趨勢正重塑工業經濟的風貌。當時的經濟集中在某些區域和國家，美國的企業由少數巨頭把持，採取階層式的管理。技術改良多半受到抗拒，尤其是工人和工會。政治勢力非常集中，有關商業、勞工和社會議題，情勢皆兩極對立，且目光短淺。

在重塑的過程中，各方對此意見分歧，只有少數人抱持遠見。奈思比描繪的遠景，讓許多人憂心忡忡：製造業每下愈況，資訊經濟興起。

他在二十多年前指出的幾股趨勢，至今仍綿延不斷，且後勢強勁。如今，許多資訊業者呼風喚雨，不輸給當年的製造業鉅子。而奈思比最讓人佩服的見解，是他指出了這些趨勢最初都是個別發展，逐漸擴散，跨越各個地區之後再匯集。經過奈思比的歸納，許多看似不相干的事件，正重新打造整個世界的面貌。

今天，大趨勢仍扮演著關鍵角色，影響力絲毫不遜以往，唯一的差異是今日的大趨勢彼此交互作用，譬如，全球化進程已發生多時，但隨著疆界更加開放、經濟發展、強大的資訊與通訊科技，更加快了全球化、多國貿易、委外代工的腳步。

此外，因產品與服務內容的多樣化，並擴散到更多市場，品牌價值也跟著水漲船高。企業悟出一個道理：要保住自家的市場，突顯其產品形象，必須透過經營品牌。

資訊科技已經不算新鮮，資訊業邁入了成熟階段，資訊技術的應用仍方興未艾，投資比例領先群倫，並擴散到生物科技、奈米科技、消費電子產品等領域。

要看清新興趨勢並不容易，創投業者對此深有體認：一旦已形成一股趨勢，投資者就很難從中獲利。換言之，必須持續關注塑造商業體系的力量，才可能掌握市場脈動和商機，並設法從中獲利。

大趨勢裡面有一些主軸，在經濟體系中逐漸蔓延，開始的狀況並不明顯，直到最後慢慢演變成主流（參見表5.1）。

如前所述，目前正在推動商機的八大趨勢中，知識經濟、人口結構、全球化、

表5.1　大趨勢主軸的演進

1960-1980	1980-2000	2000-2020
工業社會	資訊社會	知識社會
被動技術	高科技／高思維	網際網路 / 隱形演算
國家經濟	世界經濟	全球化 / 經濟體聚落
短期	長期	加乘效應
集中化	分散化	委外代工
仰賴機構	自助	人口結構
階級分明	網路連結	企業合併
愛要不要	多種選擇	品牌效應
代議民主	參與民主	回饋民主

資料來源：ThinkEquity Partners,《大趨勢》

網際網路和委外代工會帶動市場成長，加劇競爭程度；而加乘效應、企業併購和品牌經營，則是決定產品、技術、公司、產業能否成功的因素。

誰能夠認清現實，掌握大趨勢帶來的契機，就能拔得頭籌，甩開競爭對手，及早打入市場，獲得最豐碩的報酬。

展望今後幾年，這些大趨勢，伴隨新崛起的趨勢，將會開拓最大的市場，改變消費習慣和商業流程，且不斷提供誘因替新產品和服務的引進鋪路，替某些已成熟的產業重燃生機。

我認為，今後的大趨勢，多半是以往趨勢的延伸，但進展的步調會加快，這是迅速應用技術、人口變遷、消費喜好的變化和企業經營效率所累積的成果。產品創新和商業化的時程將大幅縮短，及時滿足市場需求。

要找出未來的明星股，必須對大趨勢有深入的研判。展望今後幾年，我相信，過去幾年塑造多頭市場的變數，就是奠定未來成長的基礎。

大趨勢之一：知識經濟

如果說工廠是工業時代的投資主軸，在資訊時代，人腦就是投資的主軸。

——哈佛大學前任校長桑默斯（Lawrence Summers）

無形勝有形：知識經濟體下的人力資本

回顧歷史，無論是工業時代之前或之後，國家強盛的途徑不外是搜括有形資源和克服有形障礙的能力。英國與西班牙飄洋過海、德意志以煤礦和鐵礦煉鋼、美國則是搜括農業和工業資源成爲世界穀倉和工業強國。

個人電腦、網際網路與電子資訊傳遞的興起，促使整個世界轉型，從以往製造爲主、強調有形資產的經濟體，變成數位化、以知識爲主的經濟體。實體經濟的有形資源包括煤炭、石油、鋼鐵，知識經濟時代的資源則是腦力，以及精準搜尋、傳達與處理資訊的本領。

新科技的重大突破多半集中在二十世紀末期，許多趨勢專家因此看好二十一世紀，將再度面臨工業革命時期的高成長，盛況甚至超越以往。在知識經濟時代，發達的企業、新興的產業、經濟的成長，都必須仰賴有知識的勞工。另一方面，企業在研發領域投入更多，勞工階層本身也必須不斷提升，才能趕上潮流。未來十年內需求成長最快的十種職業，有六種需要高等院校的學歷，而且每項職業都強調知識（參見下頁表5.2）。此外，美國核准的專利件數在過去十年中翻了一倍，且持續攀升（參見下頁圖5.1）。

時下的經濟體系是崇尙腦力、構思與創業精神的知識經濟，靠的是人力資本。知識經濟以人爲主軸，把重心從生產轉爲勞動力。如何網羅、培訓並留住學有專精的人才，是企業在新經濟體致勝的不二法門。

無所不在的個人電腦加上高速網路，讓人們可隨時隨地吸收知識。網際網路讓知識更爲普及，獲取知識的來源大增、成本降低，也提升了知識本身的素質。傳統獲取知識的管道

（譬如跟教授面對面的交談），加上網路的知識來源，將塑造全新的知識型態。許多傳統行業若能善用優勢，再透過網站經營品牌，其潛在的商機難以估計。譬如標靶（Target）原本是採購商，定位在中等價位的時尚產品，配合鮮明的品牌形象，開展網路業務果然一炮而紅。

從個人電腦誕生開始的資訊革命，已經轉變爲知識革命。電子商務在知識經濟中扮演的角色，好比鐵軌在工業革命的地位。我認爲，搭建「知識鐵軌」的企業將會飛快成長。

在知識經濟體系下，教育是推動企業的動力。對人才的

表5.2　美國十大成長最快的職業都強調知識

職業	僱用人數（千人）		成長		主要的教育或培訓管道
	2004	2014（預估）	人數（千人）	增幅	
家庭看護	624	974	350	56%	短期在職訓練
網路系統與資料通訊分析師	231	357	126	55%	學士學位
醫療助理	387	589	202	52%	短期在職訓練
醫師助理	62	93	31	50%	學士學位
電腦應用軟體工程師	460	682	222	48%	學士學位
物理治療助理	59	85	26	44%	專科學位
牙齒口腔清潔師	158	226	68	43%	專科學位
電腦軟體工程師	340	486	146	43%	學士學位
牙醫助理	267	382	115	43%	短期在職訓練
私人或家庭助理	701	998	297	42%	短期在職訓練

資料來源：美國人口統計局

考核、評估、錄用，也是整體教育的一環。推動新經濟的四大產業——電腦、通訊、醫療保健、設備——僱用的人數佔所有知識員工一半以上。高科技產業僱用人數的成長率，較整體就業市場高出三到六倍。

只要在網際網路中某一個領域拔得頭籌，就等於挖到金礦。鎖定具備四P要素、又能展現特色的公司，就能找出眞正的贏家。

這年頭，知識不僅是評估個人的尺度，也是評量一家公司甚至一個國家的準繩。展望未來既令人興奮不已，也難免憂心忡忡，高中畢業跟大專學歷員工的平均薪資差距，在過去二十年中擴大了一倍。知識的重要性，可見一斑。

人力資本淘汰了有形資本，成爲掌握競爭優勢的主軸。科技與網路的普及，促使業界必須招募素質更好的員工。以美國目前五%的低失業率，多數高技術人才「不愁沒

圖5.1 美國的專利核准件數持續攀升

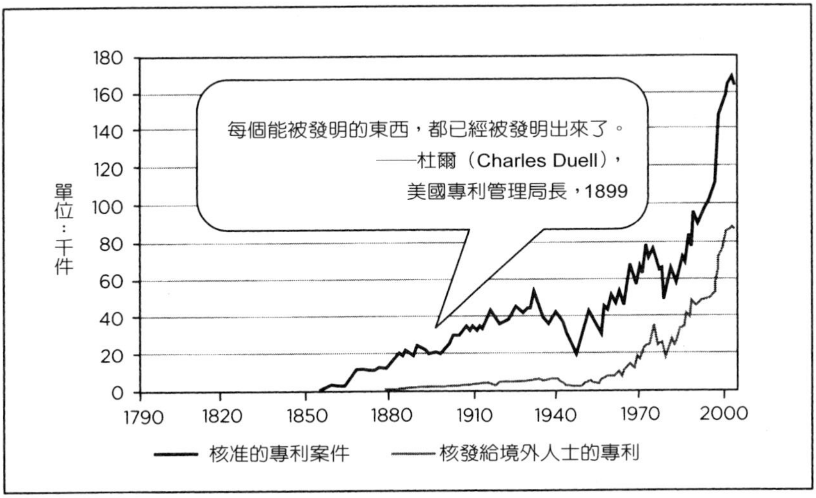

資料來源：美國專利管理局

飯吃」。而美國成年人口僅二十四%具大學以上學歷，人才的培育網羅勢必困難重重。電子商務迫使許多傳統行業跟上潮流，因爲時效是決定競爭力的關鍵因素。

展望二〇一一年，情況並不樂觀，美國學校的畢業生不足以紓緩需求壓力。根據最近一項國際性教學評量結果顯示，美國高中生的數學程度倒數第一，理化科目則倒數第二。

所以，全球競爭態勢和網羅人才的瓶頸在高中。企業需要知識水準高的員工，並給予在職培訓，目前的高中教學將是改進的重點。網際網路也是主要的學習管道，可彌補正規教育體系的不足（參見表5.3）。

網際網路眞正的威力，現在才開始顯現。以往，距離構成了隔閡，對尋找產品和服務的買家、老師、學生，都必須考慮地理因素。隨著網際網路快速普及，距離的隔閡將被消除，把全球

表5.3　觀點大不同

知識經濟更重視人力資本與學習

工業經濟	知識經濟
薪水	股份 / 股票選擇權
四年學位	四十年學位
學習要花錢	學習是提升競爭力的首要途徑
招募人手	禮聘人才
驅使學生	內容導向
親自到學校	遠距教學
履歷表	真才實學
員工	人才
實體資本	人力資本
固定一套規格	量身訂製
鄰近的學校	知名學府與紅牌教授
預防萬一	掌握時效

資料來源：Michael Moe, Merrill Lynch

整合成單一市場。

人力資本的地位遠遠超過以往。在新經濟時代快速成長的產業，人才的網羅和培育將是關鍵課題。企業將把人才視爲核心資產，從招募、評量、培訓到留任，各個階段都要讓人才顯現最高的價值，發揮最大的潛力。

圖5.2 知識經濟的人力資本在每個階段都應顯現最高價值

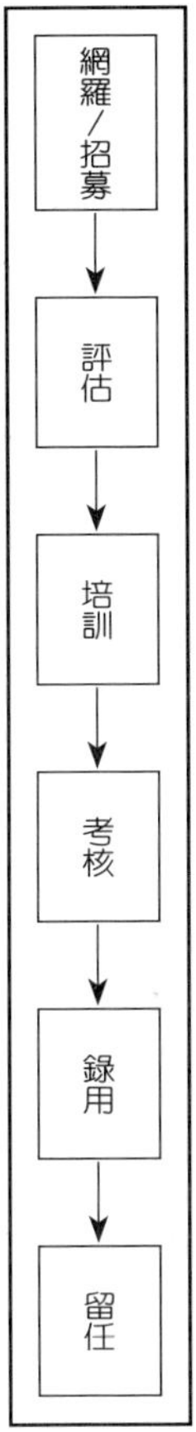

資料來源：Michael Moe, Merrill Lynch

知識平民化

網際網路造就了單一經濟體與單一市場，各潛力行業蓄勢待發。美國的線上高等教育（包括所有大專院校）市場就非常驚人，世界總體規模更是難以估計。美國的中學教育十分普及，但許多國家和地區並非如此，高中教育的費用高昂，且水準堪虞。目前全球在網上高等教育的註冊用戶約八千四百萬人次，預計二〇〇五年的市場需求約一億六千萬人次。即使線上教學業者只取得成長額的一半，也有四千萬。

善於運用人力資本的公司，更有賺錢的本事。當然，公司也要給予員工相對的回饋，否則留不住人才，於是，有專業知識的員工薪資攀高，教育水準不夠的人，只能望錢興嘆。研究所程度以上與大專學歷、和高中畢業員工的所得差距不斷拉大，將來也勢必持續。

尤有甚者，很多以往出賣勞力的工作被電腦取代。譬如，電信公司查號台利用語音辨識技術，來搜尋客戶詢問的電話號碼。如何提升現有的人力水準，將是每個企業面臨的挑戰。

人力資源最值錢

時下的成長型企業都依賴人力資本。善於運用人力資本、並發揮最大潛力的公司，其股價也會跟著水漲船高。不妨拿工業經濟時代的十大企業與知識經濟下的十大企業對照一番（參見表5.4）。

高中學歷和學士學位員工的薪資所得差距，從一九八○年的五成，到二○○五年擴大為一百一十一%。由此可見，企業界把重點從過去的有形資本及金融資本，轉移到人力資本。人力是無形資產，在財務報表上無法一一明列。但股價／淨值增加，意味著成長的動力多半來自無形資產。

在知識經濟體制下，人才流動率（專業人士跳槽的機會總是很高）是企業必須關心的問題。高薪資是吸引人才的主因之一，所以教育程度的高低，會持續拉大薪資所得的差距。因此，除了薪資，企業還會提供額外的福利，如托兒托嬰、高等技術培訓等等，以強化員工的向心力，充分貢獻自己的才幹。

表5.4　大企業重新洗牌

1980 年十大企業	股價 / 淨值
IBM	2.4
AT&T	0.7
Exxon（艾克森公司）	1.4
Schlumborger（史蘭伯樂）	6.9
Mobil（美孚）	1.3
Chevron（雪佛蘭石油）	1.5
Atlantic Richfield（大西洋煉油）	2.1
General Electric（奇異）	1.7
General Motors（通用汽車）	0.8
Royal Dutch Petroleum（荷蘭皇家石油）	0.8
中位數	1.5
2005 年十大企業	**股價 / 淨值**
General Electric（奇異）	3.3
Exxon Mobil（艾克森美孚石油）	3.2
Microsoft（微軟）	5.8
Citigroup（花旗集團）	2.2
Wal-Mart Stores（沃爾瑪）	4.0
Bank of America（美國銀行）	1.8
Johnson & Johnson（嬌生）	4.9
American International Group（美國國際集團）	2.0
Procter & Gamble（寶鹼）	13.3
Pfizer（輝瑞製藥）	2.6
中位數	3.3

資料來源：FactSet, ThinkEquity Partners.

最搶手的人才

> 人才網羅，是今後十年的熱門議題。
>
> ——矽谷傳奇風險投資家杜爾（John Doerr）

古今皆然，鑑往可以知來。美國在一七八〇年代建國，當時是農業經濟，九成的就業機會都是務農。到了一八五〇年，四十九％農業相關的工作受到衝擊。一九九〇年農業人口降到三十九％，擁有大專學歷的成年人約三％，高中學歷也僅十五％。如今，美國從事農業的人口不到二％，二十四％人口大專畢業，八十五％人口念完高中。

工業革命當時，勞動人口稍有一些技能就投入生產，在裝配線上，只需要照本宣科加以複製。工人只要做指定動作，之後也是操作機器來完成同樣的工作。無論如何，工業革命仍是劃時代的改變。到了一九五〇年，全美四成的勞動力投入製造業，生產力暴增五十倍！衍生的利益也多半歸給勞工——一半由於工時大幅降低，另一半是實質所得增加了二十五倍。

知識勞工（繼工業勞工之後）的興起，可追溯到五十年前的徵兵法案，加上服務業逐漸抬頭。自一九五〇年起，製造業僱用的人數比例從四成一路下滑，降至不到一成，服務業僱用人數則從十四％持續上升，如今超過七十六％。在這段期間，愈來愈講究教育程度。來自海外的競爭加劇（特別是幾個新興國家），美國的製造業節節敗退，被迫朝高科技發展，並設法提高剩餘員工的生產力。在美國境內，服務業吸納了許多專業人才，技術層次不高的工作，多半移往開發中國家。

製造業生產力大增，高等教育日漸普及，中產階級興起，推動了由製造業到服務業的轉型。無孔不入的資訊科技，使市場更仰賴知識程度高的勞工。雖然服務業提供的職位持續成長，但成長率遠不如高科技產業。如資訊、醫療、金融這些需要知識的行業，其就業機會成長率約是整體經濟的三到六倍。

確認一家公司在新經濟體中的定位，評估它招募、培訓、留任人才的策略，是投資者的首要之務。

圖5.3　美國經濟發展歷程

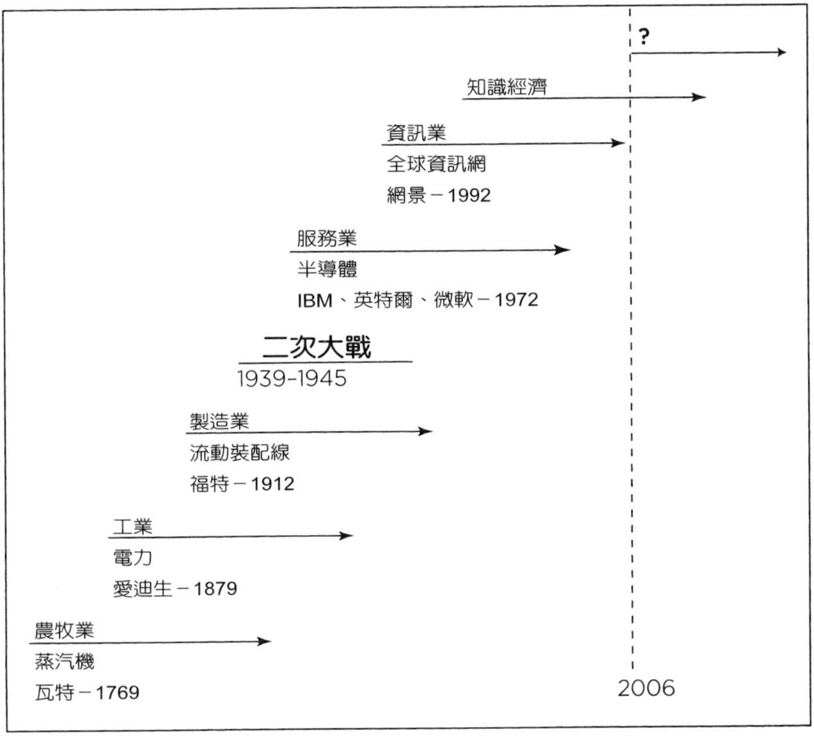

資料來源：ThinkEquity Partners.

專家訪談

米爾肯（Michael Milken）著名金融家、創業家

米爾肯堪稱是上世紀最具影響力的金融家，七○及八○年代的高收益債券市場，幾乎是他一手打造。他打通並普及了融資管道，讓許多創業者能夠取得資金，徹底改寫了產業面貌。他創立了幾間和教育有關的公司，目前在Knowledge Universe Education擔任校長，這是全球最大兒童早期教育中心。二○○三年，他在華府成立「快速治療」（FasterCures）中心，宗旨是加速惡疾治療的研發效率。在二○○四年某一期的《財星》雜誌，特別以封面故事稱他是「改變藥品的人」。他在一九八二年成立了米爾肯家族基金會，資助醫療研究和教育。能夠當面訪問他，我深感榮幸。

莫伊：幾乎四十年期間，你是金融、教育、保健領域的先驅。當初你怎樣決定要投入某項領域？

米爾肯：我每年起碼會靜下來一、兩次，思考某個領域接下來的走向。二○○五年底，我挪出兩天不接電話，帶著老婆遠離塵囂，看書、思考。從一九七○到七

八年，我每天上、下班各花兩個半小時開車通勤，等於一天五個鐘頭，中途沒人打擾，讓我能夠好好思考。現在我沒那麼閒了，只有設法跟外界隔絕，思考這個社會要面對和解決的問題。我一直堅信，認清社會的挑戰和需求，就是最佳的商機。俗話說：「做善事就是一門好生意」，事實的確如此。

我回想自己過去的決策，其實，我很早就決心要投入金融領域，取得資本是每個人應有的權利，關鍵是資金投注的對象。說來簡單，卻要花很久的時間，很大的功夫才能讓人們了解。你投注的是未來，不是過去。

如今我跟人們聊，我發現，醫療保健是美國、也可能是全球經濟體最大的區塊。如何大幅降低成本，是每個社會亟待解決的難題。以小兒痲痺症爲例，最初人們估計這種病的解藥將耗資一千億美元，疫苗的發明把成本降到一億美元。

莫伊：當今有哪些最重要的領域？

米爾肯：過去十二、三年，我專注在醫療健保領域的兩大議題：第一，怎樣加速研發的過程？於是決定創立「快速治療」中心；第二，怎樣促使進展加快腳步？技術本身已經不是障礙，配套措施才是麻煩，程序也得重新設計。我們還在用十九世紀的方法解決醫療問題，現在明明有資料蒐集的新技術，卻擱著不用。

我們致力於程序的改善，換句話說，就是法律的修訂，處理醫療法規條例之類的問題，希望加速致命性疾病解藥的研製。由於通訊成本和儲存成本大幅降低，演算能力大幅提升，醫療研究的效率將一日千里。只要你能找出方法，保證會有驚人的商機。藉由提高生活品質，是整個社會的福利。這不是我一廂情願，這是我做出重大貢獻的機會。

莫伊：你如何分析這些現象？

米爾肯：我向來抱定一個信念：人力資本——技能、教育、個人經驗——是世上最寶貴的資產。各界的估計稍有落差，約佔七十五％到九十％不等。

還有兩個因素，讓人力資產的價值大幅提升：一是醫療，它改善了生活品質，延長人的壽命；二是教育，它提高了生命的生產力。加上金融體系的革命，讓資本流向有才能的人。這些美國已經發生的改變，正緩緩擴散到其他地區。有了這個基本認知，我設法縮短醫療研發的進程，建立醫療資料蒐集和流通的管道，種種作法，就是要改善生活的品質。

在教育方面，我用金融當作衡量的指標。我的公司算是開山祖師，早在七〇年代就把交易紀錄和資料輸入電腦，供大家存取資料並進行決策分析。如今，全球三成最值錢的公司都是金融服務業。我相信，金融服務業運用技術來分析和降低成本的力度，遠超過其他行業。

紙張被淘汰，金錢的快速流動，充分印證了科技的威力。記得我第一天到華爾街上班，上頭指派我設法解決股票和債券流通的問題，堆積如山的紙張在六〇年代差點讓很多公司破產。按照規定，一手交券，一手交錢。偏偏很多證券遠在天邊，搞得大家動彈不得。如今，有了集保中心，又透過電子交易，不必親自跑去銀行存款或提錢。整個金融體系的運作方式已徹底改觀。

莫伊：這對醫療保健會有什麼影響？

米爾肯：看看當前的醫療保健，有異曲同工之妙，只要能減少文書作業，研發過程就會加速進行。醫療比教育更重視科技應用，我認爲教育也是如此。我們希望讓教育遍及世上每個角落。一切的作爲都基於一個理念：改善一個人的生活品質、延長壽命、提供他所需的工具以期充分發揮此人的才能。具體的說，就是教育。所以，我把重心從金融轉到醫療和教育。

莫伊：包括通訊業的MCI及有線電視的透納集團，你在很多大公司的創立初期出資協助。你憑哪些條件決定投資一家公司？其中有多少是人的因素？

米爾肯：考慮要融資或投資一家公司，我會先退一步，觀察整個產業。產業的本質如何？未來的走向？這家公司的角色？有哪些競爭對手？科技將對此產業造成的衝擊？譬如行動電話。我想起《星艦奇航》（*Star Trek*）中的柯克船長，他命令部下「用光呼叫對方」，讓我感覺，透過一款高科技無線裝置，讓聲音在空氣中傳輸，人們就可彼此通話。既然能無線通話，何必還要牆上的有線電話？你的通訊裝置應該在你所在的位置，而不是要你去裝機地點進行通訊。有一次我陪女兒看一部〇〇七老片，龐德弄到機密情報，急著到處找電話亭通知上級。我女兒認為他發神經。他在瞎忙什麼？拿起手機直撥不就得了？

怎樣看出來誰會是贏家？判斷誰最有遠見？無線通訊鉅子麥考（Craig McCaw）和美國媒體大亨透納（Ted Turner）的長相跟常人一樣。怎樣的產品會大受歡迎？誰最會運用科技？說來說去，我認為，韋恩（Steve Wynn）是個典型。這位「拉斯維加斯之父」當初一瘸一拐走進我的辦公室，那時他剛摔斷一條腿。他當年三十五、六歲，我三十出頭。我發現這人熱情洋溢、滿懷理想、創意十足。他要打造一座供成人玩樂的迪士尼樂園，希望能營造出令人流連忘返的環境，不管是因為豪華旅館、高級餐廳、娛樂項目，抑或是建築物本身。在我看來，他不只是打造一個讓每個人都認為自己能贏的運動場，而是描繪了一個史無前例的遊戲產業。

能夠給韋恩這種融合了熱情與才幹的人融資，對我是千載難逢的機會。也讓我有機會建立一個產業，向外界展現這個產業的眞實面貌。

莫伊：所以歸根究底，還是人的因素？

米爾肯：蘋果的賈伯斯或MCI的麥高文（Bill McGowan），其實只是個名字。我在七〇年代初就認識了麥高文，但我的公司不許我融資給他。因爲公司擔心AT&T的反應。公司的董事長也兼任洲際（Continental）電話公司董事，當然不准我「吃裡扒外」。

到了七〇年代末期，我做了一次簡報，同意高層的觀點。我考慮一些財務因素，決定不予融資。後來想想，又認爲這樣不公平。他們以爲我會放棄MCI，但我的回答是：「AT&T有一百三十萬名員工，還不足以推翻MCI十一位高階主管；若有五百萬名員工或許可以考慮。」

藉著這次機會，我把資本、新型態的證券和一流的人才結合起來。至於是美國有線電視TCI的馬龍（John Malone），MCI的麥高文，還是賭城大亨韋恩，倒是無關緊要。那些產業日漸興旺，他們的公司鴻圖大展，因爲：一、他們對產業眼光遠大，且經營有術；二、他們運用新的金融技術，加速了產業發展。這幾個人都很熟悉金融操作。

莫伊：醫療和教育產業有什麼投資機會？

米爾肯：不妨把教育和媒體拿來比較。打個比方，史匹柏製作一分鐘特效耗資一百萬，但銀幕上的畫面就此改觀。我對教育的理念，是以教師爲本。迄今爲止，網路上的線上數位產品，並沒有網羅一流的教師、沒有涵蓋最尖端的技術、沒有採用最好的教材。而且，中學老師在課堂上用的教材，跟網路課程的教材一模一樣，但在課堂上學生可以和老師互動。

我預期在今後一、二十年，愈來愈多的基礎課程會透過網路教學，從小學一年級開始，逐漸往上調整，學習的場所也會更多。你可儘管投資大錢來充實課程內容，因爲銷售的對象遍佈世界各地。網路教學的發展方向是：採用最好的教材、最佳的教學方法；給予每個教師和家長充裕的資源，隨時掌握孩童們的學習反應；運用現有的科技，根據各界學習狀況和世局變遷，隨時修訂課程內容。一本教科書在付梓當時，內容就已過時，何況到了學生手裡？數學課本的範例、歷史課本的說詞、物理課本的定律……許多內容已經不合時宜。透過科技，人們可以跟上時代腳步，以最適合學習的方式呈現教材內容，以充分提升學習成果。

教學平台隨著科技不斷演進，關鍵在於，教師必須適應科技。這在過去的確困難重重，但今後會逐漸克服。

莫伊：談談醫藥產業的走向？

米爾肯：新力遊戲機採用的ＩＢＭ晶片，每秒可完成兩兆次運算，把這個運用在個人和疾病方面就包括：運用科技來診斷和治療、計算相關的資料、進行基因排序。藥物的演進會從可生產、可預測到可預防的階段。六成的病症跟生活方式有關——抽菸、運動、常吃水果等等。提倡健康生活型態的公司，將是未來的趨勢。今後一、二十年，人們會更重視降低生活成本並增進生活品質。

大趨勢之二：全球化

對抗全球化的潮流，無異對抗地心引力。

——前任聯合國秘書長安南（Kofi Anman）

自從哥倫布企圖找出到印度的捷徑卻在巴哈馬群島登陸，全球化的趨勢就開始衝擊企業。科技是主要的推手，電話、飛機、網路，都是促使這個世界更小、更平的關鍵因素。

在《世界是平的》一書中，《紐約時報》專欄作家佛里曼（Thomas Friedman）巧妙的闡述了這個觀點，描繪全球化將給世界帶來的影響。唾手可得的科技、充裕的頻寬、全球化趨勢有增無減，咫尺天涯的境界指日可待。

圖5.4　全球前20大

在貿易、旅遊、科技和全球聯繫程度方面領先的國家

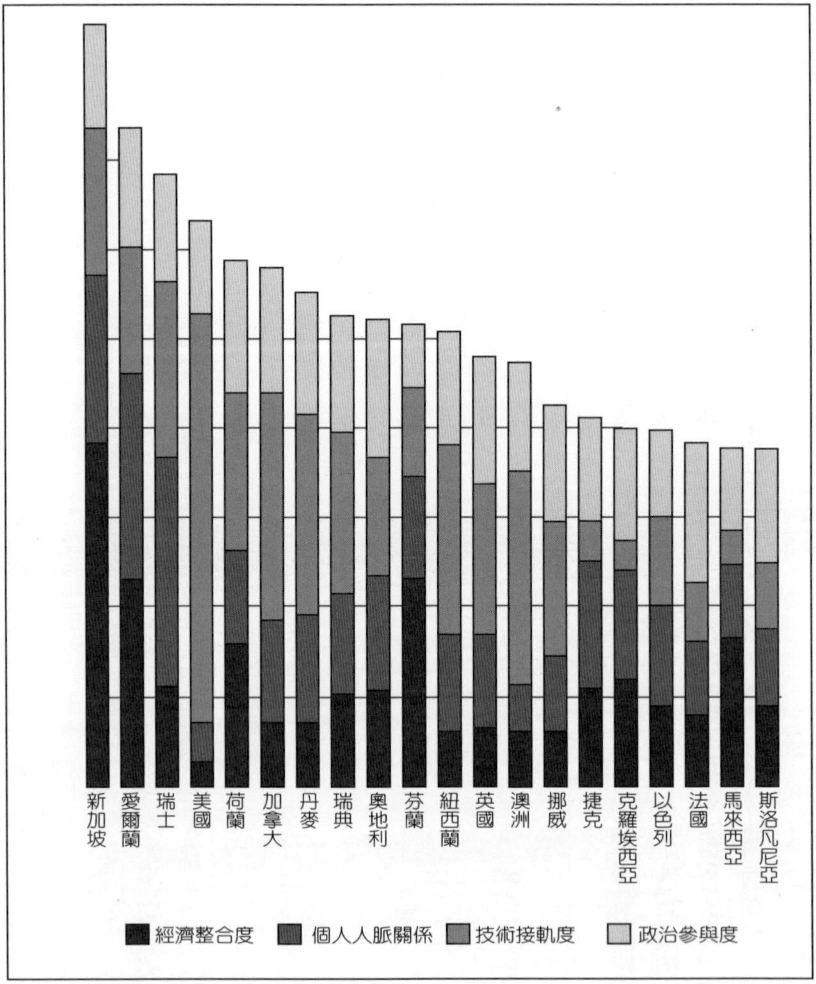

佛里曼點出十個醞釀全球化的因素：

一、一九八九年十一月九日，柏林圍牆倒塌　自由貿易市場邁入新的里程。

二、網景上市　透過瀏覽器，世界就在彈指之間。

三、工作流程軟體問世　以往的製程延誤大爲減少。時間和距離的隔閡無關緊要。

四、阿帕契伺服器出現　網站設計的流程大幅簡化。

五、Y2K促進代工生產　使大家見識到（因爲有必要）印度是可靠的代工夥伴。

六、移往海外　中國成爲許多國家的生產和組裝基地。

七、供應鏈　沃爾瑪堪稱改善產品到消費者中間流程的楷模。

八、內部資源　企業內部的工作資源分享。UPS算是先驅。

九、搜尋引擎　Google竟然以如此飛速找到資訊。

十、數位通訊　包括VoIP（網路語音通訊協定）和手機的先進技術，以便宜、迅速的方式，讓人們隨時隨地保持聯絡。

幾十年來，包括坦伯頓（John Templeton）等投資界大師，一再強調投資應採取全球化的視野。眺望未來，全球性投資者根本是多餘的字眼，既然要投資，就必須有全球化的觀點。隨著美國經濟體系邁入成熟，要尋找成長機會，勢必要到蓬勃發展的新興市場。

然而，全球化對於企業經營的影響各有利弊，這是不容忽視的效應，因爲全球化會衝擊每個層面。

表5.5　全球股市交易額

國家 / 地區	市值（美元）	佔全球市值比例
墨西哥	2,670 億	1%
印度	4,750 億	1%
中東和非洲	5,460 億	1%
東歐	5,930 億	2%
香港	6,870 億	2%
中國	7,720 億	2%
澳洲	9,720 億	2%
加拿大	1 兆	3%
英國	3 兆	8%
日本	5 兆	13%
亞洲	8 兆	21%
西歐	11 兆	28%
美國	16 兆	41%
北美	17 兆	44%
全球	39 兆	100%

資料來源：FactSct

例如傳統屬於本地產業的藥廠，就是受全球化衝擊的典型。過去當你生病或受傷了，幾乎都是找本地的醫生，如今，透過電子郵件可將X光片寄給遠在地球另一端的醫師診斷。採購則可以找其他國家的廠商。企業把非核心的業務外包，哪怕對全球化持保留態度，仍藉此提升競爭力。

旅遊業是直接受惠於全球整合風潮的產業。譬如，從舊金山到上海，比舊金山到小岩城容易多了。花兩天時間從舊金山到新加坡一趟商務旅行，對很多生意人來說根本不成問題。

同樣花兩天去阿拉巴馬州的伯明罕，那就要考慮半天，因爲中途要轉機兩次，回到家中精疲力盡，何況效益還很難講。去上海則有直飛的班機，搭機途中可以做很多事情，一趟下來可能大有斬獲（好在親自去了一趟）。二〇〇三年，全球民航業總載客量達十七億人次——約全球總人口四分之一——其中五億是搭國際航班。

另一方面，航空公司也是眾所周知虧損累累的行業。自從萊特發明飛機以來，美國航空業累計虧損高達二百五十億美元。如今，全球化加上退休的老年人有閒暇四處遊歷，讓人不得不看好旅遊業的前景。

英語是遍及全球的主流商用語言，學習英語自然成爲風尚。眼光遠大的中國，從國小二年級開始英語教學。貝力茲國際英語學院（Berlitz）是一家專業英語教學機構。培生（Pearson）和湯姆森（Thompson）這兩家媒體集團也擁有極爲豐富的英語教學

表5.6　前景看好的航空公司

公司	淨營收（億美元）	市值（億美元）	預估 LTG
GOL Intelligent Airlines	71	56	36%
JetBlue Airways Corp（捷藍航空公司）	11	25	22%
Southwest Airlines（西南航空）	15	131	19%
Ryanair（萊思航空）	19	87	14%
Singapore Airlines（新加坡航空）	78	104	10%
EOS	私人企業		
Virgin（維京航空）	私人企業		

資源。

如生物測定這類的尖端辨識技術，是明顯受益於全球化風潮的例子。在美國境內，或許憑著駕照就能確認一個人的身分，在國外則依靠護照，但對於頻繁穿梭許多國家旅遊經商的人士，更精確的身分辨識技術才是保障安全的途徑。

全球化趨勢帶動的產業

- 製藥
- 航空
- 語言
- 辨識技術
- 保全業
- 教育
- 金融服務
- 消費品牌
- 娛樂產業

資金和客戶每一刻都在世界各地流竄，追逐商機，全年無休。全球化驅使企業要強化自身的優勢，也劇烈衝擊保守的營運模式。公司和產品的品牌建立（本章稍後將討論這個大趨勢）更與全球化息息相關，也加速了業界留強汰弱的過程。

物以類聚

在全球化經濟體系之下，資本、技術、資訊、勞工、商品的來源遍佈全球，強調「聚落」這個地理名詞似乎顯得矛盾。另一方面，全球化也導致全球性的競爭態勢，生產力——

勞工成本和時效——成爲企業成功的關鍵。

有賴於共同成長與彼此競爭的態勢，聚落效應（相關產業的公司集中在某個地理區域，但不見得都屬於同一個產業）使這些群聚的公司更加專業。雖然每個聚落各自有個主要產業——如矽谷的創投業和資訊業、好萊塢的傳媒和娛樂業、波士頓的資產管理乃至納帕山谷的釀酒業——但區域內的公司型態相當廣泛，並不限於某個特定產業（參見下頁表5.7）。

表面上看來，散佈在聚落中的公司分屬於不同的產業，實際上卻專精在其主產業所涵蓋的領域，如法律和金融服務、製造、市場行銷、運輸、建築工程、教育機構。

在這些聚落中的企業，有三個提升競爭力的管道：

一、強調專業化，以提升聚落中企業的生產力。

二、透過彼此的交流網路，加快研發創新的腳步。

三、扶植新創公司成長，增強聚落整體的競爭力、生產力和營運能力。

當聚落達到一定的規模，經濟效益會擴散到整個區域，讓一些獨立的企業享受經濟規模帶來的好處，又能保持原先小公司特有的靈活和彈性。此外，當規模到了一定程度，成熟的公司會盡量把非核心的業務外包，新創公司則專注於核心資產的成長，把核心以外的事務交給專業公司去處理。

產業聚落之所以在全球形成氣候，是因爲競爭優勢很多是靠「區域性全球化」——產業鏈的專業化、企業彼此間的關係、區域性知識集中和勞動市場。使得生產力的提升不限於公司內部，而是透過公司間的交流互動。

表5.7　全球化的局部聚落效應

都會區或州	產業聚落
矽谷	資訊及通訊科技、生化科技、創投業
洛杉磯	媒體及娛樂業、國防及航太業、貨運
西雅圖	軟體、航空器設備與設計、造船業
拉斯維加斯	休閒產業和賭場、區域性航空公司
達拉斯	房地產開發
奧馬哈	電話行銷、旅館預訂、信用卡交易處理
科羅拉多	電腦整合系統、程式設計、工程顧問
納希維爾	醫院管理、娛樂業
鳳凰城	航太業、光學、分析儀器
明尼亞波里斯	出版印刷、醫療儀器、貨運物流
底特律	汽車及零件製造
波士頓	資產管理、生技業、軟體和通訊設備、創投
紐約	金融服務、廣告、出版、多媒體
賓州 / 紐澤西	製藥
北卡羅萊納	家具、化纖、IT 研發
南佛羅里達	衛生醫療、旅遊業

資料來源：Institute for Strategy & Competitiveness, Cluster Mapping Project, 哈佛商學院

一旦鎖定了哪些產業，去相關產業的聚集區域尋找明日之星，肯定大有收穫。譬如，要找醫療儀器的尖端廠商，應該經常拜訪明尼亞波里斯（Minneapolis），即心血管電擊器的大廠商總部所在地。全球化會不斷替產品和服務項目拓展新市場。此外，由於勞力成本降低、生產效率提高、市場規模更大、後段作業協調等因素更容易達到經濟規模。以全球的觀點思考和運作，更能充分利用資源。

在不久的將來，大多數的公司會把研發部門集中在本地，把中國製造的產品組件運到南美或東歐組裝，再將成品分銷到全球各地的市場。至於屬於區域性的產品定位、銷售業務、廣告等等，則交給當地負責。

至於售後市場，客服部分交給印度，把產品的問題回饋給供應鏈。全球產品工程師負責維修，產品的改進交給原始研發中心的研發人員。

全球化不僅爲企業界拓展了許多消費市場，也替企業把一些內部事務轉包出去，衍生新的市場。企業會在全球範圍內，找到最具成本效益的地方。

已開發國家和開發中國家間的貿易更爲頻繁，一方面降低已開發國家的通膨壓力，同時提振開發中國家的經濟，這算是明顯的效益。然而，較爲人忽視的是產品的多樣化——基本上，同一個產品的款式和花樣變得更多。

很多人以爲，全球化貿易就是原先國內製造和消費的產品，由國外進口的產品取代，而犧牲國內產業，其實不然。全球性的競爭會增加產品種類，讓消費者和企業有更多選擇。事實上，產品多樣化是促進競爭的先決條件。

傳統貿易的觀點，認爲這是把商機拱手讓人，任由國外公司用低價來銷售「同樣的產品」。然而，市面上琳瑯滿目的汽車車款、鞋子款式、紅酒產地和咖啡品種，都是全球化貿易的成果。全球化使得效率精進，促使產品的品質提升、價格降低。

根據最近一項針對全球化貿易效應的研究估計，美國消費者獲得的利益接近三千億美元，約佔GDP的三%。全球貿易對美國經濟的影響日益重要（參見圖5.5）。產品種類從一九七二年的七萬五千種（七千七百項產品），二〇〇一年暴增到二十六萬種（一萬三千九百項產品），各項產品的種類平均翻了一倍（參見圖5.6）。

產品的多樣化意味著消費者生活水準提高，零售業也受惠。另一方面，全球化貿易盛行，產品日益多樣化，消費者口味更加挑剔，品牌價值更爲突顯。

零售業者必須反應靈活，全力滿足顧客的需求，以最實惠的價格，提供最熱門的產品，款式愈多愈好。

圖5.5　全球貿易對美國經濟的影響力與日俱增

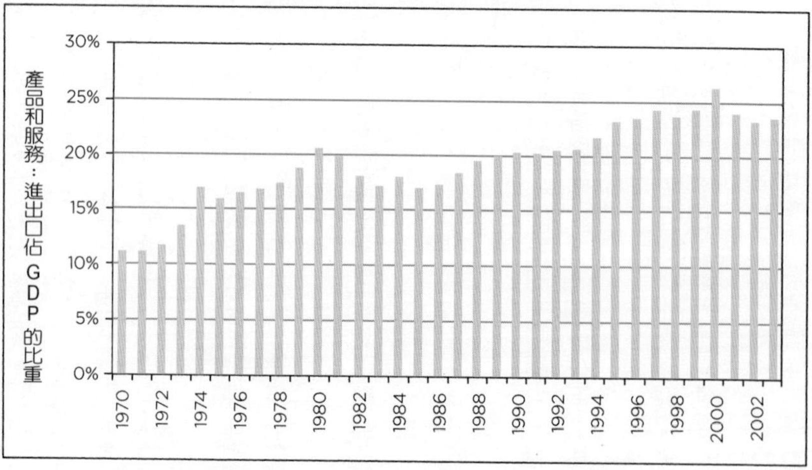

資料來源：美國經濟事務分析局

圖5.6 全球貿易使產品趨於多樣化

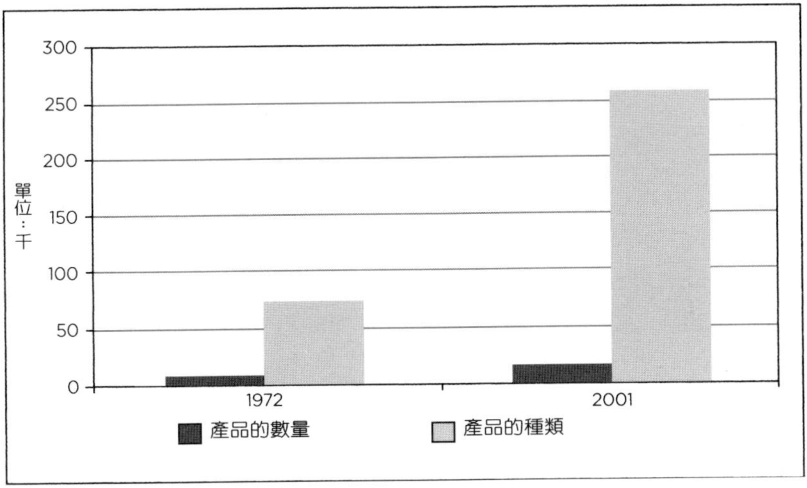

資料來源：紐約聯邦儲備銀行

圖5.7 美國進口品中的各國佔比（1990－2001）

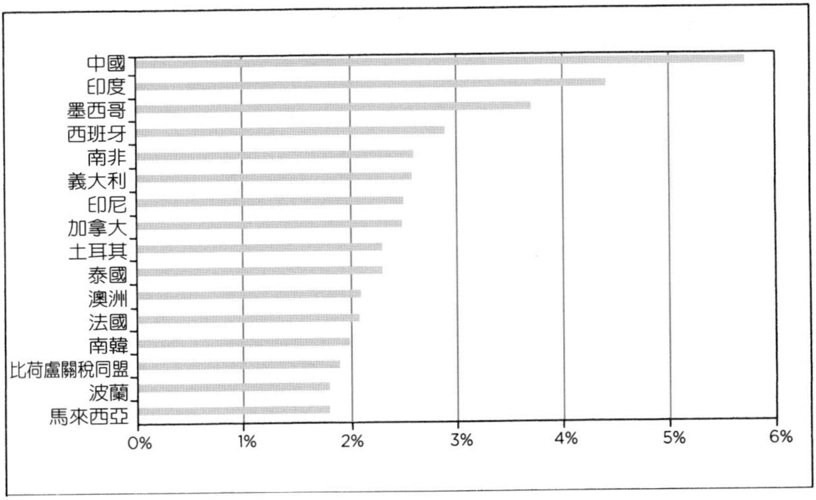

資料來源：紐約聯邦儲備銀行

專家訪談

德萊豪斯（Richard Driehaus）

德萊豪斯資產管理公司（Driehaus Capital Management）董事長

德萊豪斯資產管理公司成立於一九八二年，負責替機構和富豪管理三十七億資金。德萊豪斯的操盤紀錄輝煌，使他晉身為美國頂尖投資經理人之林。此外，他對趨勢和成長型公司的嗅覺靈敏，曾多次被評選為全球最佳的美國投資經理人。他強調放眼全球市場的重要性：

我們是否和目前世界成長的商機擦身而過？今後一百年的成長，我們也無緣分杯羹？大體說來的確如此。問題就在這裡。我指的是跟上全球的腳步，而不是比照標準普爾或大摩指數。我們把眼光放在美國（人口佔全球市場五％）、英國、中歐，忽略了全球八成的人口。換句話說，我們專注在伺候十億個富人，卻忽略了正設法提升並改善生活的五十億窮人。

中國——下一個金礦

如果奇異在中國投資的策略錯誤，表示幾十億美金泡湯。如果對了，那就是本公司下個世紀的寄望所在。

——奇異前總裁威爾許

中國崛起已經是老生常談，幹練的年輕人絡繹不絕從全球各地飛往上海或北京，情況好比一八四九年的加州大淘金或九〇年代的矽谷熱。

我討厭人云亦云，但眾人的眼光不容置疑。我認爲，今後五十年塑造世界的兩股力量，一是網際網路，再來就是中國。

憑什麼看好中國？起碼可舉出十三億個理由——這個國家人口眾多，地大物博。

中國締造了經濟奇蹟。去深圳觀摩一下，四處林立的高樓大廈、新穎的辦公室和高級住宅，以及不時在天空呼嘯而過的噴射客機。位處中國東南端的深圳在一九七八年還是一片窮鄉僻壤，當地人口不過兩萬。時至今日，這裡是中國第四大城，人口超過一千萬，二〇〇四年產值三千四百二十億人民幣（約四百二十億美元），佔中國GDP的二・五％。作爲資本主義的實驗場，深圳被選爲中國第一個經濟特區，標示了這個大國經濟起飛的開端。

短短二十七年內，中國的GDP從四百四十億美元，成長到一兆七千億，年均複合成長率十五・六%（實質成長率九・七%）。況且，這個數字還是二〇〇五年底尚未修正的，因原先低估了服務業產值，中國政府認爲GDP成長率超過十%。中國目前在全球經濟體中排名第七，若以購買力計算，則高居第二，僅次於美國。從人均GDP看來，老百姓可支配的財富正快速攀升，在同期間，從四十七美元增爲一千二百九十五美元。直到二〇二〇年，預計GDP年均成長率爲八%。

中國超過百萬人口的城市多達一百座。美國僅有九座！

中國目前已是全球第一大手機市場（三億七千三百萬用戶），鋼鐵產能領先全球，煤產量傲視群倫，接納外資最多的開發中國家（超過五千億美元），個人電腦第二大市場。此外，預計在二〇一〇年成爲全球汽車第一大市場。

中國人均實質GDP只有一千七百美元，美國是四萬一千八百美元。估計未來十年，將有一億五千萬人口從農村移居到城市，帶動新一波的消費熱潮。投入資本市場的資金已高達一兆七千億。民間儲蓄率高達四十七%。

目前有五十多家中國企業在美國上市，一千四百多檔股票在深滬證券市場掛牌交易。預計未來二十年，將有超過一萬家中國企業上市籌資。

爲了更上一層樓，構建中國政府所謂的和諧社會，我深信未來幾年，中國勢必在社會福利、醫療健保、教育改革等方面展現魄力，並改善當前千瘡百孔的金融體系。只有當社會福利安全網步上正軌，民眾才會安心減少儲蓄，並增加消費。也唯有如此，其國內的消費實力才能徹底發揮，進而穩定帶動經濟成長。

目前亞洲（日本除外）佔全球GDP約九・五%，佔全球股市總值一成，全球人口的六成（約四十億）。相較於美國，GDP佔全球三成、股市四十一%、人口五%。亞洲成長率如此之高，其股市的份量至少該和GDP比重相當（參見表5.8）。

在中國可以看到幾個主要趨勢，包括中產階級興起、都市化、亞洲國家之間相互貿易日漸頻繁。舉凡電腦、電視、汽車、旅遊等產品與服務項目，需求有增無減。

預期到二〇二〇年，中國GDP將從二〇〇〇年的一兆一千億翻升四倍，年均增幅八%以上。若依照這種速度，對照美國三%年增幅，五十年後，中國將是全球第一大經濟體（若GDP以購買力計算，十二年後就會登上寶座）。今日的中國，地位好比一八八〇年代末的美國和一九五〇年代

圖5.8　中美兩國的GDP分配（2004年）

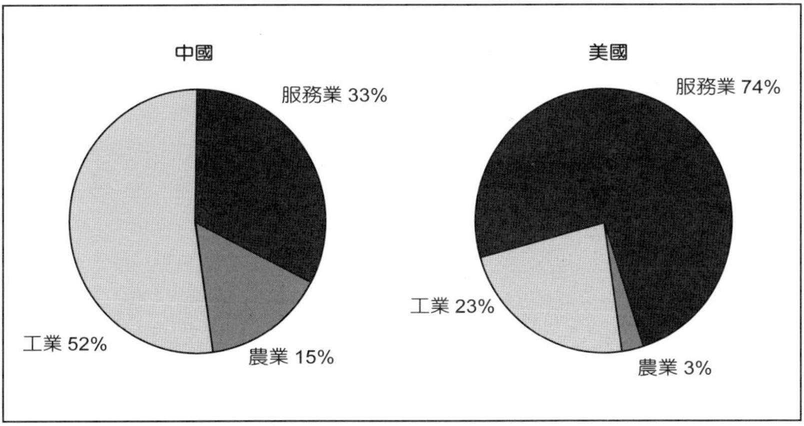

資料來源：世界發展指標，世界銀行

表5.8　美國與亞洲

地區	佔全球 GDP 比例	佔全球股市比例	佔全球人口比
美國	30%	41%	3 億（5%）
亞洲（日本除外）	9.5%	10%	40 億（60%）

資料來源：CIA World Factbook, Factbook, FactSet, ThinkEquity Partners.

初的日本，很有可能在未來的幾十年，稱霸全世界。

中國各地的都市化翻天覆地（參見圖5.9），爲勞動市場帶來三億多的廉價勞工，相當於全美總人口，全美勞工總數的三倍。低廉的勞力加上豐沛的資本，幾乎是無往不利。總而言之，我認爲中國製造業的強勢，在二、三十年內還不至於動搖。

我投資中國公司的主軸，主要是考慮盈餘快速成長、本益比和人民幣匯率調整。我認爲中國目前的情況，很類似戰後的日本和九〇年代的美國。

一位北京高官這麼形容：「中國就像一列老舊的火車，以一百公里時速向前衝。在高速行駛當中進行維修固然困難重重，但要車子停下來，則毫無可能。」或許，這正是中國當前經濟發展的最佳寫照，也合乎我的觀察——遍地機會、處處陷阱。把握難得的機會又避開地雷，並不容易，但這是我們的目標。如第二章說過的，盈餘

圖5.9　中國境內快速都市化

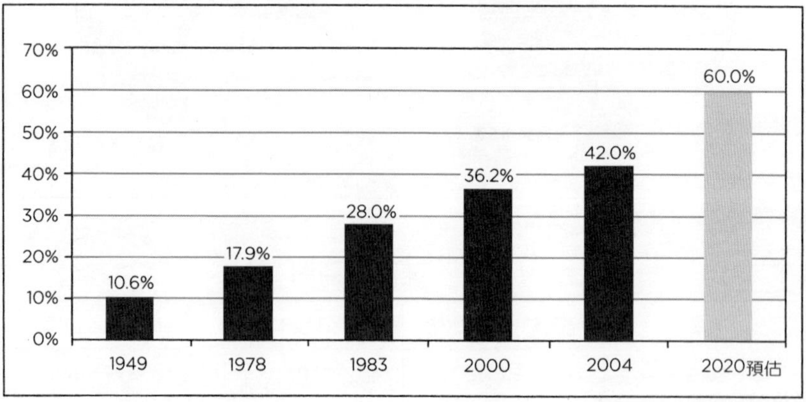

資料來源：美國國家經濟發展研究中心

成長強勁固然很過癮，但也要防備著，以免大虧一筆，到頭來還是白搭。

如何創造充分的就業機會，仍然是中國政府目前相當頭痛的問題。根據中共中央國家發展與改革委員會的報告指出，二〇〇六年的勞動力供給約二千五百萬個，職位需求僅一千一百萬個。大學畢業生的就業問題持續看壞。二〇〇五年三百三十八萬名大學畢業生，約三成找不到理想的工作。二〇〇六年畢業生人數約四百一十三萬。照以往的比例推算，到了七月份又是一百萬畢業生找不到工作。

無論是投資中國的企業，或評估某家公司在中國的策略，總之，中國在所有大趨勢中獨占鰲頭。

圖5.10　各國人口與股市市值佔全球比例

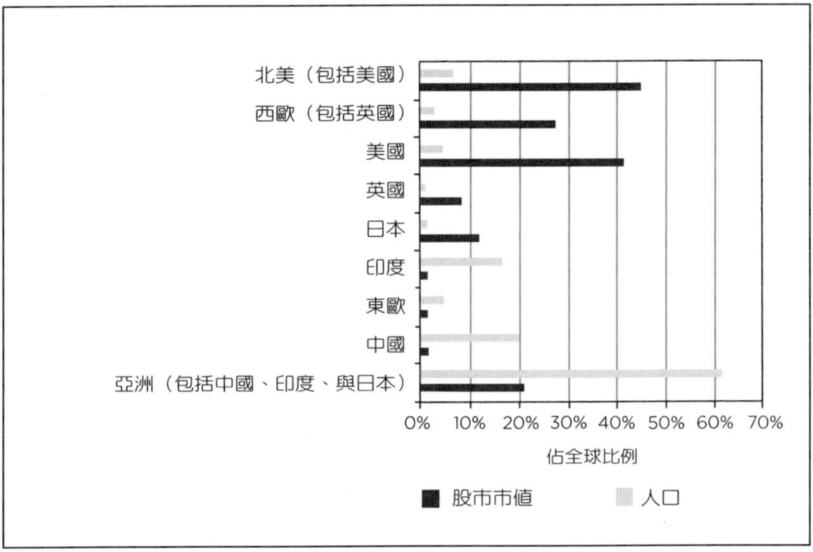

資料來源：*CIA World Factbook*, FactSet, ThinkEquity Partners.

專家訪談

葛雷迪（Bob Grady）凱雷（Carlyle）基金合夥人

凱雷是全球規模最大、實力最強的私募基金之一，旗下資產超過兩百億美金。葛雷迪是凱雷美國創投事業部的主要操盤人，此外，他和公司的全球創投集團合作，旗下擁有五家基金，管理十七億美金。葛雷迪在金融界與政壇歷練豐富，曾擔任許多政府要職，包括老布希總統的資深演講撰稿人。他指出：

這個年頭，以眼前的情況來看，最重大的單一經濟事件，就是中國的崛起。其他事件都無法與其相提並論。這是人類有史以來，最多人口增進生活水準的過程，有些美國人喜歡去中國耀武揚威，或把對方當成威脅，其實是大錯特錯。能夠參與下一世紀的全球發展，是我們千載難逢的機會。很可能再過幾十年，以GDP計算，中國將成爲全球最大的經濟體，美國屈居第二，這也無所謂，只要兩國都維持高成長，享受生產力與生活水準提升的好處，對美國也算好事一樁。即使另一個經濟體成長率超越我們，也沒什麼好怕。我們能從中獲利最多，這才是重點。

印度——多多益善

想領略印度的威力，就像拿一瓶香檳酒搖晃半個鐘頭，然後打開瓶蓋。這個瓶蓋勢不可擋。

——《世界是平的》作者佛里曼

雖然印度和中國都屬於大趨勢，兩個國家有些類似，但也有不少差異。有件事可以肯定：印度和中國對全球經濟造成的衝擊，創造的商機，的確讓人目不暇給。

首先，讓我們注意兩個國家的共同點。

一如中國，印度人口眾多——十億左右，且預計在二〇三〇年超越中國。

和中國一樣，印度的都市化進程迅速，大量的中產階級興起，不斷刺激消費。麥肯錫在一項調查報告中指出，二〇一〇年印度的消費品市場可達四千億美金，居世界第五。

和中國一樣，印度也有很多理工科系的大學畢業生，據某些統計，約是美國的三倍。在標榜知識經濟的年代，兩國都佔盡優勢。

共產黨當政的中國，實際上信仰資本主義，有錢凡事好辦。印度是世界第一大民主政體，說英語的人口僅次於美國。在印度政界、商界與社會各階層，階級制度仍舊根深蒂固，以致效率不彰，和民主平等的理念格格不入。

在中國，重大決策都是中央領導統籌，辦事效率驚人。反觀印度，官僚心態嚴重，做事拖泥帶水，要推動經濟成長，還欠缺許多基礎工作。在重視時效的高科技園區，很多人都有深切體認。

中國是製造業和消費成長的火車頭，印度的強項在服務業。資訊業和企業服務承包的金額，合計約三千億美金，成長率二十五%。

創意產業生氣蓬勃。二〇〇二年，印度是全球第一大電影製片國，共出品一千兩百部片子。美國共五百四十三部，不到印度的一半。

一個印度大學剛畢業的工程師，若在Google印度分公司任職，年薪約一萬八美金（扣稅之後約一萬四）。足夠在當地買間兩房一廳的公寓、僱個女傭兼廚子、再買輛自用車。同樣資質的畢業生，在矽谷的薪水約為前者四倍，這點錢在矽谷只能勉強過日子。

在印度，理個髮不過三毛美金，女傭的日薪也差不多。在矽谷理個髮得花十五塊，請個女傭日薪七十五塊。有鑑於此，當地的畢業生寧願留在印度，而不願到國外打工。

充沛的人才和低廉的薪資，將繼續推動印度成為全球服務業的重鎮。

微軟、英特爾、思科承諾在未來五年內，將投資五十億美金於研發，並將法律諮詢、會計帳務、客戶服務、財務分析、軟體設計等業務，逐漸轉移到印度。

要找出明日之星，一方面要親自到印度看當地企業，另一方面，也要觀察美國公司經營印度的策略。

表5.9 中、印、美三國對照

特性	中國	印度	美國
人口	13 億	10 億	2.96 億
實質 GDP（美元）	2.2 兆	7,200 億	13 兆
人均 GDP （購買力平價，美元）	8 兆	4 兆	13 兆
GDP 成長率	9%	7%	4%
實質人均 GDP（美元）	1,700	772	41,800
人均 GDP （購買力平價，美元）	6,200	3,300	41,800
理工科畢業生	644,106*	215,000	222,335
外資（美元）	600 億	60 億	1,060 億
資本市場規模（美元）	7,720 億	4,750 億	16 兆
政府體制	共產	民主	民主
網路用戶數（百萬）	111	51	226
手機用戶數（百萬）	269	26	150
每百戶擁有的電視	46	34	100
每千人擁有的車輛	7	6	600
投資的創投業者	華平創投、凱雷集團、多爾資本管理（Doll Capital）、紅點創投	德豐傑、西北創投、電池創投（Battery）、Mobius Matrix Partner、Mayfield、Bessemer、Venture Partner、Trident、世界宏景科技	所有美國創投公司
主要上市公司	新浪、百度、51jobs	Wipro, Cognizant	微軟、艾克森、Google

* 註：包括汽車技工在內

專家訪談

海克（Pormod Haque） 西北創投（Norwest）合夥人

海克於一九九〇年加入西北創投。被《富比士》評選為五年來最頂尖的交易員，二〇〇四年，《富比士》又根據過去十年的績效，評選他是創投界頭號高手。他投資的領域，集中在半導體系統和軟體服務。他是投資印度的先驅者之一。他說：

我非常看好印度的前景。近年來出現相當數量的中產階級，隨著社會日益開放，培養了強勁的購買力。寬頻網路正開始普及，頗類似中國五年前的景況。無線網路也不遑多讓，無線網路和行動電話呈爆炸性成長，每年登記用戶增加四千萬，目前用戶相當於中國四年前的水準。看看司機們使用衛星導航的情況，不難發現，印度的消費網路市場還有很大的成長空間。

大趨勢之三：網際網路——無形演算

根據歷史紀錄顯示，人類只追求更快。

——克恩（Stephen Kern）

歷史總是不斷重演。

當一個革命性的技術粉墨登場，人們通常高估它的效率，以爲舊的技術很快會被淘汰，另一方面，又低估了它的潛力。

故事總是如此這般：

第一幕：革命性的技術向世人展現，各界興奮不已，主流刊物都以封面報導大肆吹捧。

第二幕：眾多新公司如雨後春筍般冒出。學生紛紛輟學加入淘金行列。酒會晚宴都是些新貴名流。許多公司營運計畫粗糙不堪，但憑著熱門術語琅琅上口，照樣能吸引大筆資金投入。

第三幕：熱潮正處於高峰。《商業周刊》、《財星》、《新聞周刊》、《仕女家庭》（*Lodie' Home Journal*）都以封面報導介紹這批年輕富豪，稱他們是企業英雄。二十家新上市公司的總市值，超過英國當年國內生產毛額。傳統產業無心固守本業，準備進場一搏。計程車司機、擦鞋匠、街頭小販，對新世代投資理論侃侃而談。

第四幕：情勢急轉直下。起初，大夥兒多忙著交際應酬，很少人發覺苗頭不對。但有些人已經在找退路。警察來了，叫大家趕快回家。少數人乖乖回去，但更多人去別的地方找樂子。曲終人散，大家鼻青臉腫。

第五幕：很多當初被捧爲英雄的人物，如今彷彿過街老鼠。有些宣告破產，某些鋃鐺入獄。富貴如夢一場。那些傳統產業的老前輩，對新貴們的悽慘下場嗤之以鼻，聲稱世界應該回到原點。

第六幕：淒冷寒冬過後，又是春暖花開，枝芽綻放。人們看得懵懵懂懂，佩服這些小夥子劫後餘生。無奈心有餘悸，大家對此敬而遠之。

第七幕：花朵處處盛開。最早開的花欣欣向榮，還有很多花，開在從前一片貧瘠的地方。

這簡直就是網路創業史的劇本。其實，同樣的故事不僅發生在網路界，鐵路、汽車、電腦、電話……很多產業都是如此。

來看一下鐵路業，一八二三年，全美國鋪設的鐵路總計二十四公里。到了一八九〇年，暴增爲二十七萬公里，兩年後，因過度投資和過度開發，二十億資金成了泡影。如今，鐵路業產值超過一千億。

在汽車業方面，在一九〇四到一九〇八年間就開了二百四十多家車廠；到了一九二三年，剩下一百零八家，前十家包辦了九成市場。此後三年，六十五家車廠宣布倒閉，剩下四十三家本土車廠，從此沒有外國車廠進駐美國。如今，只有三家大型車廠，營收總額六千三百億。

相對來看，人類接納網際網路的速度，遠超過其他的技術。商用民航業推廣了五十四年，才有四分之一人口搭過民航客機、電力花了四十六年、錄影機花了三十四年、手機十六年，但網際網路全面商業化只用了七年，網路用戶就達到全球四分之一人口（參見圖5.11）。

用戶不斷激增，潛在的商機看似永無止境，大筆資金投入這個新興產業，新公司市值被捧上天際。

當泡沫剎那破滅，景況一片悽慘。八兆美金瞬間蒸發，損失超過英、德、法三國GDP總和。現在，春風再度吹起，人們開始感受到網際網路的威力。

圖5.11　各產品取得全球 1/4 市佔率所需時間（年）

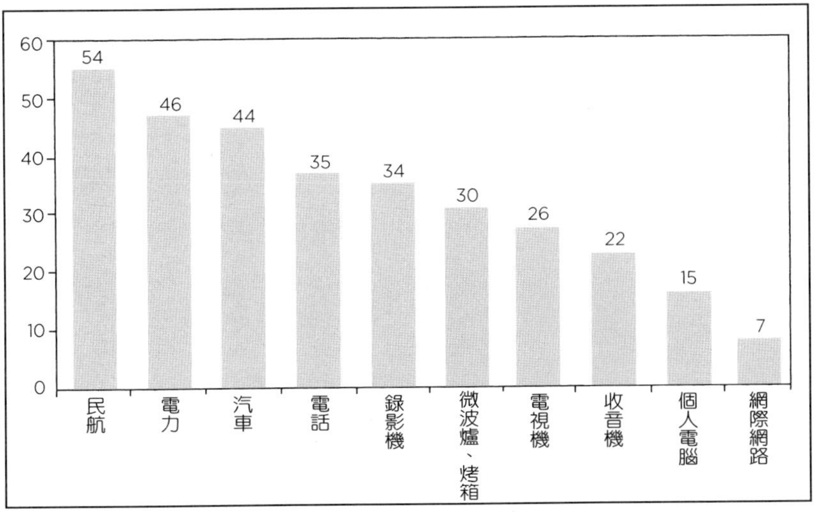

資料來源：Michael Milken, Andrew Rosenberg.

與其說網際網路是一門產業，倒不如說是影響所有產業的大趨勢。純粹的網路公司固然不少，但網路本身其實是作爲媒介，影響的層面從政府機構、汽車製造業到音樂界無所不包。譬如，你可以用 iTunes 把數位化音樂下載到 iPod 隨身聽，這都是透過網路。以目前來看，網路潮流中最具威力、最受矚目的公司非 Google 莫屬。不過，我們的目標是找未來的領袖，有鑑於此，要對網路的本質和趨勢有更深入的研究。

以美國的郵政系統爲例，有了電子郵件，傳統的郵件業務幾乎成了歷史。但另一方面，蓬勃發展的電子商務，推動了高單價、高利潤的包裹遞送業務。

網際網路也提供了線上教學，促使傳統的教育體系必須跟上潮流。透過連線的普及、成本的降低、品質的提升，教育將不再是少數人的專利。這是供給創造需求的案例。

Skype 全球有兩億四千萬用戶，透過網路免費下載，讓網路上的用戶能免費通話。跡象顯示，傳統通訊產業氣數已盡。網際網路造就了隨選軟體和開放原始碼（open source）興起，這是一種讓使用者可以自行修訂的軟體開發模式。在零售業，透過網際網路，大量客製化將蔚爲風潮，客戶可以馬上指定各種細節，確認訂單，在一兩天內收到貨。

目前全球有超過八億個網路用戶，其中約四分之一在美國。電子商務產值六十八億美金，成長率九%。

無所不在的晶片、充裕的頻寬，將繼續加速網路的普及。無論在通訊、服務、娛樂、購物、學習等各個領域，網路都居於核心地位（參見表5.11）。

在成功投資之前，我們要明瞭，網際網路會如何影響某個產業，刺激其中的商機。要參考其經營模式，來分析公司的潛能。網路業大約有連線、內容、電子商務、軟體、服務等五

表5.10　全球網路用戶人口統計

地區	人口（2006 預估）	佔全球總人口比例（%）	網路用戶	人口上網的比例（%）	佔全球用戶比例（%）	2000-05 成長率（%）
非洲	9.15 億	14	2,300 萬	2	2	404
亞洲	37 億	56	3.64 億	10	36	219
歐洲	8.07 億	12	2.90 億	36	28	176
中東	1.9 億	3	1,800 萬	10	2	454
北美	3.31 億	5	2.26 億	68	22	109
加勒比海 / 拉丁美洲	5.54 億	9	7,900 萬	14	8	337
大洋洲 / 澳洲	3,400 萬	1	1,800 萬	52	2	132
全球總計	65 億	100	10 億	16	100	182

資料來源：Miniwatts Marketing Group, www.internetweorldstats.com.

表5.11　網路帶動的商機

通訊——網路電話、即時通訊、電子郵件、部落格
服務——旅遊、隨選服務、開放原始碼
娛樂——遊戲、電影、廣播、音樂
購物——電子商務、股票交易
學習——中學後教育、研發、市場調查

種營運模式，可以用這種方式評估一家公司的前景（參見表5.12）。

技術革新

科技改變了社會與經濟的面貌，對美國企業界也影響深遠。過去三十年來在科技領域的投資節節高升。一九七〇年，企業界在電腦和資料處理設備等提升人力資本生產力的資本支出約佔二十%；到了二〇〇二年，企業界在高科技相關的資本支出約五十二%。IT成爲資產、工廠和設備的主流（參見下頁圖5.12）。

過去二十年，企業界在IT軟硬體的投資多半是實體設備，造成消費性電子產品爆炸性成長，但這是有形的，目前，技術已有隱形化的趨勢，且擴散到各個角落。

這並不表示IT技術已接近飽

表5.12　利用網路賺錢的經營模式

經營模式	概述
連線	提供撥接或專線服務的公司。一般是按月收費，或與其他條件搭售，提供免費連線。如果電腦設備、教室、連線都免費，則多半靠廣告收入。
內容	提供用戶在網頁上所見的內容。入口網站匯整其他網站的資料和網址，目的網站則是提供本身的內容。收入來源主要靠廣告、贊助、訂戶和電子商務。
電子商務	藉著銷售商品或撮合買賣雙方來獲利。列出產品目錄的網路零售和拍賣網站，是典型的模式，也可能有些廣告收入。大致可分為B2C和B2B兩種型態。至於網路教學這一塊，尤其是中小學課程，打廣告恐怕會引起非議。
軟體	銷售架構網站、通訊或交易的軟體程式。收入來源包括軟體授權、維護費、諮詢費、程式寄存（hosting）暨運作服務費。教學系統和培訓管理系統，是兩款熱門的軟體。
服務	提供各式各樣線上系統所需的服務，包括寄存、程式租賃、交易處理、資料庫、顧問諮詢、設計、維修等等。按點選次數計費、按時間或內容計費、訂戶計費，算是常見的營利模式。

資料來源：Michael Merrill Lynch.

和的階段，隨著許多開發中國家搭上全球化的列車、新世代接觸資訊科技、老舊的資訊設備面臨汰換，IT產業的成長率將是整體經濟的一．五到兩倍。整個市場的走勢仍取決於技術突破如何順應企業和消費者的需求。

以往IT投資和消費的榮景，是憑藉追求更快、更好、更便宜的原則，產品創新和開發的週期短，以便快速上市。更進一步則加速品質的改進，價格不斷降低，打進企業和一般消費市場。

電信和資訊科技合併之後產生的加乘效應，特別是網際網路的興起，對於企業的營運方式（例如：內部溝通、產業間互動、全球化），以及消費者購物、工作、獲取資訊、學習技能、彼此溝通交流的方式，

圖5.12　企業增加IT設備的投資占比

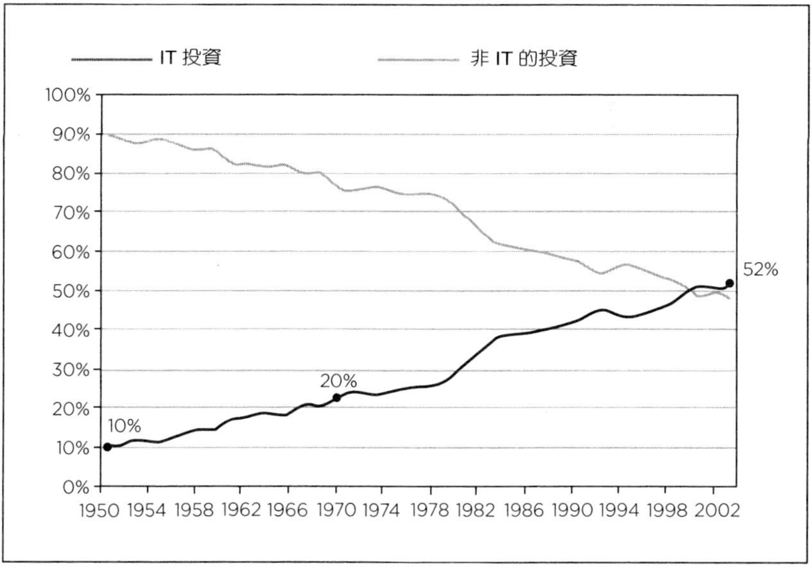

資料來源：美國經濟事務分析局

都會產生劇烈的衝擊（參見圖5.13）。

展望未來，諸如生物測定、數位偵測、標示產品資料與位置的智慧型標籤等技術，除了帶動新的應用，也會改善企業的運作流程。

消費電子市場蓬勃發展，過去以企業為主的網路技術進入家庭，無線網路設備價格不斷降低，每戶擁有的電腦數量激增，每個人平均擁有不只一台電腦。

換句話說，科技透過各種方式和管道，滲透到生活的各個層面，不光是安裝最新版本的軟體，如何把個人擁有的多台設備連在一起，隨時隨地取用更有價值的資訊，是當務之急。

深入了解網際網路的威力，研究網路對傳統產業的影響，有助於掌握未來的商機。

圖5.13　網上進行的活動（2003/10）

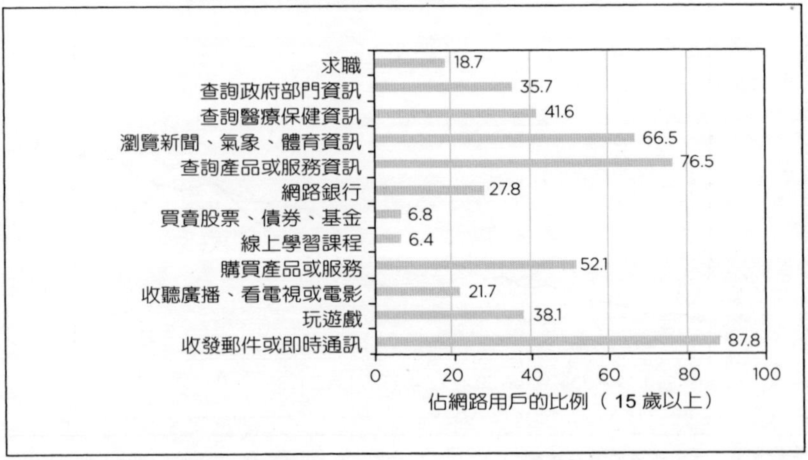

資料來源：美國通訊暨資訊管理局

圖5.14　電腦的演化進程

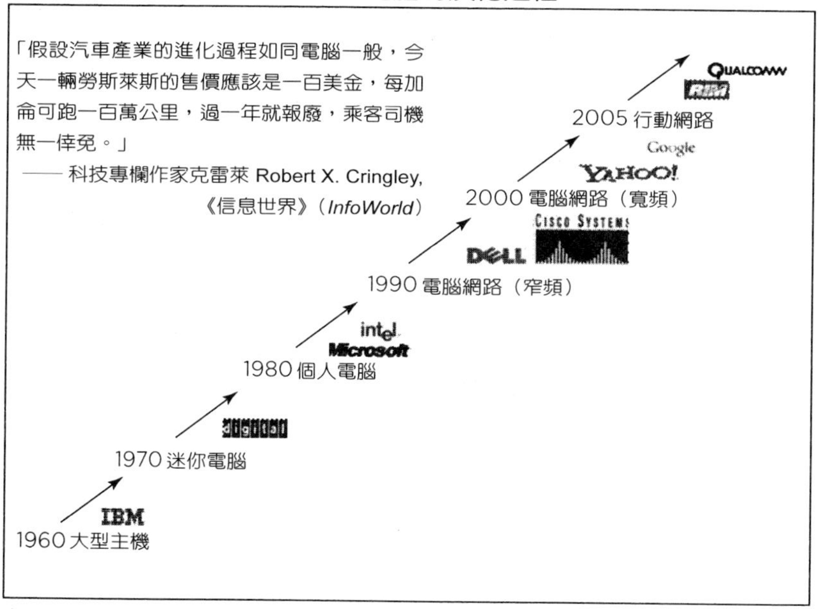

資料來源：ThinkEquity Partners.

圖5.15　企業與消費者在科技產品的支出

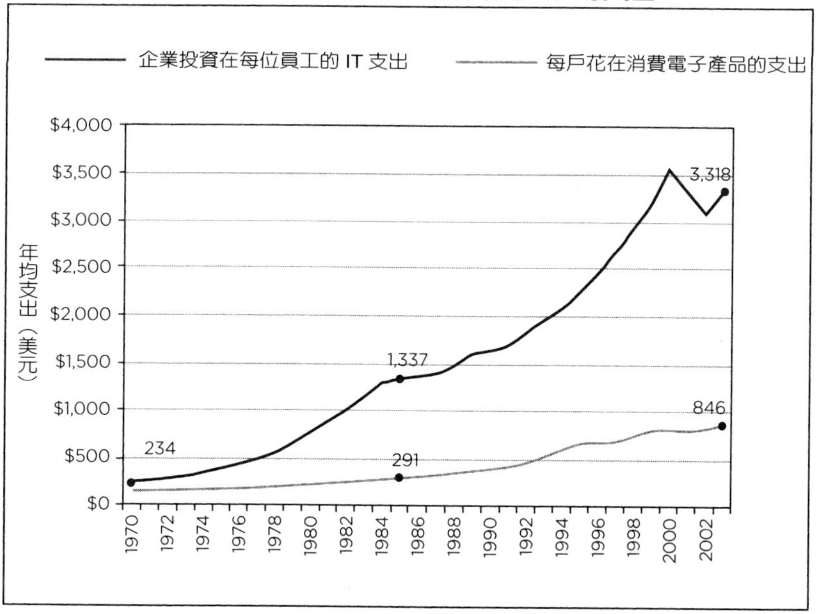

資料來源：美國經濟事務分析局，勞工統計局

專家訪談

麥奈（Joe McNay）Essex 投資公司總裁兼投資長

Essex 投資公司旗下管理超過四十四億資金。麥奈擔任經理人，主導公司的投資方針。他操作著名的「54/50 基金」，基金名稱緣自耶魯大學一九五四年的畢業生，計劃在同學會五十週年把基金捐給校方。自一九七九年到二〇〇〇年，二十一年期間，這支基金由最初的七萬五千元增加到九千萬，年平均複合成長率達四成。訪談中，我請教他投資成長股的心得，以及如何把握新的商機：

我從錯誤中學到更多。當事情出了岔錯，效果好似暮鼓晨鐘。首先，錯誤把你拉回現實。當事情一帆風順，你往往會自鳴得意，認爲自己永遠不可能犯錯。一旦你犯了錯，你知道是自己的錯，痛苦萬分。你得看清楚，冷靜分析，捫心自問：錯在哪裡？爲什麼犯錯？怎麼回事？

經常接觸有實質內涵的東西，自然會產生很多靈感。憑著感覺，憑著認知，大量閱讀，對事情有些背景知識，眼看許多事情正在發生，發現情況正有所改變。這就是成長的源頭。我現在每天看《紐約時報》、《華爾街日報》、《投資人商務日報》（*Investor's Business Daily*），尤其後者，幾乎是主要的資訊來源，很多內容來自於觀察政治動向，觀察人們對事情的反應和偏好，判斷人們以後會怎麼做。

談到最成功的投資，我算是接觸最早的元老。我看好醫療領域，搞過廢棄物處理，我最早投入行動電話領域，我搞過衛星國際電話，但最重要的，我選了網路。我最早成功的一筆網路業投資，是一家在波士頓名爲CMGI的網路公司。每股四塊錢，我認爲值得投資，於是我們籌資並成爲該公司的美國第二大股東，僅次於富達基金。當然，富達的規模比我們大一千多倍，所以這筆投資關係我們的未來。我公開透過網路以創投公司的身分買進，隨著網路業發達，泡沫一路膨脹，股價從四美元漲到一百六十美元！

大趨勢之四：人口結構

今晚天氣：晴時多雲偶陣雨

——美國喜劇演員卡林（George Carlin）

通常我不太注意氣象預報，因爲我發覺預報不準，還不如我自己觀察。如果外頭飄雨，出門就帶把雨傘；如果氣溫攝氏十度，就穿上大衣。但我已經很久沒根據下週的氣象預報來計劃什麼事情。我不會靠丟銅板來做決策，也不會聽氣象專家的話。

話說回來，如果我想排時間去科羅拉多滑雪，我會安排在三月份；如果去明尼蘇達滑水，會安排在七月；如果想去華府欣賞櫻花盛開的美景，會排在四月。

每天的氣象預報很難說，但季節的氣候很準。冬天下雪、春天暖和、夏天炎熱、秋天涼爽。夏季的白晝較長，冬季較短。這是我可以掌握的。

同理，人口趨向也是投資人眺望未來的一扇窗口。

老化的人口需要更多的醫療保健、旅遊規畫，改善其退休後的生活品質。高級葡萄酒、啤酒、咖啡行業都受惠，金融服務業也在此列。

女性擔任企業主管的比例不斷攀升，家庭保母與企業托兒服務的需求水漲船高，外帶餐點和預作晚飯都是趨勢，家庭教師、女傭和園丁的需求增加。

對於網路世代的孩童，網路幾乎隨時保持連線狀態。好比汽車對我們父母那一代，手機是獨立與自我的表徵。酷炫的鈴聲、收發簡訊、玩遊戲、看電影，在一台機器上樣樣具備。

在美國境內，西班牙裔是人口比例成長最快的族群。目前佔十四%，預計二〇二〇年升到兩成。對於鎖定這個族群的行銷專家、媒體和零售業，都是極大的商機（參見圖5.16）。

移民仍將大量湧入，但隨著一些發展中國家經濟情勢好轉、投資機會增多，這些國家人口外移的意願也會減緩。在美國的少數族裔會更快融入主流。拉丁裔人口激增，購買力強勁，勢必成爲最大的少數族群，重塑美國零售、媒體和金融服務業的風貌。

人口趨於老化加上九一一事件，也促使信仰復活。據蓋洛普於一九九

圖5.16　美國境內的西班牙裔人口

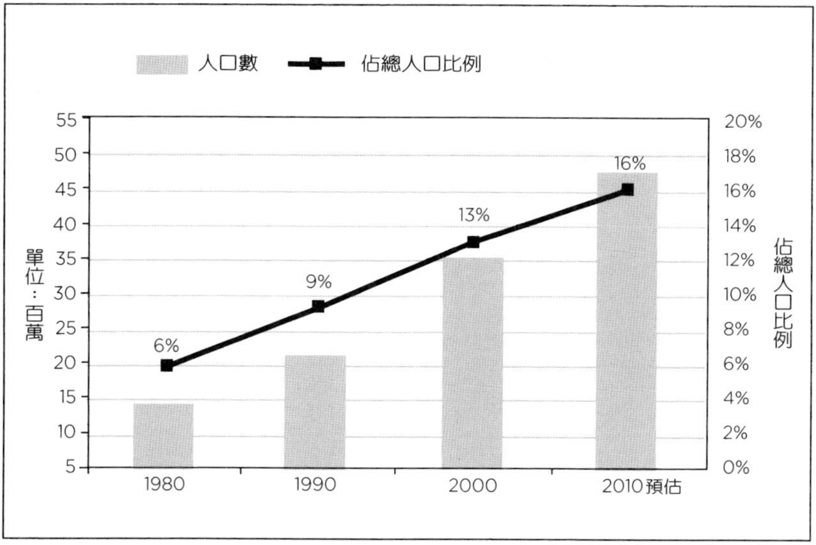

資料來源：美國人口統計局

四年的一項民調，只有兩成的美國人願意有性靈提升的體驗，到了九九年多達七十八％，這還是九一一之前的數字。華理克牧師（Rick Warren）的大作《標竿人生：建造目的導向的人生》（*The purpose driven Life*）銷量達兩千五百萬冊；電影《受難記》（*Passion of Christ*）票房超過六億，名列影史十大賣座巨片。在美國，基督教徒人數超過八千萬，根據告示牌流行音樂排行榜二〇〇四年的統計，基督教音樂銷售額七十億美元，基督教書籍二十二億四千萬。基督教音樂、書籍及其他媒體都大撈一筆。如Potbelly's這類的家庭聚會餐廳，Six Flags等全家娛樂場所，標榜樸素理念的服飾零售商也大行其道。

今後二十年的人口趨勢更爲動態。二〇〇八年左右，嬰兒潮世代年紀較長的人將離開工作崗位，加入退休行列。同時期，九成的Y世代（編註：定義仍有爭議，約指一九七六年到二〇〇一年之間出生的世代）將投入就業市場，因人數眾多，足以抵銷退休人口的效應。另一方面，如何訓練新進人員，取代經驗豐富的員工，是業界面臨的挑戰。

Y世代是第一批隨著資訊科技成長的世代，不像X世代（編註：一九五〇年代後期和一九六〇年代之間出生的世代，是嬰兒潮世代的下一個世代）要逐步適應隨身聽、阿泰利遊戲機、蘋果二號和錄影機。憑著實際使用經驗，Y世代能進一步了解資訊技術的運作原理，開發應用的能力自然超越前輩。

在各個產業的消費習慣，嬰兒潮世代和新一代族群有著明顯差異。嬰兒潮世代習慣去實體店面購物且購物的時間較長，X和Y世代很少逛街。旅遊業者就發現休閒的需求大增，商務旅遊則銳減。金融服務重新定位，瞄準退休族群。金融業則針對新的投資和理財機會，推出新型的金融服務和產品。

人口結構影響的產業

- 醫療保健
- 休閒和旅遊
- 少數族群行銷
- 針對女性的服務
- 投資理財服務
- 信仰勵志相關產品

由於Y世代和X世代的人數總和超過嬰兒潮世代，在經濟、科技、社會層面的影響力有增無減，其政治影響力也會凌駕後者。總之，人口結構的轉變影響深遠，廣度與深度都是前所未有，將會重新塑造經濟、科技、社會的風貌。當一切汰舊換新，精明的投資人應把握良機。

圖5.17　各世代的勞動力組成

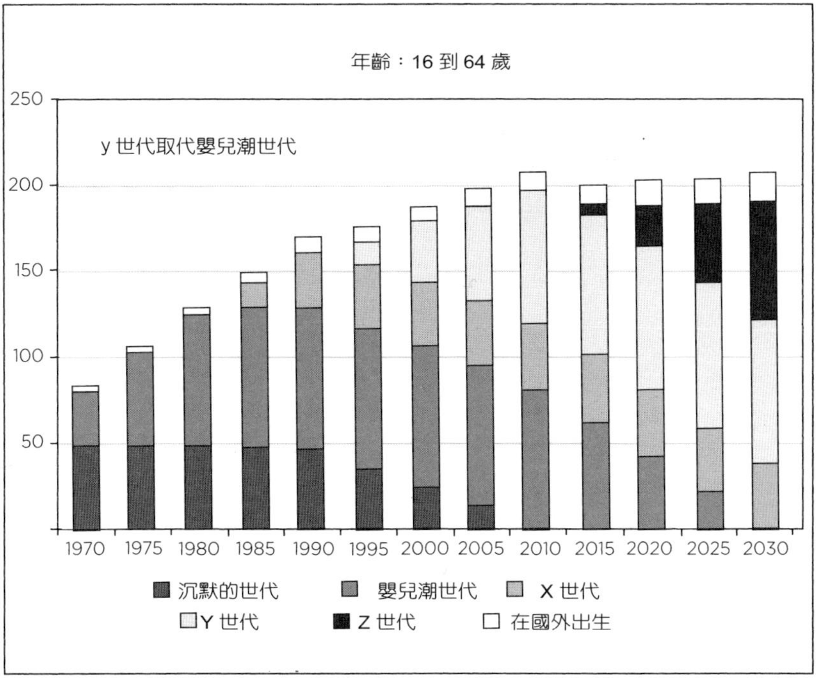

資料來源：美國人口統計局，ThinkEquity Partners

專家訪談

馬提雅斯（Ed Mathias）凱雷集團總經理

馬提雅斯在創投界的歷練豐富，是公認的高手。他於一九九三年成為凱雷集團合夥人，另外也擔任許多重要職位，包括 New Horizons 基金資深經理人，T. Rowe Price 董事會成員，並籌組新企業聯盟（New Enterprise Associates）。以下是他給投資人的忠告：

打算投資成長股的投資人必須靠自己，自己潛心研究，自己做出判斷。他們能取得的資訊不像對沖基金或擁有研究團隊的投資經理人那麼豐富，但往往可以靠常識，這是很管用的。和其他領域一樣，能夠成功的都是那些滿懷熱情、勤奮努力的人，或許靠個人的力量就夠了，但並不容易。我要強調兩個重點，首先是了解自己的情況，控制自己的情緒——了解自己決策的邏輯，檢討自己過去的紀錄，並據此調整你的操作策略。

大趨勢之五：加乘效應

> 你點選的網頁正要顯示，而筆記型電腦的電池恰巧耗盡，這就是機遇。
>
> ——*Commerce Online*編輯查爾斯（Stuart Chirls）

十一年前，柯林頓第二次當選總統、尼可拉斯凱吉以《遠離賭城》（*Leaving Las Vegas*）一片榮獲奧斯卡影帝的頭銜、辛普森殺妻案開庭、麥克維（Timothy McVeigh）因奧克拉荷馬爆炸案受審、第一百屆奧運在亞特蘭大隆重開幕。

這些事情彷彿剛剛發生。我的重點是，一九九六年其實隔了沒多久。想當年，很多老闆拿著大哥大，很多專業人士有傳呼機，但一台兼具電話、簡訊、電子郵件、照相機、行事曆、電腦、鬧鐘、遊戲各種功能的機器，幾乎無法想像。

二○○六年初，開發黑莓機的廠商RIMM的市值一百二十億美元。這台機器整合了以上各種功能，卻只有手掌般大。

以橄欖球爲例，四分衛具備兩項特質：第一，他們會綜觀全場，眼光不會只鎖定在某個球員或某個區域，才能在必要的時機到達正確的位置；第二，他們會預測兩、三秒後的情況。就好比頂尖的棋手，總是知道對方會採取什麼步驟。

同樣的道理，投資人必須綜觀全局，研判產業接下來的走向，可能和哪些趨勢產生加乘效應。

加乘效應是兩種以上的現象合流造成的，常見的例子如手機兼具拍照功能、電視機可瀏覽網頁等，可見加乘效應愈來愈多。目前，很多奈米科技應用在電腦儲存媒體、半導體、生技、製程和能源產業。在醫療保健領域，影響的包括標把投藥技術、基因診療與一些尖端的醫療應用（參見表5.13）。

加乘效應最關鍵的作用，是在傳統領域中創造新的市場，只要達到這種效果，不必去研究每種技術的運作原理，譬如，看salesforce公司，不必研究其程式碼，重點是專注在客戶的營運模式和投資效益。我也懶得去研究TiVo的運作原理，我只在乎它是否帶來新的樂趣。投資者在乎的是經濟面的考量。

要了解加乘效應對產業的影響，必須先明瞭產業本身。以傳統華爾街的眼光，

表5.13　醫療領域潛在的加乘效應與時程

商　　機	預計大量生產的時程
植入型藥物幫浦	二到五年內
標把投藥技術	現在
閉路式血糖調整系統	二到五年內
非侵入式體內診療系統	二到五年內
遠端監控與診療管理	二到五年內
以細胞、基因為標把的投藥技術	五到十年內
影像誘導手術	兩年內
非侵入式診療（放射療法、低溫療法、熱療法等）	五年內

資料來源：Windhover Information, Inc., and Bain & Company.

很難瞧出什麼遠景。

眺望未來、觀察最新的趨勢動向、考慮各種的假設情況，就不難找出明日之星。

加乘效應能提高運作效率，促成不同領域的專家協同合作。通訊產業的合流趨勢，替知識經濟奠定了基礎。加乘效應促進了企業和消費者訊息互通、提升效率，讓營收跳級成長。

企業和消費者使用網路日益廣泛，雖然離成熟期還有一段距離，但語音和資料傳輸正逐漸合爲一體（參見表5.14）。網路過去的成長主要依靠連線速度愈來愈快，現在是透過各種設備連線。無論如何，目的就是要連上網路，價值在於網路上的資訊。

現在，相互交流的價值愈來愈被發現。短期重點是**VoIP**（網際網路語音通訊協定），長程目標則是**XoIP**（可傳輸各種型態資料的通訊協定），把語音、互動資料、視訊、應用程式都整合到網路協定中去。

表5.14　加乘效應

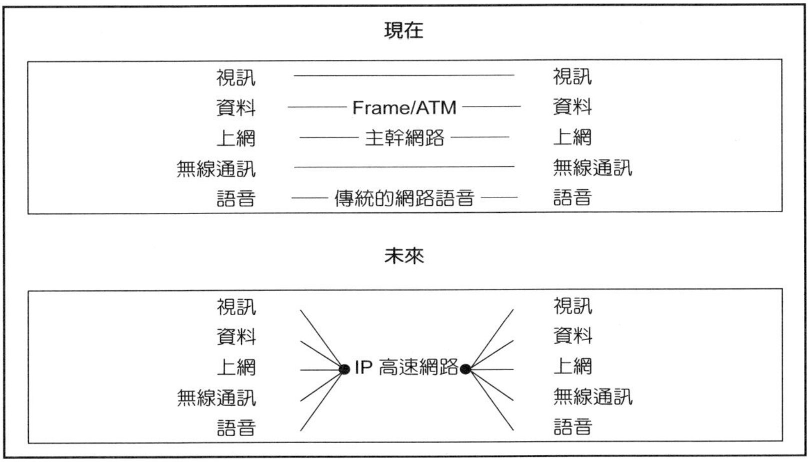

資料來源：Acquicor, ThinkEquity Partners.

除了終端用戶和企業間彼此的通訊，標籤掃描設備和智慧型標籤也會提升運作效率——尤其是企業的供應鏈——隨時掌握市場需求和消費者的喜好。沃爾瑪要求其供應商在每樣產品附加數位化智慧型標籤，大大改善了產品和存貨管理流程，縮短供應鏈內多餘的程序，更貼近消費者的需求，盡量降低存貨囤積的可能性。智慧型標籤將會進一步和網路緊密整合，利用小型化的技術，以便隨時隨地都能取得資料。資料將會更貼近營運的前端，包括供應鏈的物流、產品經銷和客戶回饋。

在可以隨時隨地取得重要資料的目標下，爲了顧及安全性，也會產生新的瓶頸。因此，企業和供應商與客戶之間的資料管道，必須採用更成熟的保全技術。只要克服安全障礙，企業用戶、供應商、一般消費者就可隨時隨地取得這些資訊。

溝通技術的整合開啓了網路「電器化」之門，使得電腦技術得以運用到日常生活當中，貼近商業決策、工作地點、消費以及社會互動發生的地方。通訊和網路的緊密結合，將會徹底改變企業的營運方式。因爲人們知道，資料如果不互相連接，實際發揮的作用就很小。以投資人的觀點，你要鎖定技術整合產生的效益（參見下頁圖5.18）。

圖5.18　技術整合重塑世界風貌

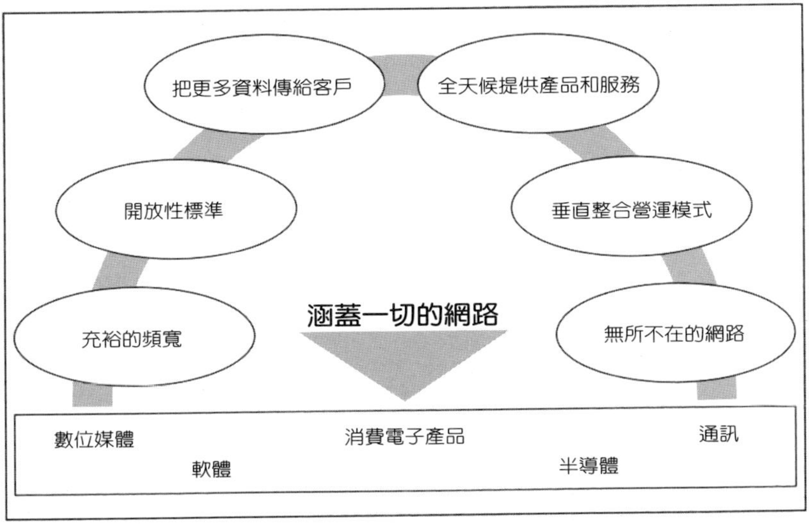

資料來源：Acquicor, ThinkEquity Partners.

專家訪談

史裴恩（David Spreng）Crescendo創投總經理兼創辦人

史裴恩旗下的Crescendo創投公司擁有十億美金資產，在帕洛奧圖、明尼亞波里斯、倫敦都設有分部。他是「世界經濟論壇」（World Economic Forum, WEF）的核心成員之一，主旨是「培育中國初期的投資環境」，也是美國創投協會的董事。他被《富比士》刊載在「點石成金」風雲榜。我請教他有關管理的問題：

卓越的管理，就是優秀的領導統馭。領袖人物會注入卓越的文化。這種人有遠見，能讓別人感覺他做的事情很了不起，值得努力。我建立了自己的人脈，全力聯繫這個人脈。我會找個傑出的人選，這個人必須魅力十足，由他來建立人脈。我會花時間在各種環境下跟某個人相處，明瞭他的動機。優秀的領導人才，很清楚自己的方向、智慧高超、心態坦誠、膽識過人、不會糊裡糊塗。關鍵是他們擅長跟別人合作，具備領導能力。此外，他們熱情洋溢、頭腦靈活。他們善於溝通，尤其善於傾聽。最重要的，他們對工作樂在其中。

大趨勢之六：企業合併

歷史不會自我複製，卻會相互呼應。

——馬克・吐溫

故事如此這般：

一個男孩從高中或州立大學畢業，找了一份工作。他很快發現，自己頗有生意頭腦，不想替人打工。於是，他用房屋二胎抵押，跟岳父借些資金，加上刷卡預借現金，加上小孩的教育費用，東拼西湊創辦了一家公司。

他拚命幹活，幾乎沒有休假。他的夫人除了管家，偶爾也來公司幫忙，打理各種事情。公司度過了幾次難關，總算上了軌道，業務興旺。他領的錢很少，但足以應付開銷，生意不斷擴大，賺的利潤都用於擴張。

雖然自己念的是公立學校，他讓孩子上私立學校。他是鄉村俱樂部會員，但很少參加。孩子們卻樂此不疲，高爾夫和網球都一把罩。

公司在當地已闖出名號，在當地頗受好評，實力不容忽視，他計劃把業務擴展到其他地區。

幾個孩子進入頂尖名校。他逢人就拿自己的孩子炫耀。學校放暑假，他希望孩子到公司各部門實習，但他們拒絕老爸的好意，寧願去歐洲旅行。

公司財源滾滾，卻沒有頂尖的人才願意來效命。員工都認爲（執行長自己這麼說），當大老闆退休，一定會安排自己的兒子接管家族事業。於是，公司留不住優秀的人才。

孩子們大學畢業，念完了研究所，在公司待了一陣子，他們說服老爸，讓他們最好先去別的公司培養一些經驗，以後再回來接管家族事業。

他們搬去別的城市——紐約、芝加哥、舊金山、倫敦——那些地方都有老同學。老爸照樣辛勤工作，但他也發現，偶爾的休閒活動可調劑身心。孩子們每年都答應要搬回來，轉眼已經說了十年，卻沒見誰眞的行動。

新技術不斷衝擊整個產業，老爸缺乏技術背景，但他明白，若技術持續落後，公司遲早關門大吉。他曾經擔任總裁的那家乙公司，最近把股票上市，價格翻了幾倍，利用上市取得的資金正大舉招募人才。

眼看乙公司上市，他的一些老客户不免心存疑慮，甚至有人開始透過網站（他的公司還沒有架設）向乙公司採購。疑問接踵而來，如中國、印度、是否該委託外國代工等等。往年做生意輕鬆乾脆，只要讓客户高興，成本降低就可高枕無憂，但情況今非昔比。

乙公司的報價比他便宜兩成，他認爲這簡直不可能，但很多生意被對方搶去。根據幾個老客户的說法，因爲乙公司的報價低、效率高、品質好。看過乙公司的財務報表，更讓他摸不著頭腦：儘管報價低，獲利率卻更高。

他開始擔心自己的身體。醫師囑咐他放慢步調，商場壓力卻逼他加快！他問孩子們哪時候回來，大家都拿他的孫子作擋箭牌。無論如何，多謝他替孫子們開設信託基金，還付了學費——感激不盡！

儘管百般猶豫，他主動約乙公司的老闆一同吃飯。酒足飯飽，相談甚歡，兩家合併。併購的題材發酵，乙公司的股價一飛沖天。因與公司高層意見不合，他半年後主動求去。他在電話中向老闆抱怨，得到這樣的答案：「沒記錯的話，你的公司被我們買下來了。」

你以為這是個特別的故事嗎？錯了，這種事每天都在華爾街上演。

併購是一種經營手段，企業透過買下別的公司來擴大市場。基本上，併購者希望在規模上取得優勢。有了華爾街提供成本低廉的資金，併購案層出不窮。

投資人必須密切注意社會、企業界和政壇的動向，以設法掌握未來的趨勢，預測哪些產品或服務有合併的傾向，有助於研判哪些股票會漲，也避免自己成為甕中之鱉。

前面那個故事，算是典型的企業合併案。若一個產業分佈零散，且多半是小型家族公司，自然就會傾向整合。

當一個產業開始整合，結果就是大者恆大，小公司很難與其競爭。一家上市公司買下一家私人企業，因上市股和未上市股的價碼差異，幾乎都有套利空間。

舉例來說，一家本益比二十五的上市公司，打算買一家本益比十二的未上市公司。對股東來說，除了合併的策略性利益，套利又賺了一手。雙方合併，公司的盈餘增加，自然會推高股價。通常，併購者不會付出現金，而是拿自家股票買下對方的股份。

弔詭的是：併購者的股票價值愈高，對投資人愈有吸引力。因為，股票本身愈值錢，等於以更低的代價買到更多的盈餘，更有利於推升股價。想明白箇中道理，的確讓人頭昏腦脹，但只要經歷過一次，就能體驗它的威力。

企業併購的確是大趨勢（參見圖5.19），也是投資的熱門題材，但也有不少陷阱。對那些純粹只是為了套利、或沒頭沒腦的併購案，你得特別當心。

整合也是個問題，通常，合併只是帳面的整合，並沒有解決現實問題。文化理念、系統連接、溝通方式的差異，往往讓合併以失敗收場。

併購其他公司，需要有更廣闊的視野。對於一個成熟的產業，大家都很明白自己的弱點。情侶約會的時候，會設法隱藏自己的缺陷。兩家打算合併的公司，也會盡量呈現自己好的一面。

若採取狹隘的觀點，傳真機產業理所當然需要大肆整合。然而網際網路的興起，把整個傳真機產業連根拔起，使得類似的合併毫無意義。

圖5.19　大企業歷年併購件數

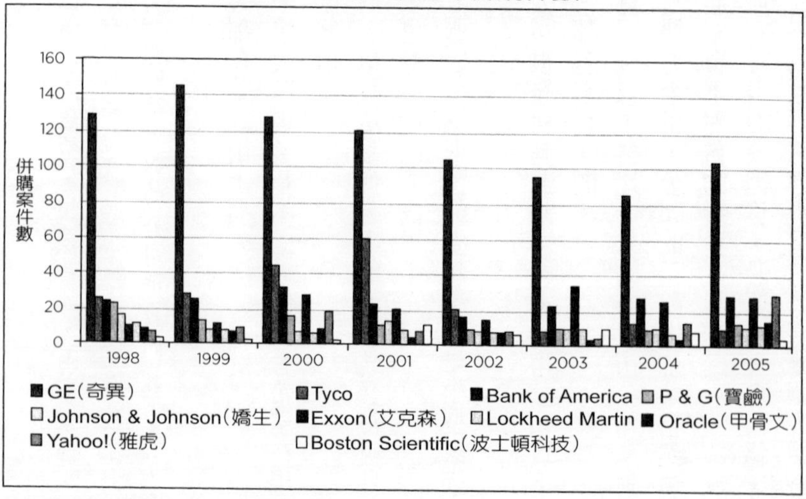

資料來源：FactSet, ThinkEquity Partners.

合併的守則

一、有一套可行的策略
二、扎實的整合方案
三、寬廣的視野
四、採取保守的會計作帳方式
五、確定可增加盈餘

除了整合許多小公司變成大公司之外，另一種值得注意的機會，是透過併購取得對方的技術，進而在市場上取得優勢。

創辦不久、專精線上付款轉帳機制的 PayPal，eBay 竟以十五億美元高價併購，引起外界一陣譁然。結果證明 eBay 眼光獨到，憑著先進的付款機制，eBay 的領先地位更無法動搖。之後又以二十六億美元併購網路電話龍頭 Skype，外界再度看衰前景。後果如何？等著瞧。

同樣的，為了鞏固自身的地位，Google 和雅虎也大肆併購。

在生技業方面，已有不少公司推出產品，為了拓展經銷網，降低行銷成本，勢必展開一波併購熱潮。只有單一熱門產品的小公司，最好透過大公司既有的綿密行銷通路，才能快速搶佔市場。

和醫療設備產業一樣，軟體業的分佈也是呈鐘型曲線，一端是擅長行銷的大巨人，另一端是專精研發的小公司。

併購頻繁的產業

- 醫療設備
- 軟體
- 生物技術
- 諮詢顧問
- 保險
- 教育軟體
- 資產管理
- 石油服務
- 金融服務
- 網際網路

專家訪談

拜雅特（Duncan Byatt）Eagle-Dominion 合夥創辦人兼總裁

拜雅特的投資事業始於愛丁堡。一九八四年進入英國富盛投資管理公司（Ivory & Sime）實習，從美國和歐洲的投資案中汲取經驗。之後到倫敦當分析師，替一家日本大型保險公司操作基金，經常待在日本和環太平洋國家。一九九一到九八年間，他替英國的嘉特摩（Gartmore）投資公司操作美國新興成長基金，成為倫敦同類基金中的翹楚，被 Fund Research 評為 3 A 超優等級。我請教他如何挑選投資標的。他的回答是：

基本上，就是對人的評估。我們花很多時間陪管理階層面談。我們經常到公司拜會，除了找管理階層，也會見基層員工。你會很快得到一些概念，如公司氣氛熱不熱絡？業務忙不忙？大夥兒看起來是不是情緒高昂？還是悶聲不響？員工是不是一臉鬱悶，或心不在焉？沒兩下，你就能判斷這家公司的生意如何。

我們投資的公司大致分爲兩類：合併者和創新者。基本上，我看好所謂20-20-20的公司，就是二十％業績成長率、二十％盈餘成長率和二十％長期投資報酬率。相較於業績成長率兩成的公司，合併者通常規模稍大一些、稍微成熟的企業，或許本身的成長率僅七～八％，但透過併購可能讓成長率加倍，效果非常可觀。

大趨勢之七：品牌效應

一個公司的品牌，好比一個人的名聲。努力完成困難的任務，藉此打造你的名聲。

——亞馬遜總裁貝佐斯（Jeff Bezos）

「Kmart爛透了！」一九八八年奧斯卡最佳影片《雨人》電影故事中的主角吐出這句預言般的台詞，十四年後，Kmart果然關門大吉。

如果他說的是「沃爾瑪爛透了！」恐怕觀眾印象不會那麼深刻。那句台詞能夠引起共鳴，是因爲大家心有戚戚焉：到Kmart購物眞是活受罪。Kmart這塊招牌象徵著低劣的品質、差勁的服務、噁心雜亂的購物環境。說的沒錯，的確很爛。

星巴克創立之初標榜高品質的咖啡和貼心的服務，憑著閃亮的招牌，讓星巴克把觸角衍伸到其他產品。它先和顧客建立了聯繫，才進一步拓展這層關係。投資人都期盼星巴克推出新產品和服務，因爲他們預期客人會喜歡。

蘋果電腦以往是異類族群的品牌，如今則成功打入主流市場。包括Mac電腦、iPod音樂播放器、iTunes Shuffle隨身聽、iSight攝影機，每樣產品都成了市場寵兒。在飛機上，你如果從背包中抽出一台小小的白色Mac電腦，是時髦的體現。蘋果電腦專賣店五年前還不存在，目前年營收超過二十億美元，平均一家店超過兩千萬美元。相較之下，一九六六年開張、佔地寬廣的 Best Buy 一家店面的營收也才三千萬。

這年頭，最酷的事莫過於一手端著星巴克咖啡，一邊戴著銀白色的 iPod 耳機。可見這兩個品牌多成功！

英特爾推出的「Intel Inside」也是卓越的品牌，不只建立了消費者對技術的信心，也替公司帶來更高的利潤。超微和英特爾孰優孰劣？根本無關緊要。關鍵是大家更認同英特爾的招牌。

雷夫羅倫（Ralph Lauren）馬球衫也是值得一提的品牌，它的價錢是同級產品的兩、三倍，但左上角多了一個馬球圖案，就是高品味和高格調的展現。

Google 是網路搜尋的品牌，只要有搜尋引擎和網址，用 Google 就可以找到你想要的訊息。這個品牌象徵著精確、效率以及操作便利。

戴爾的零組件幾乎都由別的廠商製造，但因爲上面有戴爾的商標，消費者就放心購買。

哈佛、史丹佛、普林斯頓是高等學府的金字招牌，所以，一般認爲這些學校的畢業生特別優秀。高盛則是投資銀行界的第一品牌，就算其他銀行的人也很機靈、收費較低，但當你的公司要承銷或上市，高盛仍是首選。

反之，像 Kmart 這種品牌形象一旦被定型，就很難擺脫惡運。

品牌是企業對客戶的承諾，讓顧客對即將獲得的東西心裡有個底。品牌形象需要長時間累積，一旦建立起來，公司可透過這個品牌，引入其它可延續形象的產品或服務。

相對來看，通用汽車的品牌亟需大刀闊斧改造、電子產品通路商無線電屋（Radio Shack）是塊爛招牌。在全球化和網路經濟體系中，客戶分秒必爭，品牌是一種讓客戶安心的保證，品牌的地位更勝以往。成功的企業必須透過品牌和客戶建立關係，並實現其品牌的承諾。

建立品牌時，也應注意目前的大環境。目前全球的廣告業務量持續穩定攀升，增幅約與名目GDP同步，然而，越來越多的廣告移到網上刊登。拜全球化之賜，開發中國家的廣告成長率高於全球水平，因爲這些國家的民間購買力正處於快速攀升階段。企業也鎖定這些新興的消費族群，推廣自己的品牌。

綜合來看，成本低廉國家的市場競爭日益激烈、開發中區域的購買力強勁、銷售管道的變化、網路零售的比重升高、世代人口需求改變（嬰兒潮世代人口

表5.15　頂尖品牌

十大全球品牌		十大熱門品牌
1. Coco-Cola（可口可樂）	vs.	1. Google
2. Microsoft（微軟）		2. Apple（蘋果電腦）
3. IBM		3. Starbucks（星巴克）
4. GE（奇異）		4. IKEA（宜家家居）
5. Intel（英特爾）		5. BlackBerry（黑莓機）
6. Nokia（諾基亞）		6. Motorola（摩托羅拉）
7. Disney（迪士尼）		7. eBay
8. McDonald's（麥當勞）		8. Red Bull
9. Toyota（豐田）		9. Manchester United
10. Marlboro（萬寶路）		10. Virgin Mobile

資料來源：美國《商業周刊》，Interbrand.　　資料來源：ThinkEquity Partners.

老化、Y世代的消費能力抬頭、少數族裔的利基市場）、利基市場的區隔化、強勢產品不斷推出，種種因素結合在一起，營造了積極建立、推廣與保護品牌的環境。

媒體、行銷和廣告公司跟隨著客戶擴張，打入全球市場，促成更多樣化的媒介，運用最新的科技。傳統的廣告通路偶爾能沾光，但大多數情況則是被取代。

站在企業的角度，品牌的核心議題在於如何推廣這個品牌，消費者如何解讀廣告的訊息，以及品牌如何左右購買的決策。

對於企業來說，廣告媒體的多樣化可能會造成品牌效應稀釋，尤其是網際網路，既便於鎖定特定的消費族群，卻又充斥著五花八門的訊息。對於一般消費品這還不成問題，但對於強調差異化

圖5.20　消費者偏好的家用品資訊來源

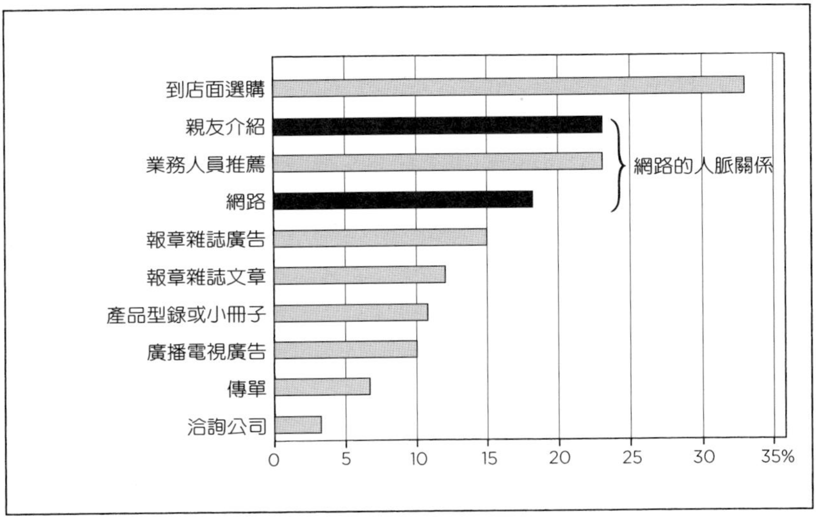

資料來源：Institute for the Future, Household Survey.

的商品，作用可能是負面的——每個人都能擁有的東西，自然缺乏獨特的魅力。

幸虧，新的廣告通路在這方面有所改進，依其訴求的消費對象來調整廣告內容，依市場的特性和區隔採用不同的分析方式，能更有效的把消費者的反應回饋到品牌上。

站在消費者的角度，接觸點（消費者接觸產品廣告和資訊的機會）還會迅速增加。在產品定位和品牌營造方面，這些廣告接觸點和以往大不相同。

網路零售發展的歷史很短，目前主要有兩方面的影響：一、讓消費者自己去研究產品特性；二、透過網上產品評介等方式，增加口碑相傳的機會。因爲，無法像店面展示那樣讓消費者親自先體驗產品，顧客評介就顯得十分重要，也會直接影響品牌形象。

打造品牌價值的另一個趨勢，是透過用戶的網上互動。用戶可以在網路上問其他用戶，哪種產品最好，這其實就是口耳相傳，只是透過網路進行罷了。這樣的品牌價值，靠的不是廣告，而是用戶的口碑。隨著網路上這類群體日漸增多，企業和廣告商都必須有所掌握。

提供愉悅的購物體驗、持續滿足消費者的口味、品質有口皆碑，品牌價值就會呈現。另外，採買物品的成本降低、銷售管道增加、社會趨勢（如人口組成等等）多變，公司必須認知這些事實，採取相應措施來提升自身的品牌價值。

忽視品牌效應的企業，將在未來的市場上被淘汰，更不會受到投資人的青睞。一個強勢且醒目的品牌，是推出強勢產品的要素。

專家訪談

拉維唐（Don Levitan）Maveron 創投合夥創辦人

Maveron 創投創立於一九九八年，合夥人包括拉維唐和星巴克的老闆舒茲。拉維唐之前在施洛德（Schroders）擔任總經理，很早就投資 eBay 和 drugstore.com 賺了大錢，且率先開創消費投資金融業務。以下是他給投資人的忠告：

投資明日之星有幾個條件，包括好奇心、擅於觀察、秉持開放的心胸。頭腦要冷靜、眼光要精準，了解可能有哪些因素將阻礙美好創意的實現。除了好奇心、熱情、自律，你不能只從自己或經營者的角度，而要從客戶和市場的角度來看這家公司，你的勝算就相當高。

大趨勢之八：委外代工

> 別一味的省錢，要專注在如何賺錢。
>
> ——佛爾曼（Lyndon Forman）

當陶布斯（Lou Dobbs）辭去Space.com的職務回到CNN「錢線」（*Moneyline*）主播台，首先就把矛頭指向海外代工，在二〇〇四年出版的著作《出賣美國》（*Exporting America*）中，他大聲疾呼貿易「均衡」，以抗拒全球化的潮流。

書中還列了一份黑名單，痛斥這批美國的「叛徒」，上市的知名企業幾乎無一倖免：3M、埃森哲公司（Accenture）、亞伯遜（Albertson's）、超微、安捷倫（Agilent）、美國運通（AE）、蘋果電腦、AT&T、美國線上、應用材料……僅僅A開頭就這麼多！

關鍵是：面對變化多端的全球市場，網路興起使得時間和距離大幅縮短，海外代工的形勢局面已不可逆轉。委外代工不算什麼新鮮事，而且是會長久存在的大趨勢。

企業委外代工的理由

- 節省費用和成本
- 專注於核心業務

■ 強化服務
■ 尋求更多的專業人才
■ 調度更靈活

爲了提升競爭力，一流企業必須專注經營核心事業，非核心的業務盡量外包。外包最初的用意純粹是省錢，如今則是爲了提升優勢，爭取時間和資源。

資訊業算是工作外包最多的產業，估外包工作總量三十二%，二〇〇六年全球資訊服務業市場估計達一．二兆美元。幾家投資銀行巨頭計劃在印度投資三億五千六百萬，鎖定專案外包。人力資源與市場行銷，也是傾向工作外包的行業（參見圖5.21）。

能掌握未來趨勢的公司，必須積極將業務外包，以提供品質卓越、成本低廉的產品。就像電影製片廠的普遍做法，針對一部片子細部分工，安排演員、製片、編劇、推廣、行銷分頭進行。事實上，很多產業都能

圖5.21　各產業外包的比例

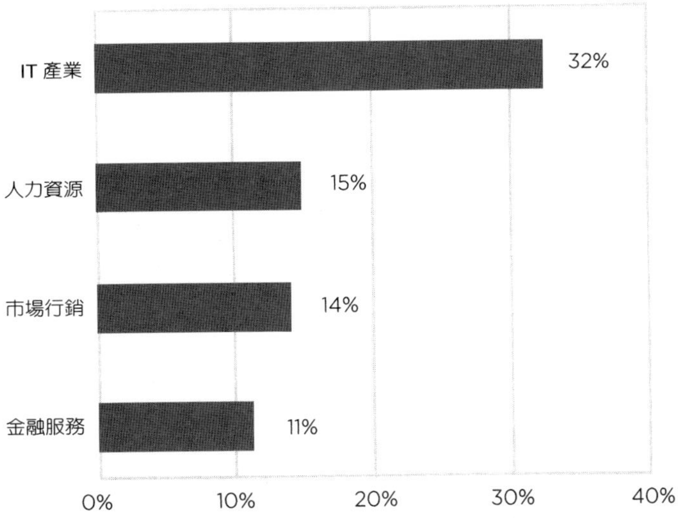

資料來源：《企業經理人》雜誌（*CIO*）

套用類似的模式。

成功的企業會盡量外包，善用外包的企業成功的機會更多，兩者相輔相成。企業流程承包商（Business Process Outsource, BPO）的行業會更加蓬勃。薪資、福利、客服、人力資源和採購，是傾向外包的業務。

傾向外包的部門

- 薪資福利
- 客戶服務
- 稅務
- 人力資源
- 採購
- 研發
- 網路服務
- 語音網路管理

表5.16　全球主要的代工國家

地區	市場規模（億美元）	領先群	後起之秀
中歐和西歐	33	捷克、保加利亞、斯洛伐克、波蘭、匈牙利	羅馬尼亞、俄羅斯、烏克蘭、白俄羅斯
中國和東南亞	31	中國、馬來西亞、菲律賓、新加坡、泰國	印尼、越南、斯里蘭卡
拉丁美洲與加勒比海	29	智利、巴西、墨西哥、哥斯大黎加、阿根廷	牙買加、巴拿馬、尼加拉瓜、哥倫比亞
中東和非洲	4.25	埃及、約旦、迦納、阿拉伯聯合大公國、突尼西亞	南非、以色列、土耳其、摩洛哥

資料來源：美國《商業周刊》，A. T. Kearney Global Services Location Index, 2005.

外包的方向，不僅是把核心以外的業務交給其他公司，或把製造轉到印度、中國、菲律賓等人工便宜的地區。外包業務也逐漸移往高價值的領域，甚至涵蓋某些核心業務，譬如，一些原本屬於公司高層主管和研發部門的工作，也有外包的趨勢。

隨著公司業務量成長，許多非核心的投資如客服、IT設備、一般性的支援事務也會跟著膨脹，讓公司的發展受到侷限，無法專注於經營本業，但藉著先進的資訊和通訊技術，這些事情都可以委託外面的專業公司負責。

總而言之，委外代工的趨勢會提高企業的獲利能力，從每一塊錢的銷貨收入中賺得更多利潤，也就是更高的資本報酬率（參見圖5.22）。除了企業整體獲利率提升，企業手頭上的週轉金更爲充裕。二〇〇一年第一季到現在，企業總現金流量高達四千億美元，企業有了這些錢，對投資擴充非常有利，而不會過份仰賴外界的融資（參見圖5.23）。

綜上所述，委外代工已經不只是節約成本，而是有策略價值的考量：提高公司的整體投資報酬率和競爭力，因此，企業委外代工有增無減，除了降低成本、增加利潤之外（如工程轉包、客服支援），也涉及一些專業領域（如版權管理、研發轉包協議），以提高本身運作的靈活度，讓企業得以專注在市場開拓與產品開發，盡量發揮核心的能力。

總之，對於知識密集的企業或產業，基於技術、製造或市場層面的考慮，爲了保持競爭力，外包的項目就愈多。

一家公司創新的能力和迎合客戶需求的彈性，取決於它是否能運用其核心資產，靈活有效的調整公司組織，在未來，製造將愈來愈偏向服務，而服務也逐漸重視技術，擅長利用外包的公司既能維持核心優勢，又可提升市場競爭力。

圖5.22 委外代工有利於提高利潤

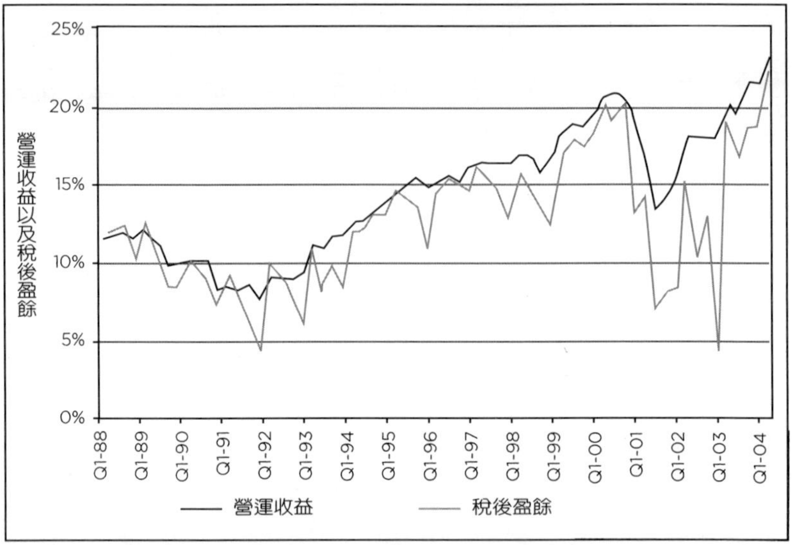

資料來源：ThinkEquity Partners.

圖5.23 委外代工有利於資金週轉

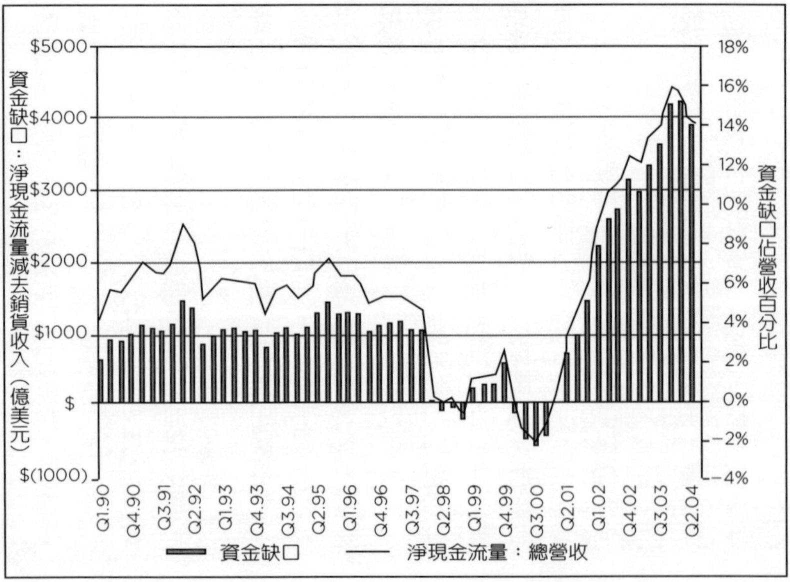

資料來源：ThinkEquity Partners.

專家訪談

葛林柏（Cliff Greenberg）柏略（Baron）小型股基金經理人

一九九七年起，葛林柏替資產二十八億美元的柏略小型股基金操盤，投資傳統產業中的成長型公司，資助需錢孔急的企業，填補資金缺口等等。和同行相比，他的操作績效相當優異。過去五年來，這檔基金比小型股基金的整體績效高出九成。葛林柏說：

我的目標不是偉大的公司，而是值得投入的機會。身為股東，我希望有機會賺取豐厚的利潤。我的秘訣是挑選有特色、有商機的公司，這是我的謀生本事：試著投資我認為卓越出眾的小公司，並由一流人才經營，讓業務能夠不斷成長，替我和投資人賺大錢。

趨勢的未來

我認爲，過去十五年的進展將會延續，替未來的成長創造更多的契機。資訊科技領域累積的進展、資訊科技衍生的組織變革，加上資訊網路（網際網路、B2B、B2C）的跳躍式成長，促成知識產業的崛起。人口結構急劇變化（嬰兒潮、後嬰兒潮、歐洲和日本的人口老化）、海外市場比例升高、勞動力市場趨向全球化、對人才需求的改變，都使得國內和國外的分界逐漸模糊。

由於資訊龐雜，所謂的資訊經濟進展緩慢，新興的知識經濟可以說還在發育階段。直到最近，由於許多企業與機構組織把資訊公開、人們需求日益多樣化、潛在的市場逐漸開發，以及企業對企業的商業運作流程確立，資訊經濟才顯得生氣蓬勃。

以往運用資料生財的公司，如今把重點轉向有用的資訊，其累積的智慧財產和知識資本，將推動下一波的成長。就這一點來說，在現代的企業中，成功也帶來了成長的副作用——包括公司內部IT設備和軟體，以及公司外圍業務的服務基礎架構，都是現代企業的基本設備投資。

隨著快捷的資訊、完整的紀錄和精確的分析，企業可對資產進行更準確的評估，決定哪些項目應外包，以專注自己的核心業務，追求更高的投資效益。運用高科技，大企業的成長仍將持續。

委外代工促成產業聚落的發展，在這些地方，企業提供符合產業需求的專門服務，產業龍頭因主要業務的市場需求而大幅成長。最後，企業在已確立的服務產業裡打開新的市場成長機會時，會繼續投資主要業務，而不是企業過去賴以成功的服務。

隨著ＩＴ整合日漸成功，新興的技術促使資訊、通訊技術進一步嵌入日常生活中的用品，甚至也可讓特別的工具發揮功能。換句話說，在非ＩＴ領域的各種商品與商業流程的ＩＴ應用，能在已確立的市場中大大提升效能，商品與服務的「拇指化」將以不同形式出現；在開創新的商機時，商業流程與客戶關係的經營將迥然不同，比以前更好。

如數位標籤等強調輕薄短小的技術，必定是未來的主流，除了可儲存傳統條碼的靜態資料，數位標籤還能存取企業網路的動態資訊。譬如零售業，可達到自動記帳和即時存貨管理，大大減少供應鏈中的積壓成本。

透過射頻識別（ＲＦＩＤ）標籤，企業的應用觸角將更爲廣泛，存貨追蹤和管理更加快速精確，成本進一步降低，供應鏈更加流暢。隨著射頻識別標籤的普及，除了刺激網站服務、無線設備和無線企業軟體的發展，對於企業資源規劃（Enterprise Resource Planning, ERP）和供應鏈管理軟體等傳統領域，需求也會提升。

全球化的趨勢，會繼續替未來的產品打開新的市場。此外，全球化帶來低廉的勞動力、高效率的生產和多樣化的產品，將徹底改變世界的經濟風貌。

已開發國家和開發中國家的貿易量激增，有許多正面效應：既可抑制先進國家的通貨膨脹，又能推動開發中國家的經濟成長。另一方面，是產品日趨多樣化，許多人有種誤解：以爲進口就是把商機拱手讓人（向國外採購而犧牲了本國產業），事實上，在全球競爭的態勢下，產品種類和服務內容趨於多樣，讓消費者和企業有更多選擇，若沒有多樣化，競爭只是奢望。

五花八門的產品，造福了全球的消費者，也帶來了新的挑戰，包括供應鏈的物流運籌和品牌資產的經營。決定購買東西之前，消費者會斟酌再三，要在激烈的市場中勝出，業者必須設法打造強勢品牌。

欲洞悉未來幾年的商機，以上趨勢不能忽視。

重點提示

- 大趨勢是替成長型產業長期創造風潮的力量。
- 未來最有前景的公司，現在都需要大趨勢的推動。
- 主要的大趨勢包括知識經濟、人口結構、全球化、網際網路、委外代工、趨勢合流、企業合併和品牌效應。
- 中國和印度都是崛起的大國，兩者都舉足輕重，但必須分別評估。

第 *6* 章

挑公司看四 P

獻給瘋癲狂妄、別出心裁、叛逆的一代，調皮搗蛋、特立獨行的怪胎——慧眼獨具的人。討厭墨守成規、挑戰權威、永不滿足於現狀的分子。你可以讚美他們、不同意他們、隔離他們、質疑他們、稱頌他們、咒罵他們，卻不能忽視他們，因為他們是改變的源頭。

——蘋果電腦一九九七年廣告詞

很多投資專家喜歡故弄玄虛，但我發現，眞正的專家會把複雜的觀念簡化。巴菲特主持的波克夏年報是投資人的必讀寶典，其中的用語淺顯易懂。林區也提到他詮釋的投資觀點，就是小學六年級也能理解。

秉持簡單的理念，我提出四P原則，以人才、產品、潛力、可預測性這四個因素作爲挑選未來明星企業的準繩。

之前我們提到被大趨勢推動的產業，並在這些產業中找出能持續創造高盈餘成長的商機。現在，我以四P來挑選出類拔萃的企業。能滿足這四項條件的企業並不多，但這才是構成長期投資成功的關鍵因素。

人才——跟隨領袖

> 把最頂尖的二十個人帶走，我敢保證，微軟將會一蹶不振。
>
> ——比爾・蓋茲

我深信，決定要投資一家前景光明的公司，這家公司領導人的因素佔一半以上。畢竟有趣的點子很多，但只有人才可以把事情變得與眾不同。無論是商場、體壇或日常生活，贏家總是能有贏的法子，於是，我的目標鎖定在卓越的人才，跟著他們準沒錯。

將生意機會發揚光大，往往憑藉的是企業家的眼光和熱情。沃爾瑪創辦人華頓（Sam

Walton）有遠見，讓物超所值的產品遍佈美國各個角落。蓋茲夢想讓電腦更簡便好用。舒茲的願景是把義大利人品嘗咖啡的情調帶到美國。高通的董事長雅可布（Irwin Jacobs）決心讓通訊不受到空間限制。

在體壇，個人的影響力更是突出。我的好友米爾肯曾資助許多公司——如MCI和透納傳播——由小變大，他舉喬丹在一九八四年加入芝加哥公牛隊的事蹟爲例。想當年，這支隊伍在NBA敬陪末座，因此才有機會招喬丹入夥。喬丹入隊的前一年，公牛隊在NBA的票房跌到谷底。觀眾人數僅二十六萬一千，平均票價十五美元，年門票收入僅有三百九十萬（參見下頁圖6.1）。

五年後，公牛隊氣勢如虹，當年觀眾累計達七十三萬七千人，平均票價三十美元。門票收入兩千三百萬，整整多了兩千萬！很顯然，一個重要人物就可以讓事情改觀、票房大振。

這是體壇的狀況，商場上又是如何上演的呢？

坎貝爾於一九九四年加入財捷擔任執行長，當時公司營收兩千萬美元，到了二〇〇〇年，他升爲董事長，營收達二十億美元；德萊克斯勒（Mickey Drexler）加入GAP的時候，公司營收不到十億，當他二〇〇二年退休，營收達到一百四十億，成爲美國著名的時裝品牌；麥圭爾（Bill McGuire）於一九八九年加入聯合健康集團，當時營收接近四億，如今達到四百四十億；威爾許於一九八一年起擔任奇異執行長，當時公司營收二百六十億，二〇〇一年卸任時，營收達到一千二百六十億，整整多了一千億。可見光是一個關鍵人物可發揮多大的威力，即使他與一群平庸的團隊爲伍。

圖6.1　一個喬丹，就可以讓票房三級跳

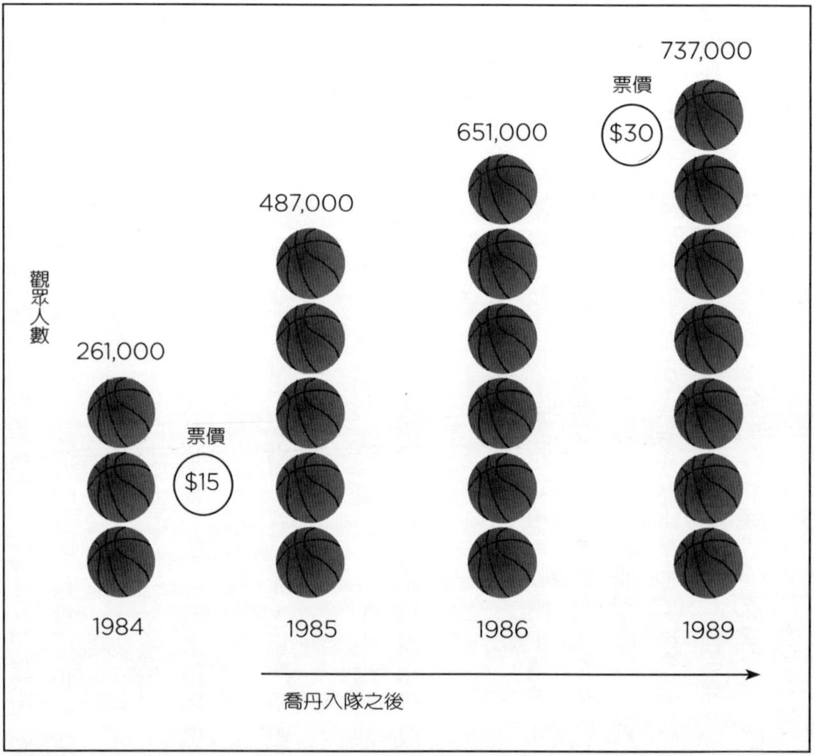

資料來源：FactSet, ThinkEquity Partners.

不過，我們的目標是要英明的領袖領導精英團隊。從沒聽哪個投資人表示：儘管團隊的表現差強人意，大家仍一致看好公司前景。另外，巴菲特也說：「一個精明幹練的管理團隊，若遭逢一個每下愈況的產業，到頭來多半無力回天。」

俗話說「朽木不可雕也」，問題是你怎麼看得出來？

很遺憾，人才的素質很難判斷。過程需要耗費很多精力。許多公司的歷史很短，完全無從查考，但人的資歷總是有跡可循。

要評估一家公司的人員素質，投資者必須提出一些問題：

他們之前的工作表現如何？在業界的名聲口碑如何？
經營階層與員工的流動率？發掘和激勵人才的紀錄？
謀求長久經營或是撈一票收攤？經營階層握有多少股權？
這些人是否信守承諾？是否坦誠以告？是否信口開河卻窮於兌現？
短期的期望與創造長期價值之間能否取得平衡？
公司能否營造一種文化與氣氛，給員工一個願景，把公司的目標當作使命？
是否低估了競爭對手？是否採取系統化與策略性的經營方針？
有沒有一套招募人才的制度或流程？是否心胸坦蕩，重視團隊精神？
經營階層是否關心股東的權益？

本書附錄列出許多諸如上述的問題，作爲評量成長型股票的初步作業。

談到這裡，要提醒讀者注意一下，我並沒有問領導階層畢業於哪所學校。許多華爾街人士出自長春藤名校（順便在此透露，筆者畢業於明尼蘇達大學，跟哈佛天差地遠）。

學歷固然重要——耶魯、普林斯頓、史丹佛不乏成就輝煌的畢業生——卻不是必要條件。

華頓上的是密蘇里大學；舒茲念的是北密西根；巴菲特來自內布拉斯加大學；GAP創辦人費雪（Don Fisher）畢業自柏克萊。至於蓋茲、艾利森、戴爾幾位超級富豪，連大學都沒畢業（參見表6.1）。

說到最後可以發現，當我們評估經營階層是否出類拔萃，是靠許多零碎的瑣事拼湊成一個整體。通常一開始無法判定，必須假以時日（短則幾季，長則幾年），觀察對方承諾與兌現的落差，方能做出定奪。

表6.1　輟學生變成超級富豪

輟學生	教育程度	創辦公司	身價（億美元）
蓋茲	從哈佛退學	微軟	510
艾倫	離開華盛頓州立大學	微軟	230
戴爾	自德州大學輟學	戴爾	180
艾利森	自伊利諾大學輟學	甲骨文	170
賈伯斯	自里德（Reed）大學輟學	蘋果電腦、皮克斯（Pixar）	30
艾倫・蓋瑞 (Alan Gerry)	高中輟學	Cablevision	10

資料來源：Forbes 400 Richest, ThinkEquity Partners.

專家訪談

德雷珀（Tim Draper）

德豐傑（Draper Fisher Jurvetson）創辦人兼總經理

德雷珀是 Parametric 科技、Tumbleweed 通訊等企業最早的金主。他最早提出網路商品可以透過電子郵件做「病毒式行銷」進行推廣，因 Hotmail 和雅虎信箱採用而大獲成功，之後成為業界奉行的標準行銷手段。他也是網路電話 Skype 最初的投資者之一。我請教他挑選公司的秘訣，他回答說：

在我看來，關鍵都在人。他們有沒有領袖的天分？有沒有足夠的資質去實現理想？能不能堅持到底，克服一切難關？沒錢怎麼辦？在逆境中怎麼面對？是否有明確的遠見？到底會不會賺錢？

怎樣評估人才的素質？我會考驗對方。測試此人的行事動機。我會提出刁鑽的問題，即使讓對方尷尬也在所不惜。假使沒有眞本事，過不了我這一關。我喜歡有遠見、有熱誠的人。我會追根究底，打探他們做事的動機。若光是看在錢的份上，恐怕不夠。二〇〇一年大崩盤之後，那種人滿街都是。如果只是爲了錢，就很難堅持下去。眞正有遠見的人，多半都屹立不搖。

產品——有什麼賣點？

> 領袖和嘍囉的分別，在於革新。
>
> ——蘋果電腦共同創辦人賈伯斯

要找出潛力雄厚的成長型公司，得鎖定在產業界佔有領先地位的企業。有潛力的公司，必須有特殊或出類拔萃的特質——換言之，要有賣點！星巴克是高級咖啡的龍頭，卡拉威是製造和設計高爾夫用品的領導廠商。至於那些跟隨在後的產業嘍囉，在市場佔有率、成長率和品質水平方面只能模仿而非開創的二流廠商，本人興趣缺缺。商場上講究適者生存，但我要的不僅是生存，還得有成長茁壯的潛能。所以，不具領導地位的廠家就不要提了。

佔據一個市場利基並藉此大展鴻圖的企業，就是龍頭企業。但某些規模較小的公司，卻提供更佳產品、可持續提供較高的利潤和更高的成長率，也可能是龍頭企業，值得密切注意。

最理想的狀況是那種「獨一無二」、幾乎沒有競爭對手的公司，eBay算是達到了這個層次；蘋果在iPod市場也有獨佔地位；專精投資早期奈米科技的Harris & Harris做的也是科技投資控股界的獨門生意。

評估一家公司在產業界的領先地位，要考慮許多因素：它的市場佔有率多少？趨勢呈擴大或縮減？

身爲一家龍頭公司，必須在能夠獲利的前提下擴大佔有率。大體來說，必須能夠從競爭者手中奪取市場，但不犧牲本身的利潤。高明的成長型公司其價格制定十分靈活，能掌握一定的利潤。例如星巴克，即使競爭者眾，星巴克十五年來都能適當調價，霸主地位從未動搖。咖啡原料的價格劇烈波動，星巴克的利潤卻能穩定上揚。

事情也有例外，我姑且稱作「沃爾瑪定律」。沃爾瑪的訂價比其他賣場便宜，成爲全球最大的零售商，結果賺得更多。多年來，沃爾瑪的毛利率一向偏低，但由於量大，隨著佔有率提高而維持一定的利潤。沃爾瑪幾乎十年來都在猛砍毛利，一九九〇年底，該公司毛利率約二十三%～二十四%，其競爭對手Kmart爲二十九%～三十%。當時，沃爾瑪每平方英尺的營收接近四百美元，是Kmart一百七十八元的兩倍以上（參見表6.2）。

每平方英尺營業面積裡，沃爾瑪所賺毛利幾乎是對手的兩倍，卻提供更優質的服務和更多品項給客

表6.2　毛利率雖低，沃爾瑪卻在各方面擊敗KMart

	沃爾瑪	KMart
每平方英尺營收（美元）	395	178
毛利率	23-24%	29-30%
每平方英尺毛利（美元）	97	52
營業費用率	17.5%	26.0%
每平方英尺營業費用（美元）	69	46
獲利率	7.1%	3.5%
每平方英尺獲利（美元）	28	6

資料來源：ThinkEquity Partners.

戶。加上高生產力衍生的超高效率，沃爾瑪每平方英尺面積創造的利潤以及每投資一元產生的利潤，都讓主要對手望塵莫及。

戴爾則別出心裁，利用直銷把電腦賣給客戶，採取接單後生產的創新產銷方式。阿波羅創立了全美最大的私立大學，目標鎖定上班族，這是一般高等學府從未有過的概念。許多超級贏家的特質，就在於理念創新。

好市多（Costco）也是運用沃爾瑪定律的成功範例，而且青出於藍。它採取靈活的定價策略，盡量創造業績（比沃爾瑪大賣場的毛利至少低一半），強調效率（部分倚靠大量），稅前毛利率僅比一％好一點點。和那些達康時代的網路公司不同，那些公司多賣多賠，但好市多不是那種貨色，對好市多而言，一％的獲利率綽綽有餘。

就某些方面來看，好市多的經營模式並不像傳統零售商，反倒類似保險公司。保險公司的做法，是讓保單本身損益平衡，靠「流動」資金賺錢，在還出保費之前運用這筆錢。假設你在一月份支付了一千元汽車險，保險公司預計在十二月底（以平均值計算）還你一千，在這一年內拿這筆錢去投資，若投資報酬率八％，它就賺了八十元。

好市多的操作手法，是拿你當天付的錢再去採購，一個月後付款，這段期間內，公司有很多現金週轉。這跟另一種生意有異曲同工之妙，銷售汽油的利潤很薄，但是只要年銷售的資金能週轉三百倍以上，總投資額就是原來的三百倍，即使一丁點利潤也夠了。「週轉率」表示每年存貨出清了幾次。這樣的週轉率雖然利潤很小，投資報酬率卻很可能達到三位數。若能在當天以零成本取得現金，又沒有額外的資本支出，這種營運模式也行得通。

消費品的獲利率看似很低，投資報酬率卻相當誘人。因爲好市多的整體利潤還不只於此：為了享受低價商品，好市多的客戶還得額外付費成為會員。

美國運通的旅行支票也是運用流動現金的範例。旅客旅行前將錢存入美國運通，兌現之前（通常要過好一陣子，甚至一直不兌現），美國運通拿這些現金去投資。美國運通得以享受負的資金成本。

籌組最頂尖的經營團隊難如登天，要找到能夠推出獨創產品的公司，也不見得容易。唯一的方式就是辛勤尋覓。當然，在挖到好康之前，你會碰到一堆爛貨。

對於提供服務的公司，有三項評量準則：

- 每個員工創造的營收
- 現有客戶的循環營收
- 自然狀況下的員工流動率

每個員工創造的營收是和業界比較的重要指標，反映出其服務的生產力和價值。每個人創造的營收可和競爭對手直接比較，數值愈高，表示人員和非產品服務品質愈好。此外，每個人創造的營收愈高，表示公司能支付更高的薪資，有助於留住人才。

高盛是投資銀行界的金字招牌，可想而知，該公司每人創造的營收也領先群倫。李曼兄弟近年來異軍突起，人均業績也大為提高（參見下頁表6.3）。

循環營收是最重要的指標，它顯示了客戶對這家公司的倚重程度，進而體現了公司的價值。視個別行業而定，但循環營收能在九成以上，就算相當難得。若循環營收佔總營收很高比例，業績多半都能呈倍數成長。當循環營收的比例下滑，或有大客戶停止下單，就得提高警覺。

對一般企業尤其是服務業，員工低流動率是好事。不過，也有些公司會強迫表現不佳的員工離職。例如麥肯錫（McKinsey），就算是幾十年的資深合夥人，一旦對工作不再勝任，公司照樣請你走路。另一方面，當資深員工大批離職，很可能意味問題很大條。大致來說，專業服務公司的流動率應低於十五%。優秀的公司流動率相對較低。

評估產品的要件：

- 這家公司的賣點是什麼？
- 市場佔有率多少？攀升還是下滑？
- 在業界算不算成長最快？
- 售價穩定或是下跌？
- 利潤穩定或是下跌？
- 和業界領導廠商相比的利潤如何？
- 與前三大對手比較，成長率如何？
- 是否具有品牌價值？
- 員工平均創造多少營收？和前三大比較如何？

表6.3　投資銀行界巨頭的人均營收（美元）

Goldman Sachs Group（高盛）	1,934,939
Lehman Brothers Holdings（李曼兄弟）	1,373,358
Morgan Stanley（摩根史坦利）	968,715
Bear Stearns Companies（貝爾斯登）	944,077
Merrill Lynch（美林）	860,546

資料來源：FactSet.

■ 當業績衰退，原因爲何？輸給哪個對手？
■ 業務人員的整體素質？
■ 產品的品質是否領先？
■ 研發投資佔營收比例？

業務部門的素質也是評估產品的一項重要指標。業務部門通常流動率較高。業務員會跑到產品好賣、錢更好賺的公司。經驗老道的業務員離開一家大企業，跑去某個小公司任職，很可能意味著另有玄機。

當許多人還沒注意到Google的時候，矽谷的一批超級業務員就汲汲鑽營設法進去。醫療器材製造商Foxhollow於二〇〇四年上市，股價一飛沖天，但早在外界還沒聽過這家公司之時，一批頂尖業務員就主動跑去應聘。

對於高科技公司，要判斷哪家的產品最先進，不妨觀察高階工程師的動向。八〇年代許多電機工程師去西雅圖投效微軟，如今則轉往Google或蘋果。

研發投資佔營收的比例，也是衡量公司重視品質和創新程度的指標。一家科技公司，其研發投資佔營收至少七%。因爲公司不能光是維持現狀，更要精益求精。最優秀的公司對研發創新的投資從不落人後，Google鼓勵員工花二十%的時間來想新點子；3M預計將來五年內其四分之一的營收將來自目前還沒有生產的產品。企業要成長，就必須仰賴產品的推陳出新（各大企業投資研發的狀況可參見下頁表6.4）。

表6.4　研發投資最多的大企業

公司	市值（百萬美元）	研發支出佔營收比例
Celgene Corp.	11,993	36%
Genentech Inc.（基因科技）	92,228	23%
Broadcom Corp	24,055	23%
Analog Devices Inc.	14,552	21%
Eli Lilly & Co.	65,413	21%
Freecale Semiconductor Inc.	10,711	20%
Siebel Systems Inc.	5,624	20%
Mexim Integrated Products Inc.	13,854	20%
Advanced Micro Devices Inc.（超微）	16,102	20%
Infineon Technologies AG	7,132	19%
Altera Corp.	6,996	19%
Amgen Inc.（應用分子基因公司）	87,283	19%
Adobe Systems Inc.	24,097	19%
STMicroeletronice N.V.	16,806	18%
Tellabs Inc.	5,640	18%

資料來源：FactSet.

專家訪談

高米沙（Randy Komisar） 克萊爾．伯金斯．考菲爾德及拜爾斯（Kleiner Perkins Caufield & Byers, KPCB）創投公司合夥人

高米沙於二〇〇五年成為這家公司的合夥人。之前他和幾位創業家合夥創辦了幾家高科技企業。他是Claris創辦人之一，曾擔任LucasArts與Crystal Dynamics執行長，兼任WebTV、Mirra、GlobalGiving等公司的「幕後執行長」。他也是TiVo主要創辦人，目前擔任該公司提名與治理委員會主席。由於在科技法律界有執業經驗，他兼任Go公司的財務長和蘋果的資深顧問。在史丹佛任客座教授，講授創業精神。曾出版暢銷書《僧侶與謎語：一位虛擬執行長的創業智慧》（*The Monk and the Riddle*），他告訴我們：

我悟出一個道理：爲了把工作做好，以最有效的方式激勵你的夥伴，你必須盡量拋開自我，把姿態放低。自己一帆風順的時候，切勿洋洋得意，碰到失敗的時候，就不會那麼難過。所謂的創業，說穿了，就是實驗的過程。既然是實驗，就本質來說，失敗在所難免，因爲達不到預期的結果。但即使失敗，裡頭也含有成功的

元素。如果你可以從中學到一些教訓，就可以摸索成功的秘訣。我的說法聽來似乎有點玄。無論如何，這使我的心態更謙虛、身段更柔軟、對我的合作夥伴和生意機會更加珍惜。

（採訪全文請參閱本書網站：www.findingthenextstarbucks.com）

潛力──有幾分能耐？

製造捕鼠機之前，最好先確定有沒有老鼠可捕。

──《美國新聞與世界報導》總裁兼總編輯祖克曼（Mortimer Zuckerman）

要發掘潛力雄厚的公司，必須對市場各種負面因素有足夠的認知。然後，檢視成長力強的產業──科技、醫療保健、媒體、教育、商業與消費服務業──研判大趨勢將會帶動哪些商機。成長型產業和大趨勢合流交會的區塊，就是明日之星冒出的所在。我們應該把眼光和精力鎖定在這裡。能在股市長期屹立不搖的贏家，是那些人才匯集、產品精良的公司。但要找出超級大贏家，還得要雄厚的潛力。

評估星巴克市場潛力的當時，我估計全世界每天喝掉十億杯咖啡，其中九億九千九百萬杯口味拙劣、難以下嚥。就憑這點，我判斷市場潛力巨大。此外，我統計星巴克和麥當勞在舊金山分別有幾家店面，由此估算，星巴克的店面數能成長三倍。

小而精緻的公司多如過江之鯽，但他們永遠長不大，因爲所經營的市場規模有限。另一方面，有些公司儘管競逐的市場很大，但整體市場規模卻在縮減，也要趕快避開，例如當個人電腦和WordPerfect軟體一問世，最頂尖的打字機廠商也宣告倒閉，不只傳眞機廠商面臨相同處境，香菸製造商也難逃厄運。傳統的旅行社已經絕跡。一言以蔽之，只要小公司有壯大的潛力，就是投資的良機。只是眼前的市場並不見得很大（甚至完全沒有）。

傳統的投資理念是找出哪裡有問題需要解決——問題愈大，生意愈大。哪裡有麻煩需要解決？教育市場的情況非常明顯，教育品質千瘡百孔，就代表商機無限。十年前，線上教學還沒有什麼市場規模可言，如今市場高達六十三億美元且持續成長。

商機潛力最雄厚的領域，通常是大趨勢和成長型產業交匯的區塊——科技、醫療保健、媒體、教育、商業與消費服務業。我可以從中找到前往機會之屋的加速器。

在大趨勢當中，夾雜著許多正在形成的小趨勢（參見下頁表6.5）。或許也能創造巨大的商機，但對於成長型產業只有側面衝擊。例如，在品牌效應的大趨勢中，一對一行銷的小趨勢雖然盛行，但涵蓋與影響的層面相對狹窄。開放原始碼（Open-source）算是軟體和媒體界的大趨勢（有賴另一股大趨勢網際網路的推動），但因爲涵蓋的層面不夠廣，整體來說只能算是小趨勢。

如果要舉出更多實例，所謂的小趨勢還包括一次購足（品牌強化）、福利制度（人口結構）、女權運動（人口結構）、網上學習（知識經濟和網路）、中國熱（全球化）、旅遊熱（全球化）、印度熱（委外代工和全球化）、點對點傳輸（網路）、一切數位化（網路）。

了解進行中的大趨勢，也可以預測哪些東西逐漸衰微。當亨利・福特推出T型車，再高級的馬車也無法與之競爭。逆向的趨勢使得市場萎縮。小本經營的雜貨店和五金行都是違反潮流的逆向趨勢。品牌形象、合併和全球化都是排除傳統商店的大趨勢（參見表6.6）。

知識經濟、網際網路、委外代工是不利於非技術性勞工的趨勢。其他的逆向趨勢還包括大眾行銷、付費電話、封閉型經濟、仲介業。很遺憾，某些不屬於此類的逆向趨勢——如恐怖主義、盜用身分、剽竊仿冒——也十分盛行。

就長遠來看，滿足四P要件，且能充分掌握大趨勢和小趨勢的公司，絕對是市場贏家。

表6.5 大趨勢中常跟著許多小趨勢

大趨勢	→	小趨勢
品牌	→	一次購足
網路	→	Open-source
人口結構	→	福利政策
人口結構	→	體型過胖
人口結構	→	女權
知識經濟和網路	→	網上學習
全球化	→	中國大陸
全球化和委外代工	→	印度
網路	→	點對點傳輸
網路	→	一切數位化

無論油價每桶二十、六十或一百美元，問題是供給有限，且永遠無法解決。每桶六十美元時，消費者叫苦連天，但清淨能源和太陽能等替代能源產業將直接受惠，帶動股價上揚。能源科技潛在的商機巨大，是投資者必須鎖定的目標。

人口逐漸老化所導致的問題層出不窮。健保政策該如何因應？老年人如何安置？退休金能否支付生活所需？閒暇的時間如何打發？

在評估市場潛力的時候，必須區別長期的潮流和短暫的風尚。施瓦布（Charles Schwab）提過，一九八一年初他踏入投資界就遇到風靡一時的「保齡球泡沫」。當時眾多分析師斷言，每個美國人平均每週會花兩個鐘頭打保齡球。

一億八千萬人×每週兩個小時＝保齡球產業好景無限！

想得太美了。雖然算術沒錯，但都是紙上談兵。要估計確實的商機，除了把長期的市場潛力予以量化，還得排除天馬行空的假設。

表6.6　大趨勢與逆流

大趨勢	→	逆流
品牌	→	大眾行銷
合併	→	傳統店面
網路	→	付費電話
全球化	→	封閉型經濟
網路和全球化	→	仲介商
知識經濟、網路、委外代工	→	非技術性勞工

專家訪談

科斯拉（Vinod Khosla） KPCB創投的合夥人

科斯拉是過去二十年公認的頂尖創投家。在二〇〇三年《富比士》「點石成金」風雲榜上高居第一。他是Daisy Systems創辦人之一，昇陽第一位執行長，首先提倡開放系統架構和RISC晶片架構商業化。目前擔任Agami、eASCI、印度商學院、Infinera等機構董事。以下是我們的對談：

莫伊：談談你的投資理念？

科斯拉：我認爲自己只是投資私人企業，我重視技術本位，不是股票交易。我對股市一竅不通。我很少進場買賣股票，因爲我根本不懂。

莫伊：先談談尋找商機。當你鎖定某一個投資機會，會考慮哪些因素？

科斯拉：在我看來，你必須專注。站在投資的角度，你希望投資的對象，是你比別人精通的領域，換句話說，當你選定某個地方，你的心力會專注在上面。我不搞什麼投資組合。我集中在少數領域。

做我這一行，輸的話頂多把本錢輸光，賺錢的話，本錢可翻個五十甚至一百倍。這有兩層涵義：首先，在挑選成長股，先天就佔有一些優勢。當市場夠大，你就能從錯誤中摸索。既然是新興領域，意味這是新開發的市場。新的市場，表示很多部分還沒有定位。你必須認知一個事實，不可能了解得非常透徹，但比起別人，你還是領先一些。投資的過程，就是從錯誤中儘快的汲取經驗，比別人多了解一點，只要市場的波動夠大，即使你偶爾犯錯也不至於滅頂。

另外一點，是判斷短期優勢和長期優勢。大體而言，技術往往只是短期的優勢。擁有專利算是技術優勢，這時你採取的營運策略，是利用這種技術優勢轉化為長期優勢，譬如蘋果的 **iPod**，基本上，它的優勢在於設計出眾，也用了一些挺炫的技術，但算不上驚天動地的突破。重點在於，他們以音樂資料庫鎖定了幾百萬的用戶，這是持久性的優勢，不是技術優勢。通常，技術可當作切入市場的敲門磚，接下來，你得設法找到長期的優勢利基，可能是品牌，可能是客戶鎖定或行銷管道，幾乎都是傳統手法。

莫伊：還有哪些重點？

科斯拉：不能忽略人的因素。很多投資者都說需要人才，但做法又不切實際。特別是針對高度成長的市場，他們不懂人才的涵義。

口頭上說愛惜人才是一回事，決定把公司一成的股份撥給一個優秀的CEO，又是另一回事。絕大多數的投資業者，尤其是在公開上市之前，對人才還是不夠重視，我經常為了這種事爭執不休。

當我發現一個優秀人才，想請對方加入，我都會找藉口，在公司組織內挪出一個職位，讓這個人先進來再說，我不會說：「公司已經有個行銷主管，一個就夠了！」只要我發現一流的人才，我會把組織甩在一邊，想盡方法把他弄進來，而不是畫地自限，從自身需求的角度來找人。因為，人會創造價值，無論你給他什麼頭銜。

莫伊：我相信，優秀的企業都有一套思維和策略。您認為呢？

科斯拉：不管是成熟的產業還是新興產業，制度都很重要。但在新興產業，你更要仰賴直覺，也是所謂的「組織化混亂式管理」。你要找以制度為主的一流經理人，他讓事情步上軌道、定期開會、設定目標、依照表現予以獎懲等等——所謂一般性的事務管理。至於創業直覺，中規中矩的人通常沒這個本事。成長型企業和傳統行業的差別就在這裡，因為很多事大家都沒經驗，只能靠直覺。傳統行業都有前例可循，新興行業不是那麼回事。

你需要那種敢於突破現狀、勇於冒險的人。比方說，當你的管理哲學以成長為主，只要冒險的本身有邏輯可循，就算任務失敗，也要勉勵。合理的決策就要獎勵，即使不見得每次都管用。

除了愛惜人才，還要注意搭配人才。照我的說法，就是培育公司的人才基因庫，把經驗豐富的制度性人才和創意性人才組合起來，產生良性的火花。

這不是軍隊的高壓管理，一個口令一個動作。而比較類似牧羊人帶著羊群朝一個方向前進，但其中有些羊朝左，有些朝右，甚至後退，哪裡有草，就往哪裡去。管理成長型公司就是這種方式。你站在前端不斷調整目標，做些測試，帶領羊群大致朝一個目標前進，而不是設定四、五年不變的長程目標。

莫伊：談談其他的心得？

科斯拉：選定一個潛力雄厚但目前還不存在的市場，創辦公司比較容易成功。若是現成的市場，分析師已經訂出明確的規範，事情反而不好辦。因爲，那些擁有較多資源的人往往把事情搞砸，Google 就是最明顯的例子，Google 剛創辦的那段期間，外界都認爲這塊市場的規模不大。其實，Google 最早切入線上廣告市場，營利模式以廣告爲主軸，其重要性並不亞於搜尋技術。大家覺得這樣沒什麼搞頭，事實上，Google 替小公司帶來相對合理的廣告效益。沒多久，開始接到五千甚至一萬美金的案子。例如，賣羊毛毯的傢伙可以花個一千塊登廣告，若是反應不錯，他還會繼續投錢。

所以說，這是經營模式的轉變，一種全新的型態，和其他的高成長市場（譬如手機），不能相提並論。當大家都看到這個市場，握有最多資源的公司如Verizons和Cingulars，自然就佔盡優勢。所以，我們要挑大家還很陌生的地盤。挑選的過程必須十分謹慎，要鎖定大的市場。要找從零到億的市場，不要找從零到萬的市場。

莫伊：展望未來，你認爲哪幾個領域最有前景？

科斯拉：我花了很多功夫研究能源產業。因爲我抱定一個信念：一個尚未解決的難題就意味一個商機。現實狀況就是如此。我喜歡走在尖端，一年半前我跟人提起合成生物，他們把我當神經病，現在，這個字眼已經不新鮮了。

當你走在尖端，會面臨一個問題，不知道哪個技術最後會產生巨大的經濟效應。能源算是重要產業。在合成生物領域，技術突破也會對一些領域產生巨大的經濟效應，我的意思不是說，沒有技術突破就沒有商機，我只是說，那不是我的專長，而我只專注在我熟悉的部分。如果有人投資零售業很成功，我還是不會去碰，原因很簡單，別人對零售業精通的程度遠超過我。至於合成生物或替代能源，別人一竅不通，我就能佔點上風。

可預測性——成長的可見度

說得好不如做得好。

——富蘭克林（Benjamin Franklin）

如何實現預期中的績效，是創辦不久、快速成長的企業面臨的巨大挑戰。

對那些預測保守但績效超出預期的經營者，投資者從不吝於給予獎勵，反之，若三番兩次承諾跳票，投資人必將給予嚴懲，絲毫不會客氣。如前面提過的阿波羅，一九九四到二〇〇四年表現最佳的績優股，向華爾街承諾二十五％盈餘成長率，結果達到四十二％，股價年均複合成長率達四十八％。

我最初當分析師那段時間，追蹤過探索區城（Discovery Zone）的股票。該公司經營兒童室內娛樂中心，業務擴展迅速。老闆費林（Don Flynn）先前在知名的廢棄物處理公司任職，手下有一批精英團隊。

在這個新興行業中，探索區城算是開山祖師。每逢戶外天候不佳、聚會慶生、家庭同事聚餐等各種場合，這裡是全家遊樂休閒的理想場地。

天有不測風雲。最初的徵兆是該公司的某一季財報盈餘成長率「將近」百分之百。難道這還不夠？因爲，投資人的期望稍微高了一點，各界咸認爲「理當」達到百分之百，盈餘就差那麼一分錢，效果差之遠矣！

隔天一早開盤，公司股價一瀉千里，整整腰斬一半。一位成長型股票投資客當天就把手中的股票出清，我問他：「何必這麼狠心？這家公司業績不賴，幾乎成長百分之百，盈餘只比預期少了一分，潛力還大得很。經營層都是一時之選。」他的回答讓我終生難忘：「老兄，連多賺一分錢都辦不到，有可能是他們太蠢，不然就是有別的問題。」

他確實眼光獨到。父母可能帶孩子去慶祝一次生日，下回再也不來了。去過一次，玩來玩去就是那麼回事。跟其他小鬼在塞滿塑膠球的游泳池裡擠來擠去，孩子很快就膩了。競爭對手花招盡出，加上麥當勞等大企業有樣學樣，也在店裡設置「遊樂中心」吸引父母來店消費。短短十二個月，探索區城宣布關門大吉。

沒人怪我，沒人要我負責任，但我還是很納悶。是長期趨勢還是短暫的流行？你要如何分辨（參見表6.7）？

可預測性是一種相對的概念，在某些特定產業或業務型態特別容易預測。一家創立十年、訂單來源穩定、提供外包服務的公司，和一家業務來源零散的製片廠或軟體公司，前者的可預測性當然高得多。

評估一家公司的可預測性，以及它超越預期的能力，除了考慮營運模式，還要評估它的三P：人員、產品、潛力。

優秀的經營者會設定「能夠」達成的目標，而且有達到目標的決心和毅力。戴爾的營運模式並不容易預測，但公司的經營團隊一旦作出承諾，就有達成的決心。眞正的贏家，對於經營的細節條理分明，並有執行的能力。

產品是否有特色，是可預測性的關鍵。軟體業多半很難預測，不過，當你打算採購作業系統，多半會選微軟的產品；選購資料庫，你會找甲骨文。問題不是哪家的東西價廉物美，而是資料庫幾乎處於被壟斷的局面。

即使像星巴克這種咖啡零售業，表面上似乎受制於一切傳統餐飲業的因素——氣候、低廉的轉換成本、顧客的喜好難以捉摸——實際上，可預測性很高。一般客戶每個月光顧星巴克二十次！只要花三塊美金，大老闆和小秘書都可享受高級咖啡。我認識很多朋友，每天一定得去星巴克才過癮。

能讓顧客上癮又不會得癌症，這麼好的生意哪裡去找！

行動電子郵件（Push email）

表6.7　短暫的流行與長期的趨勢，決定存活期的長短

風尚 / 流行	趨勢
Atkins diet（節行）	減肥中心
Crocs（卡駱馳）	Under Armour
塑膠手環	The Salvation Army（救世軍）
Boston Chicken（波士頓雞業）	Chipotle（墨西哥捲餅速食店）
Beanie Babies（豆豆公仔）	De Beers（戴比爾斯）
Krispy Kreme	Starbucks（星巴克）
Ride Snowboards	Callaway Golf（卡拉威高爾夫球具公司）
TCBY	Whole Foods Market（全食有機超市）
UGGs	Polo/Ralph Lauren（雷夫羅倫）
石頭寵物	寵物
Eminem（阿姆）	U2 樂團

也是會讓人上癮的服務（編註：消費者經由事先設定主旨或寄件者資料，之後不必上網就可以隨時接收最新的郵件）。黑莓機被稱作「快克機」，道理就在這裡。

可預測性必須依靠潛力，若這家公司經營的市場沒有成長，業務成長將受制於許多不利因素。就算這家公司是產業龍頭，佔有率不斷提升，但若餅愈變愈小，就很難期望有什麼成長。以本人所在的投資經紀產業來說，產業結構劇烈變動，市場大爲萎縮。就算本公司佔有率大增，但隨著市場變小，能夠預期的成長還是很困難。

如果有循環營收，事情就好辦多了。像 Paychex 這種八成營收來自現有客戶的公司，堪稱行業的翹楚。委外代工的企業、握有藥品專利的藥廠與阿波羅這類擁有兩年以上簽約學生的教育機構，都是有循環營收的典型。由於業績的可見度高，其獲利能力自然高人一等。

如 salesforce.com 這類提供隨選服務的軟體公司，標榜的特色是將軟體當成服務來銷售。它們的服務和授權方式不同，這些公司依用戶使用人數按月計費。雖然預收款相對較低，營業收入卻很容易預估，對消費者更是實惠（參見表6.8）。

表6.8　有循環營收的公司，容易預估營收

產業別	公司	營利模式
代工服務	EDS	簽訂服務內容和代工長期合約
隨選軟體	salesforce.com	依用戶使用人數按月計費
薪資處理	ADP	按合約替企業用戶寄發薪資支票
線上教學	eCollege	按學員註冊計費

針對各別的產業必須有一套估算可預測性的框架。譬如，生技產業的盈餘成長可期，雖然很多公司連續幾年虧錢，但看在人才、產品、潛力等因素，投資前景仍是一片光明。

對那些還沒營收的公司，先考慮這三個條件，但關鍵是這家公司能否扭轉局勢，讓投資人相信它能抓住商機。以生技公司來說，要看美國食品藥物管理局（FDA）三階段的檢驗時程和結果、與其他奈米科技公司的策略聯盟、申請專利是否通過或其他商業情勢發展而定。

專家訪談

坎貝爾　財捷公司總裁

坎貝爾的事業生涯精采無比。除了擔任財捷公司的總裁，還是蘋果電腦、Opsware、Good Technology 的董事，以及幾家成長型公司的顧問，包括 Google 和 Tellme。在他任內，財捷的市值從七億美元增加到接近九十億美元，且繼續在稅務、個人理財和中小企業會計軟體的領域保持龍頭地位。以下是我們的對話：

莫伊：外界都稱你是「矽谷教頭」，怎麼樣得到這個稱號的？

坎貝爾：我原本已經卸下財捷的職務，但過了一年左右，一九九八年我又回去待了一段時間。從二〇〇〇年起，我把重點放在扶植剛起步的公司，帶領他們步上軌道。

一九八三年我剛進入蘋果電腦，承蒙很多前輩指導。卡瓦米（Floyd Kvamme）是其中一位，現在他是布希政府的首席科技顧問。當年，他在蘋果擔任執行副總，是我的頂頭上司，之後他轉到KPCB創投公司。

麥金納（Regis McKenna）經營一家公關公司，擅長策略制定，幫了蘋果和矽谷公司很多忙。這些人讓我受益良多，讓我適應矽谷的文化，了解促成一家公司成功的特質。他們完全是義務幫忙，純粹是希望公司成功。

我卸下執行長的頭銜，不再急著賺錢，也希望用同樣的方式回饋社會。跟這些公司一起合作，我分文不收，我什麼都不需要，我只希望能讓矽谷的公司更強韌，創造更恆久的企業價值。

莫伊：你怎麼找上這些公司？還是說，他們怎麼找上你？

坎貝爾：不是我主動找的，是靠創投界的朋友介紹。我會想盡辦法讓這些公司起死回生。我先跟公司經營階層討論，看他們有沒有意願和能力，讓公司永續經營。

對那種只想變成大企業的公司，我倒沒什麼興趣。我喜歡的對象，是那種有理想、能夠創造恆久價值的公司。談到賺錢方面，這種公司自有本事。

莫伊：你最喜歡跟哪些公司合作？

坎貝爾：我很幸運，能夠跟一流的創投業者搭配，他們會引薦好的公司給我。我大部分的時間跟KPCB創投、基標基金（Benchmark、Maveron）合作。另外還有幾家公司，但多半是這三家。

我跟Opsware、Drugstore、Tellme、Good、Google、Shopping.com都合作愉快。有幾家非常成功，有些差強人意，至於其他那些，現在還言之過早。

莫伊：除了創造永續經營事業的熱情，還有什麼因素，促使你這樣做？

坎貝爾：先談挑選公司。我並不是親自挑選，就跟其他人一樣，我對成功也有自己的一套詮釋。人們多半熱愛創意、喜歡新鮮的事物、追逐生意機會。但創意必須實踐，否則都是紙上談兵。

技術高手會發明東西，或應用現成的技術。好的創業家又不同，他會匯集人才，強化自己的實力。

我評量一個創辦人（執行長）的角度，是看他聚集人才和組織的能力。他們會珍惜人才，不怕他人威脅自己的地位。跟我合作的創投業者，都明瞭這一點。

莫伊：對於輔導企業走向成功，創投業者扮演什麼角色？

坎貝爾：創投業者能發揮最大的影響力。創投業者的眼光往往決定了公司的前途。那些能夠落實觀念的業者，知道哪裡有商機，但少了眞正懂得經營公司的人，這家公司就沒有前途可言。很多創投業者對這方面並不在行，而很多懂得經營的創投業者，卻不會這樣推銷自己。

帶領一家公司步上正軌是一門藝術，若是科學的話，事情就好辦了。有些創投業者的表現讓人激賞。看著一個創意變成一家公司，我就覺得心滿意足。

不妨回顧一下幾家成功的企業，看看他們的經營人才：我很佩服杜爾（John Doerr）在Macromedia的做法，他協助經營階層在相關領域扎根，看著這家公司邁向成功；拉維唐（Dan Levitan）讓Drugstore起死回生；谷利（Bill Gurley）把Epinions和Dealtime合併變成Shopping.com；哈維（Kevin Harvey）改變Tellme的經營模式，充分利用語音技術的特點，從消費者語音入口網站轉成企業服務爲主。類似的例子俯拾皆是。

莫伊：對一家剛起步的公司，成功的原則是什麼？

坎貝爾：前面提過了，這是一門藝術，不是科學。我有自己的一套理念，不確定是不是大家都同意，但我先說。我認爲一開始的經營團隊，必須經驗豐富、幹練。關於這一點，很多創投業者並不同意。

Claris是我第一個創辦的公司，由幾個經驗老道的老同事組成經營團隊，替公司打下扎實的基礎，在很短的時間內，一切就上了軌道。

創辦初期就讓資深的人負責管理，很多人對此不以爲然。我不懂他們什麼意思。有些人建議我，要找習慣在小公司工作的人，我也不懂這是幹嘛。反正，我就是要優秀的人才。找那些懂得籌劃、管理組織的人，人才自然會吸引人才，這是一種良性循環。

當我跟一家公司合作，首先就是要評估這家公司的執行長。看這個人能不能擔任這份工作？我喜歡指導別人，讓他們更好，所以我會盯住執行長，確認他能夠達成目標。每天盯著他，評估他處理各種事情的反應，由此判斷他的能力，而他心裡也有數。你得承認，人的能力都有極限。

我相信，要把有遠見的人留在公司，公司才有前途。由於庫克（Scott Cook）的努力，財捷的市值突破一億，當市值八千五百萬左右，他同意和ChipSoft合併，接著他找了繼任人選。他現在已經不是執行長，但地位依舊舉足輕重，他繼續留在經營團隊，積極參與公司的各項決策。

莫伊：怎樣一方面鼓舞管理團隊的士氣，同時又讓公司進步？

坎貝爾：往往很難取捨。你希望給經理人學習機會，又不願意讓公司損失利益。我不會故意貶低創辦人，而是評估他能不能擔任執行長，例如，微軟初期的營運長由德州儀器的施佩林擔任，他成功輔佐蓋茲，讓微軟脫胎換骨。

莫伊：經營團隊的首要任務？

坎貝爾：積極網羅人才——愈快愈好。我剛才跟一家公司的執行長聊過，我們爭執該不該僱請一個財務人員。但我要的不是出納，我要的是財務長。我要一個最頂尖的人，立刻上任。很多人反對我的做法，他們說：「那些人不會請不到的！至少得等到公司收支平衡，才可能請到像樣的人。」

我不這麼認為，尤其在矽谷，很多有經驗的人才非常希望加入剛起步的公司，便於塑造企業文化，建立管理團隊，藉此開創新的事業。對於管財務的人，到哪裡都能發揮作用，執行長也是。不然，當年網景憑什麼請到巴克戴爾（Jim Barksdale）？

幹嘛不找優秀的財務長？財務長的作用太多了——營運、融資、法務等等。機靈的小夥子滿街都是，他們習慣套用現成的模式，但一流的財務長見多識廣，能夠讓營運步上正軌，角色吃重。就我記憶所及，每個由我輔導的公司，初期由我引進的財務長都是公司的龍頭人物。

第二是產品行銷人員，這也頗多爭議。注意，我說的不是「行銷」人員，而是「產品行銷」人員。過去幾年我在矽谷，很多人問：「行銷人員怎麼失去光彩了？」我說，因爲他的頭銜缺了前半部，就是「產品」。此人的職責，是協助工程師把技術和市場搭配起來。

接下來是工程人員。通常，找我的都是有創意的人，他們是技術出身，是實際上構思產品的人。即使像Google，從技術角度來看，兩位創辦人都技術超凡。當羅辛（Wayne Rosing）就任工程部副總，還是做了很多結構性的改變。

莫伊：還有呢？

坎貝爾：技術管理的工作，主要是招募人才，以維繫公司發展的命脈。產品架構、研發計畫、排定時程。分組進行研發，打破隔閡。

莫伊：一流的公司還有哪些特質？

坎貝爾：除了管理，不要懼怕改變——這是創投業者給我的啓發。創投業者多半是有膽識的人。你往往必須做出一些改變，調整營運模式，更換經銷體系等等。譬如Opsware拋棄原先的諮詢服務，變成銷售軟體。賣同樣的技術，但透過不同的行銷方式。優越的技術必須適用各種營運模式。從原先的直銷轉爲載體模式。

第五P——獲利能力（Profitability）

錢拿出來！

——電影《征服情海》（*Jerry Maquire*）的著名台詞

想當年我在明尼蘇達州大學校隊擔任四分衛，霍茲（Lou Holtz）是本校的教練。他深具領袖風範，如果沒當教練而在商場，肯定是事業有成的老闆。談到投資哲學，他很欣賞四P，但有個問題：利潤在哪？換個說法，第六P（P／E，本益比）呢？

利潤當然是企業追求的目標，一家公司有多少價值，取決於根據未來的利潤反算回來的數字。

另一方面，我認爲，只要按照四P的條件細心推算，即使一家公司眼前的收入微乎其微，還是可以估出投資的價值。

要預測一家公司三到五年後將是什麼格局，要靠藝術和科學的功夫。一家經營成功又有價值的公司，要有能耐不斷創造盈餘並成長。我相信，即使眼前的營收沒幾個錢，只要具備四P條件，也照樣值得投資。

至於本益比，投資一家本益比高的公司風險很大，一般人恐怕難以承受，不過，那些成長最快、報酬率最高的公司，往往就是本益比很高的。若你對盈餘成長率的判斷精準，假以時日，你選的股票也不會漏氣。記住，一九九五到二〇〇五年間表現最佳的二十五家公司，平均本益比高達十八．九，沒一個便宜貨！

四P似乎有點陳腔濫調，道理過於淺顯——的確如此！然而，投資的竅門之一是把複雜的現象簡化，運用條理分明的通則，達到目的就好。我挑選投資對象的程序，就是以四P作為基礎。

專家訪談

霍茲　知名橄欖球教練

霍茲是橄欖球界最頂尖的教練，共贏得二百四十九場大賽，包括一九八八年率領聖母院大學奪得全國總冠軍。他多次帶領過去連吃敗仗的球隊迅速晉級決賽。他堅持「每場都贏」的信念，也適用在股票投資上：

莫伊：保持常勝紀錄有哪些秘訣？

霍茲：我剛到聖母院大學，喬斯神父就把話說在前面：「我有話跟你講，這些事毫無商量餘地。本校聘你過來，不是叫你來扭轉乾坤，只要我在這裡，你就甭想。練球的時間要依照校規。希望至少每三年一次晉級全國聯賽。還有，你只是本校的球隊教練，你的權力不能超過校董。神父才能當校董。」話是這麼說，當我們到達記者會現場，他又講：「教練，希望你待會兒不要提到薪水。」我說：「放心吧。我也覺得挺沒面子，我保證隻字不提。」

不過，他並沒有禁止我們去贏球。他的確是阻礙。但無論什麼狀況，一定會有阻礙，而且我認爲總是有辦法解決。

海斯伯格神父也跟我說：「教練，我可以任命你當本校的橄欖球首席教練，因爲頭銜是上面決定的。但我不能任命你當領導，那是由底下的人決定的。」我反問：「您對領導的定義是什麼？」他回答：「領導就是有遠見、有計畫的人，跟頭銜無關。」

莫伊：離開聖母院大學之後，你又到了南卡羅萊納大學，他們的校隊當時屢戰屢敗。你怎麼選擇去那裡？

霍茲：處在低潮的時候，你只有兩條路：你可以力圖振作，不然就繼續沉淪，別指望別人來扶你一把，不會有人雪中送炭。南卡大學校隊原本輸得一場糊塗，我到任後一年，就打進了季後賽，隔年一月一日擊敗俄亥俄隊，十七日奪得全國總冠軍。再隔年，一月一日再度擊敗俄亥俄隊，十一日登上冠軍寶座。

說來說去，人生難免陷入低潮，重重難關擺在眼前，但你只能靠自己克服，所以，我從來不會怨天尤人。我不許球員把過錯歸咎給別人，當你把問題歸咎他人，心態就有了偏差：「我的命運不是操之在己，我沒有辦法從困境中脫身。」身爲領袖，最重要的是你的心態，因爲你的心態會感染底下的人，但不會由下往上蔓延。

在我看來，最關鍵的心態是「我有辦法」。

莫伊：在運動場和生活當中取得勝利，還需要哪些條件？

霍茲：無論做什麼事，你得抱有熱情。當初在聖母院校隊，我就看好懷茲（Charlie Weiss），因爲他熱衷於這份事業。

我喜歡跟成功人士交往。成功的父母、商人、球員、教練，背後都做了很多犧牲。輸家認爲這是懲罰。人人都希望成功，卻吝於做出犧牲。這不切實際。如果你有熱情，就會自願做出犧牲。

莫伊：贏家還有哪些特質？

霍茲：一流的球員精通傳球和鏟球、一流的學生精通閱讀和書寫，但人們厭倦基本動作。

我用一個故事來說明這個道理好了。寵物店裡來了一個顧客，他打算買一隻鳥。很多鳥兒標價一塊錢，店員跟他說：「那些鳥兒沒有特色，我推薦你買這一隻，才七百五！」這人嚇了一跳：「是嗎？看起來跟別的鳥兒一樣啊！」店員回答：「這隻鳥會說話還會唱歌。」客人說：「好吧，老子孤單一人，有的是錢，不如找個伴兒。」於是把這隻鳥買回家。

隔天客人氣沖沖跑來店裡：「這隻鳥花了我七百五，什麼都不會！」店員問：「牠搖鈴鐺的時候沒反應嗎？」客人說：「哪個鈴鐺？」店員說：「你沒買個鈴鐺讓鳥兒練聲調？」「沒有啊。」店員說道：「鳥兒開始說話和唱歌之前，需要先搖鈴鐺。一個鈴鐺九塊錢。」

客人付錢買了鈴鐺，隔天又回到店裡，滿肚子怒氣：「有了鈴鐺，這隻鳥照樣呆若木雞！」店員說：「不會吧，我家裡那隻鳥跟你的一樣。今天早上，牠起來搖鈴鐺，在梯子上跑來跑去。」客人問：「什麼梯子？」店員說：「你沒買個梯子讓牠運動？二十三塊而已。」

四天過後，客人又來了：「這隻鳥花了我這麼多錢，今天牠終於開口說話，說完就死翹翹了。牠今天早上起來以後，先搖鈴鐺，到梯子上晃了一陣，照照鏡子。臨死之前，牠問了我一句：『怎麼沒買飼料呢？』」

人們喜歡追求標新立異，卻總是忽略了基本該做的事情。除此之外，你要甩掉所有的藉口。人們習慣替失敗找藉口，永遠不愁找不到藉口。要設法找出路，別找藉口。

莫伊：還有呢？

霍茲：接下來，你要明白自己在做什麼。人們往往在這一點很糊塗。你的目標，就是滿足顧客的需求。我不算絕頂聰明，但至少有點常識，我盡量把事情簡化。我的目標，就是讓球員畢業和贏球，無論我作什麼決定，都是朝著這個目標邁進，這是常識，沒什麼了不起。

一家成功的企業，一定能滿足客戶的需求，這也是常識。

我在阿肯色大學的時候，跟沃爾瑪的創辦人華頓交情不錯。一九四六年他最初在阿肯色州的紐波特開一家小店面，他抱定一個信念：「如果能壓低進價，售價就會便宜。」他開始只賣服飾，而且只有超大尺碼的女裝。他很清楚自己的目標，也明白顧客的需要。

星巴克也是如此。每個公司都一樣，必須明白顧客的需求。

莫伊：不管到哪裡，你很能適應環境、適應各種人、運用不同的策略。

霍茲：看看五十年前的財星五百大企業，跟現在的財星五百大名單對照一下，重複出現的公司沒幾家。人們的需求不斷變化，企業需要改變，才能因應不同的需求。問題是，沒有人喜歡改變。

在聖母院和明尼蘇達大學的那段日子，我很討厭傳球，我喜歡跑陣，跑陣比較簡單，只要先接到球，轉過身，把球交給別人，白痴都會，沒啥學問。至於傳球，那就傷腦筋了。先退幾步，觀察動向，把球扔出去，麻煩可多了。

到了南卡大學，開始的戰略就是跑陣。四分衛拿到球，打算轉身交給隊友，但沒人接手。十一比零，我們吃了鴨蛋。於是，非得改變不可。我改變戰術，讓隊形散開，要大舉進攻，就必須傳球。

難道我心甘情願？當然不是，情勢所逼，我沒辦法。只有改變你自己，才能順應顧客不斷改變的需求。

打字機發明於一八七八年。那年頭的機型毛病挺多，打字得慢慢來，否則鍵桿容易卡住。有人提議：「這樣不行，必須克服。」他召集研究小組，解決鍵桿卡住的問題。

研究小組有了回應：「問題解決了。」他問：「打字速度加快了吧？」對方回答：「那倒不行。但我們可以強迫用戶打慢一點，免得鍵桿卡住。」他問：「什麼意思？」對方解釋：「我們故意把鍵盤上的字母次序弄亂。打字的人得放慢速度才能找到字母，怎樣也快不了。」於是，鍵盤上的字母排列變成這付德性。事到如今，很多人亟欲改變鍵盤的字母順序，但人們已經習慣了，不願改變。客戶的需求不斷變化，你也必須改變。

莫伊：還有哪些要注意的？

霍茲：有夢想才有贏的本錢，懷抱著夢想，才能成就偉大的事業。金恩博士說：「我有個夢！」甘迺迪說：「不要問你的國家為你做了什麼，問你為你的國家做了什麼。」邱吉爾悼念英倫空戰陣亡將士的演說，和林肯的蓋茲堡演講，都是歷史上膾炙人口的演說。

金恩博士在華府廣場，面對十萬名群眾。他說：「我有個夢！」就是這句話打動了人心。假設他換個說法：「在下有一套策略方案，想與諸位分享。」你想效果會怎樣？策略方案讓人聽來無動於衷，夢想才有威力。

沒有成長就是等死，這是生命的規律。一棵樹停止生長，表示離死期不遠。企業、婚姻、人生莫不如此。

成長跟年齡無關，有沒有夢想，有沒有靈感，都是另一回事。人生需要四件事：首先，你需要找些事情做；其次，你需要一個心愛的人；你要有希望；你要有信念。

這些事情給你激勵，跟年齡無關。當過兩屆首相，邱吉爾到了八十四歲還在當議員，有個傢伙過來問候：「生日快樂，您老八十四歲大壽。但願能參加您的百歲壽宴。您認為我有機會嗎？」邱吉爾愣了一會兒，緩緩答道：「應該可以吧。我看你的身體還不錯。」

莫伊：贏家還有哪些條件？

霍茲：對人的評估和激勵，構成贏的要素。人才是關鍵，沒有卓越的人才，你沒有贏的本錢。人才不是天賦異秉，需要琢磨和塑造。對人的評估和激勵，我秉持三條簡單的原則：第一、好好幹；二、全力以赴；三、讓對方知道你很在乎。

坐上領袖的位子，人們往往擺出鄉愿的嘴臉，而忘了應有的標準。我很崇拜海斯（Woody Hayes）。當年我們贏得全國冠軍，他卻很不爽。我自認可以交差了。但他豎立了好榜樣，我終生受益無窮。因爲他全心全意信任你，他腦海中有你應該達到的標竿。若你表現欠佳，他不怕惹你不爽。他不惜動用各種必要的手段，刺激你發揮全部的潛力。

他對我的信任，甚至超過我的自信。他會信任你，設定你的標準。大多數人恨不得去降低這個標準。

最後，要經常捫心自問：一旦你缺席，哪些人會想念你？憑什麼想念你？你沒回家，家人會不會牽腸掛肚？如果不會，又是什麼原因？若你的公司消失了，有人會在乎嗎？仔細想想：我的價值何在？我是否改善了別人的生活？

重點提示

- 人才、產品、潛力、可預測性等四P原則，是挑選未來明星企業的準繩。
- 四P原則不包括價格（price）和利潤（profit），不表示這兩項因素無關緊要。而是依照本益比來看，很多傑出企業的股價太貴，且前期都在虧損。
- 問題（problem）和痛苦（pain）這另外兩個P，往往意味巨大的商機。

第 7 章

估價方法

在商場上，後照鏡總是比擋風玻璃更清晰。

——巴菲特

走筆至此，大部分的篇幅都在推薦成長股，介紹挑選未來明星股的方法。但許多投資人關注的焦點，是怎樣評估一家成長企業的價值。

估價當然重要，若能善用估價技巧，可藉此衡量一家公司的潛力究竟如何；也可判斷某一檔股票的價錢是否缺乏基本條件的支撐而脫離了實際價值，以降低盲目追逐的風險。

現在，我們的目標是要挑選那些會成長幾十倍的公司，所以，我把重點放在能夠持續製造盈餘的公司。無論是技術尖端的生技公司，還是製造農業機具的傳統企業，我們估算實際價值的方式都一樣：把未來的盈餘向前推算到今天。

威廉斯（John Williams）在其大作《投資價值理論》（*The Theory of Investment Value*）中也提倡用這種方式來估算一檔股票的價值。普林斯頓教授莫奇爾（Burton Malkiel）則認爲，折現（Discount）是「預防受騙的極巧妙算法。」在邏輯上，並不是預估這筆錢明年會變成多少（譬如你存一元，利率五％，年底就成了一元五分），而是從將來的數值往回推，算出現在值多少。如此，明年此時的一元，今天約值九毛五，若現在投資九毛五，利率百分之五，明年就成了一塊錢（參見左頁上方的公式）。

威廉斯對這個估價方法非常熱衷，但很少人可以理解，或許也因爲這樣，這個方法只在學術圈流傳。

爲闡明起見，讓我舉個例子。假設你的鄰居老張擺了一個專賣果汁的攤位，希望攬金主入股以便擴大經營。攤位生意興隆，他開價一百萬出讓半數股權（換言之，攤位的總估價是兩百萬）。

這樣的入股條件是否划算？且讓我們參考一下老張提供的基金購買說明書（private

折算現金流量的公式

$$\text{折算現金流量} = \frac{CF^1}{(1+r)} + \frac{CF^2}{(1+r)^2} + \ldots + \frac{CF^n}{(1+r)^n}$$

CF = 現金流量

r = 利率

n = 幾年

placement memorandum, PPM）。

首先，我們發現，他的攤位經營了五年，業績從最初十萬美元攀升到目前的一百萬，年均複合成長率接近六成。利潤（或盈餘）增幅更快，頭一年少得可憐，今年稅後淨賺二十萬。排除其他動態因素，投資者以盈餘的十倍（本益比爲十）買下這個攤位。

這筆交易究竟划不划算？

從過去的紀錄來看，既然增幅超過五成，盈餘的十倍應該算是便宜。即使完全沒有成長，投資這個果汁攤，盈餘收益（過去十二個月的每股盈餘除以每股市價）也有十%。若十年期公債殖利率低於五個百分點，這個條件還算合理。

癥結在於：這個攤位的實際價值，應該從未來的盈餘回頭推算，而不是從過去的盈餘向前累計。

暫且假設，老張沒有打算增開分店，而鄰居老吳看到老張生意興隆，也決定在對面開個果汁攤。於是雙方競相殺價，以致老張的利潤腰斬一半。雖然利潤今非昔比，但老張和老吳秉持著一股創業熱誠，起碼還能維持生計。如此，老張的攤位預計一年能賺十萬，換句話說，投資者是以本益比爲二十的代價入股，除非利息很低，否則不怎麼划算。

如果老張拿入股的資金大舉擴充生意，或許會有轉機。他的夢想，是以星巴克賣咖啡的招數套用在果汁經銷上。

老張針對該區域做過的市場調查，顯示未來五年還可以在附近開五十家分店，前景一片大好。

五十個攤位，每個攤位營收兩百萬，等於五年內營收可達到一億。獲利率一成，稅後盈餘一千萬，等於這家公司五年前價值的五倍！

若認定這個美夢必將成眞，除非利率實在高得離譜，否則，投資這家公司是行家的選擇。

以「現金流量折現」估算一家公司的現值，是學術圈的慣用方式，完全是根據對未來的臆測。然而，MBA常犯的錯誤，就是把臆測當眞。投資人採用現金流量折現算法，他必須假設未來幾年的營收成長率、獲利率和盈餘，再套用一個不見得適當的折現率，再估算風險和回收，把盈餘乘了幾倍而已。我認爲，儘管這是「正確」的方法，但無論如何，藝術與科學的成分一樣多。

另外兩種估價方式，比較適合評估成長型公司的價值。

第一種，本益比（P/E）相對於成長率，即P/E/G法（參見下方表7.1）。這是評估成長型公司最常用的方法。算法就是拿這家公司的本益比，除以該公司三至五年預期的成長率。例如，甲

表7.1　本益比／成長率（P/E/G）估算法

預期本益比	3～5 年的盈餘成長率	本益比／成長率
20	20%	100%
30	20%	150%
10	20%	50%

公司未來十二個月預期的本益比爲二十，預期三至五年的盈餘成長率兩成，其P/E/G是一或百分之百。若本益比爲三十，盈餘成長率兩成，這個數值就是一點五或一百五十%。依此類推，本益比爲十，盈餘成長率兩成，本益比/成長率的數值就是〇．五或五十%。

把握一個原則：若大盤正常，一家正常的成長型股票交易價格，P/E/G數值應當爲一或百分之百。問題在於：什麼才是正常？

在衡量P/E/G時，投資人會考慮下列幾個變數：

一、市值/流通性：公司規模愈大，流通性愈高，投資人願意付出的P/E/G愈高。

二、營收和盈餘的可見度：營運前景愈明朗，投資人願意付出的P/E/G愈高。有循環營收的公司，前景較爲明朗，價格通常會比行情高出一截。

三、可預期的成長：成長率愈高，投資人願意付出的本益比愈高，但P/E/G值愈低。換句話說，一家公司預期未來三到五年內成長愈快，投資人愈難相信。其實投資人心裡有數，長期增幅達四成甚至五成簡直難如登天。一家公司聲稱三到五年內的成長率四成以上，本人絕不相信，因爲困難重重。林區說的沒錯：「置身股海，一鳥在手勝過十鳥在林。」

四、利率：成長型公司都屬於長期投資。若利率走勢攀高，會使將來賺的鈔票價值貶損，進而拖累P/E/G。低利率則對P/E/G有利。

五、投資人心態：投資人看好未來走勢，自然傾向加碼。若看衰前景，則對P/E/G不利。

我擬了一份本益比估算表（參見表7.2）。只要參照該公司三到五年內預估的成長率和目前十年期公債的殖利率，就可以推算出本益比。

再次強調：十年期公債的殖利率愈高，投資人爲成長所應付的本益比愈低。

舉個例子，某公司預估未來三到五年內的盈餘增幅二十五％，十年期公債殖利率五％，照我們的推算，本益比值應爲二十四——與每股盈餘的漲幅二十五％相近。若十年期公債殖利率爲六．五％，本益比應爲十七。若公債殖利率爲三．五％，本益比應爲三十八。

表7.2　本益比估算表

參照預估成長率和公債殖利率，可推算出本益比。

	公債殖利率									
成長率	2.0%	2.5%	3.0%	3.5%	4.0%	4.5%	5.0%	5.5%	6.0%	6.5%
5%	34	27	22	19	17	15	13	12	11	10
10%	41	32	19	23	19	17	16	14	13	12
15%	50	39	32	27	23	20	18	16	15	13
20%	60	47	38	32	27	24	21	19	17	15
25%	72	56	45	38	32	28	24	22	19	17
30%	86	66	54	44	38	32	28	25	22	19
35%	102	78	63	52	44	38	33	29	25	21
40%	120	92	74	61	51	43	37	33	29	24
45%	141	108	86	70	59	50	43	37	32	28
50%	165	125	99	81	67	57	49	42	36	31

資料來源：Graham & Dodd's Security Analysis, ThinkEquity Parners.

第三種估算成長型公司的技巧，是股價銷售比P/S值（有兩種算法，一爲市值/營收，另一爲股價/每股營收），對照該公司營收成長率以及長期EBITDA（未計利息、稅負、折舊、攤銷的盈餘）。營收成長率和EBITDA愈高，P/S亦隨之攀高。

一家營收成長率和獲利率達一般水準的「正常」公司，P/S值大概在一。我們所謂的正常，乃指營收成長率十%，長期EBITDA也是十%。

一家快速成長、EBITDA達到三成的軟體公司，P/S可能達到三或四。一家成長率馬馬虎虎的雜貨業者，EBITDA五%，P/S值可抓○・三～○・四之間，來估算售價。

P/S是用來輔助折算現金流量和估算P/E/G非常有用的工具。

針對那些還沒獲利或獲利微薄的新創公司，P/S特別管用。它可以根據目前的銷售狀況來預估未來的獲利，雖然這些並不容易預估，但比起估算未來的現金流量和成長率，這樣倒還單純。

我建立一套P/S對照表（參見下頁表7.3），讓投資人從公司的營收成長率和長期EBITDA來估算P/S值。這份表格是參照很多公司和產業在過去一段期間的表現。雖不如科學表格那般精確，對於高成長公司的估價卻頗有助益，尤其在公司尚未獲利的階段。

例如，一家營收成長率二十五%，長期EBITDA二十五%的公司，P/S應該在三・二左右。若營收成長率十%，EBITDA十五%，P/S約爲一・二。

影響P/S的因素包括：

一、營收可見度：和P/E/G一樣，未來營收的預估值愈高，投資人願意付出的P/S愈高。

二、對於長期獲利率的信心：能夠預測公司的長期獲利率，就是對該公司競爭地位、進入門檻、產業景氣某種程度的肯定。壟斷型的企業能確保長期獲利率，但大多數的公司沒這份能耐。

三、市場環境：當投資人看好前景，就願意付出較高的P/S，看衰則否。大致說來，當信貸市場的形勢低迷，也會拖累股市往下探底。

表7.3　P/S估算表

參照長期 EBITDA 和營收成長率，可推算出 P / S。

	營收成長率										
EBITDA	0%	5%	10%	15%	20%	25%	30%	35%	40%	45%	50%
50%	2.5	3.3	4.0	4.8	5.6	6.3	7.1	7.9	8.7	9.4	10.2
45%	2.3	2.9	3.6	4.3	5.0	5.7	6.4	7.1	7.8	8.5	9.2
40%	2.0	2.6	3.2	3.8	4.5	5.1	5.7	6.3	6.9	7.5	8.2
35%	1.8	2.3	2.8	3.4	3.9	4.4	5.0	5.5	6.1	6.6	7.1
30%	1.5	2.0	2.4	2.9	3.3	3.8	4.3	4.7	5.2	5.7	6.1
25%	1.3	1.6	2.0	2.4	2.8	3.2	3.6	3.9	4.3	4.7	5.1
20%	1.0	1.3	1.6	1.9	2.2	2.5	2.8	3.2	3.5	3.8	4.1
15%	0.8	1.0	1.2	1.4	1.7	1.9	2.1	2.4	2.6	2.8	3.1
10%	0.5	0.7	0.8	1.0	1.1	1.3	1.4	1.6	1.7	1.9	2.0
5%	0.3	0.3	0.4	0.5	0.6	0.6	0.7	0.8	0.9	0.9	1.0

資料來源：Graham & Dodd's Security Analysis, ThinkEquity Parners.

在我看來，估價技巧既是科學也是藝術。投資未來明星股的秘訣，就是看中基本面——四Ｐ。另一方面，適當運用估價技巧，絕對有助於投資過程的決策。

六個I和一個E

> 市場持續非理性的期間，往往超過你的承受能力。
>
> ——凱因斯

頂尖投資者的特質之一，是把複雜的事情予以簡化。怎樣在股市中放長線釣大魚？就是發掘成長最快、具備四Ｐ條件的公司，挖到寶之後，你只要閉起眼睛，深吸一口氣，靜候股價上漲就對了。

說起來簡單，理論上也沒錯，回到現實，我們必須對股市的短期因素有些認知。葛藍姆（Ben Graham）的比喻相當貼切：「股市的短線與長期表現，好比投票機和體重機。」

就短線來看，股市如同一台反映即時情緒的投票機：哪些股票熱門，哪些則否，直接投射當天的群眾心理。長期而言，股市彷彿一台體重機，只會秀出一個數值：盈餘。

找出最會創造盈餘、盈餘增幅最猛的公司，是我們一貫的目標。關鍵是你必須採取行動。

爲了解股市短期波動的影響力，我要盯住所謂的六個Ｉ：通貨膨脹（Inflation）、利率

（Interest Rate）、股價指數（Index）、投資人心態（Investor’s sentiment）、股票基金的注入和流出（Inflow to equity fund）和IPO價位，這些都是會影響成長型公司短期股價走勢的變數。

這六I之所以重要，是可以讓我掌握自己處在怎樣的股市氛圍，但另一個E（盈餘）也不容忽視，而且盈餘才是關鍵。六I好比是出門打球之前可供參考的氣象預報，讓我判斷是否會颳風、下雨、轉涼，以便有所準備。如果氣候太壞，就不宜冒險，先在屋裡待一陣再說。畢竟，我在乎的是打完十八洞的積分表。

通貨膨脹

所謂通貨膨脹，就是物價普遍攀高而導致購買力相對貶損。投資成長型公司的主要收益，是看在它將來的盈餘，通貨膨脹會貶低將來的盈餘，對成長型公司的衝擊特別大。回頭看看未來盈餘「折算」的概念，採用多少折算率，主要就是根據通貨膨脹率。此外，通貨膨脹對公司的獲利率也有直接衝擊。當通貨膨脹率低，甚至通貨緊縮的時期，進行長期投資的風險就降低。在低成長和低通膨環境下，成長型公司應該獲利更大。反之，當通貨膨脹嚴重的時期，很可能侵蝕利潤，長期投資的效益難以預估。因此，要了解成長型股票的短期風險，必須緊盯通膨的走勢。

利率

可想而知，目前利率水準或公債殖利率愈高，成長型公司未來的盈餘現在愈不值錢。反之亦然，利率愈低，未來的盈餘價值愈高。

照學院派的見解，利率本身只是反映未來金額的現值。但某些時候，利率與股價的關係並不那麼單純。譬如，當經濟成長加速——多半有利於股市——利率會攀升，進而導致未來的盈餘貶值。

高利率所引發的投資風險往往被誇大，但投資一家成長型公司，盈餘根本沒個譜，「預期」的盈餘都在將來。因此，相較於其他公司，成長型公司的股價容易隨著利率波動而搖擺。

深入探索當前的利率走勢，就能進一步判斷：利率究竟是反映擔心通貨膨脹而蠢蠢欲動，亦或資金避險意識的提升。

根據我們的資本市場估價模型，不僅是十年期公債殖利率對照預估盈餘，還要看「避險差價」：比較十年期AAA績優公司債券和十年期公債殖利率的利差，以評估股票本身的風險（參見二百二十五頁圖7.1）。

對於成長型股票，避險偏高的效應非常明顯。譬如在二〇〇二年，公司盈餘成長接近十九％，標準普爾指數卻跌了二十三％。原因是有價證券避險的差價太大，導致本益比大跌。

稍微觀察即可發現，本益比二十九表示市場已有高估之虞，但本益比挫低的主因，是投資人把錢拿去買債券避險，由公債和AAA債券的差價足以證明。

回到現實，當盈餘增幅攀高但股價下挫，往往是放長線買入的良機。

指數（市值）

了解市場和歷史數據的關係，再對照當前的成長率和利率水平，就能對短期風險和機會有所掌握。

就歷史來看，通貨膨脹率約三％，標準普爾指數的本益比爲十四，盈餘成長七％，股票收益三％。於是，假設標準普爾五百的本益比爲二，預期每股盈餘成長五％，通膨率八％，市場的短期風險就非常值得擔心。反過來說，如果本益比爲十，每股盈餘成長兩成，通膨率一個百分點，就大可放心（參見圖7.2）。

針對反映市場歷史行情（標準普爾指數）和核心通貨膨脹率，我們已經有了一套計算公式：

指數應有的價值＝（預估未來十二個月的每股盈餘＋當季股價乘以四）／AAA債券殖利率

透過這個公式，並考慮兩個關鍵因素：盈餘成長率和通膨率，我們可以判斷市場是否有高估之虞。

圖7.1　九一一之後，債券與公債殖利率利差擴大，投資股市風險增大

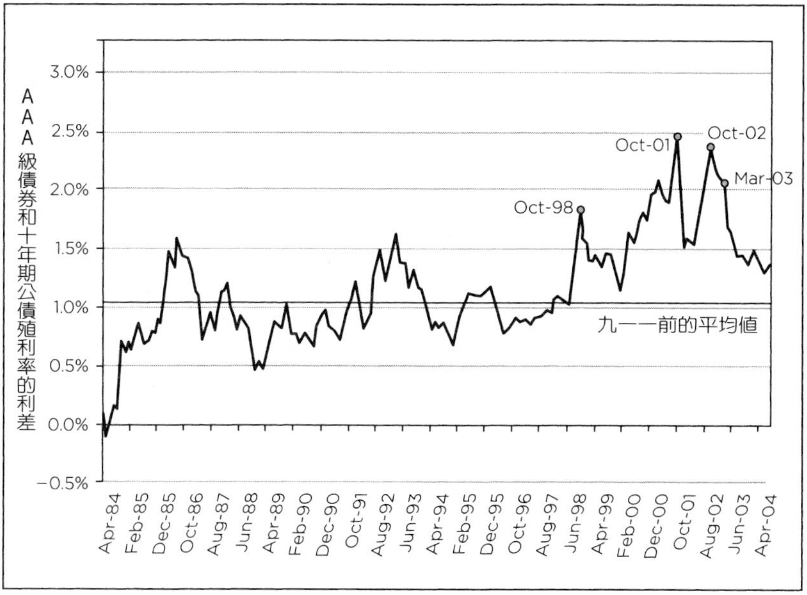

圖7.2　通貨膨脹率愈高，股市本益比愈低

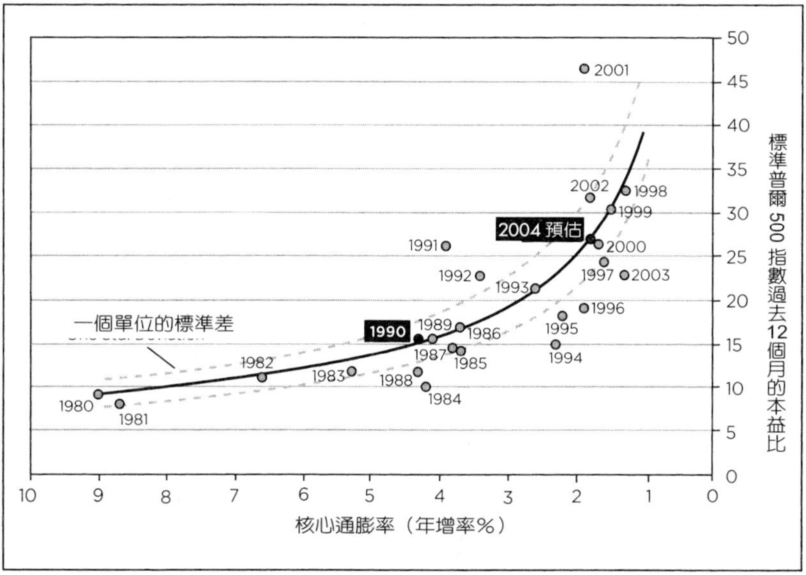

圖 7.1 與圖 7.2 資料來源：Think Equity Partners

投資人心態

所謂的估價水平，就是反映投資人心態，但對於基本面不變情況下的股價波動，卻很難解釋。衡量投資人心態的傳統招數，就是直接問他們：看多還是看空？

投資人心態有很多議題可以討論，不過，在掌握投資人是否樂觀或悲觀上，頗有幫助，可以把它當成一種逆向指標。

當投資人一片沸騰、樂觀到了極點，你就得非常謹慎。當一片愁雲慘霧，卻往往可展開佈局。誠如巴菲特的名言：「投資的秘訣是：當別人積極的時候，你態度謹慎；當別人謹慎的時候，你積極佈局。」

不過，我們發現：觀察共同基金的賣出／買入比率、融券餘額比率和現金比率，或許比評估投資人心態更爲管用，因爲它反映了人們現實的做法，而不是說法。

當然，針對這些比率的分析，也有逆向指標的作用。換言之，市場大量賣空意味著後勢看好；共同基金的現金部位偏低表示看衰。

股票基金的注入和流出

總而言之，一如其他市場，股市純粹是反映供需關係的地方。從注入股票共同基金的金額可看出股市的供需情況（參見圖7.3）。

新的資金注入股票基金、公司購回庫藏股、現金交易的併購活動，都會刺激需求。至於供給面，則來自新股上市和後續發行。

股票基金的資金流入或流出，也可以當作逆向操作的指標，但我們發現，這中間似乎沒有太大關聯。我認爲，資金注入股票基金表示有潛力，資金流出表示需求不振。觀察資金的供需狀況，對了解股市短期波動非常有用。

IPO的價格

對照公司新股上市的價位和之後的價位，是每週定期評估投資人心態最靈驗的方法之一。這不是憑空想像，而是看投資人實際願意付多少鈔票。根據過去的經驗，IPO價位是評估投資人心態的有效工具，一方面，看人氣能否轉化爲資金，另一方面，研判人氣是否過於樂觀或悲觀。

在正常市場環境下，約兩成的新股掛牌之後的價格會高於之前IPO

圖7.3　共同基金的淨流入現金

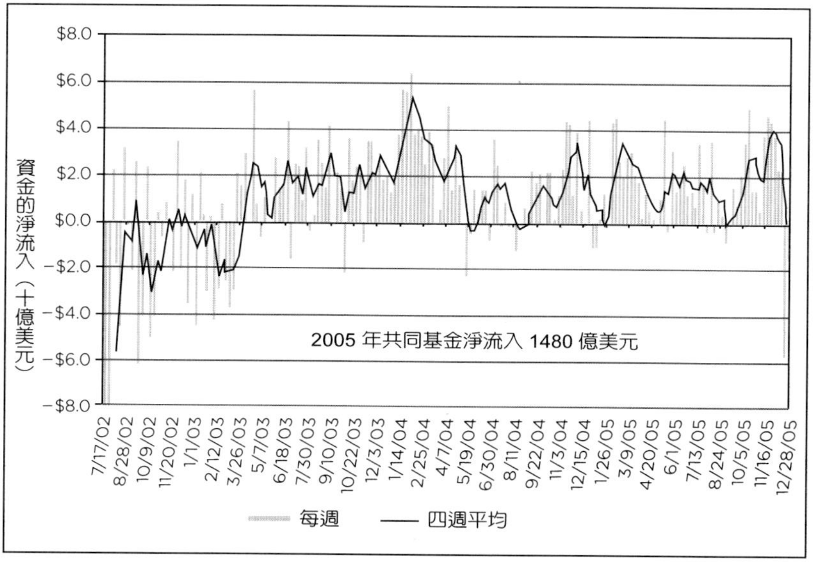

資料來源：AMG Data

價格，六成落在範圍內，其餘兩成低於行情。此外，新股發行通常有一段「蜜月期」——上漲十％～十五％。碰到泡沫市場，逾半數的新股漲勢凌厲，往往超過二十五％。

在悲觀的市場下，ＩＰＯ價格會很低，往往也沒有什麼蜜月行情，事實上，很多新股掛牌之後都會跌破ＩＰＯ價格。

一旦市場熱過了頭，總有事情讓它冷卻。投資成長型公司最大的風險就在這裡。

專家訪談

卡普斯（Drew Cupps）卡普資產管理公司總裁兼創辦人

創辦自己的公司之前，卡普斯管理對沖基金的資產，在史壯資產管理公司（Strong Capital Management）負責成長型股票投資，也曾在德萊豪斯資金管理任職。以下是他的洞見：

對有心操作成長型股票的投資人，我願意提出幾點建議：首先，投資你熟悉的領域，找你自己熟悉的地盤；第二，鎖定你認爲將來會大受歡迎的產品，例如能解決目前的問題且未來會普及的發明；第三，這檔股票已經得到市場認同。符合以上這些條件，就是你發財的機會。

重點提示

- 估算成長型公司價值的三種主要方式：折算現金流、P/E/G與P/S。
- 針對成長快速但還沒賺錢的公司，P/S特別管用。
- 長期的盈餘成長是左右股價表現的關鍵因素。但短期內有許多因素會影響股價走勢，包括通貨膨脹、利率、指數、投資人心態、股票基金的資金注入或流出、新股發行的價格。

第 8 章

創意的來源

贏家是翻開最多石頭的人。我一直抱持這個信念。

——彼得・林區

在前面的章節中，我們有了「盈餘成長決定股價表現」這個投資理念。接著，我們掌握了投資程序的守則：「投資十誡」。憑著對大趨勢的分析，我們找出隨著潮流上升的產業。針對成長型的公司，我們會分析它的基本面：四P。我們也有一套估價方式，藉以估算一家公司的相對價值。

但要完成大業，還得尋找點子。

要找出未來能發揚光大的點子，必須有一套系統性的策略。在這個資訊爆炸的年代，你的時間和資源該怎樣配置？

雖然說，成功沒有取巧的捷徑，挖掘愈勤奮，好點子就愈多。但話說回來，還是有些訣竅。

網路是最有效的研究工具，Google是搜尋引擎的霸主。訂閱幾十份報紙和專業期刊，已經是過去的招數。如今，透過搜尋功能，許多資料就出現在電腦桌面上。

勤於閱讀報紙和期刊、聽取產業專家的高見、打探一下那些投資專家在做什麼、在做研究功課的時候，還要提出幾個關鍵問題，例如，最強的競爭對手是誰？什麼原因？

我每天看四份報紙，包括《紐約時報》的新聞、看《今日美國》（*USA Today*）知道一般美國老百姓在想什麼、從《華爾街日報》（*Wall Street Journal*）研判投資客的傾向、看《聖荷西水星報》（*San Jose Mercury*）知道自己住家附近的狀況（它的商業版還不賴）。我曾試著從《金融時報》（*Financial Times*）掌握全球觀點，但除了著名的「雷克斯專欄」（**Lex Column**），我認爲這份報紙浪得虛名。

我以二十分鐘不到的時間瀏覽這幾份報紙，如果眞要讀的話，最有用的是《投資人商務日報》(*Investor's Business Daily, IBD*),編排陳述條理分明,提供公司與產業的相關情報。比前面四本加起來還更有用五十倍。

我通常會先翻到「每日走勢圖」(Daily Graph),上面會列出受投資人青睞的公司。有投資人感興趣,是推動走勢上揚的重要指標。

接下來,我翻到「每日新高」(New Highs),這裡有很多基本面健全、前景看好的公司。那些專撿低價股的朋友都笑我神經,何必挑選高價股?「買低賣高」的道理誰都明白。但據我的親身經驗,沃爾瑪、星巴克、戴爾、Yahoo! 都曾持續刷新高價。沃爾瑪的市值從五億一路上揚,到突破十億、五十億、二百五十億,最後突破兩千億大關。而許多便宜的水餃股,最後根本不見蹤影。林區說得好,「買高了沒關係,只要賣得更高。」

然後翻到「盈餘快報」(Earnings News),看看哪幾家成長最快,特別是營收和盈餘成長率勁道十足的公司。

然後是「美國新星」(New America),上面經常出現一些小型新興公司。其中文章的見解不算深入,但有助於掌握新創公司動態。

「網路和科技」(Internet & Technology)與「健康和醫療」(Health & Medicine)兩個專欄,介紹新趨勢和一些業界領軍人物。我通常會評估最近和即將發行的新股名單,看有什麼新貨、有什麼東西正熱門。這些新股當中有許多金礦。

再來是表現最佳的產業集團名單。《投資人商務日報》每天整理一百九十七個產業集團並予排名。

每週五會刊出「週末專欄」(Weekend Section),挑出幾檔股票列出走勢圖,附帶其盈餘成長率、相對優勢、獲利率預估等基本資料。

每週一會刊登前一百名看好的成長型股票，依照業績動能、盈餘成長率、獲利率、投資報酬率排名。

是不是嫌我囉唆？看報紙何必這麼講究？但只要照以上的方式持之以恆，賺大錢的機會處處皆是。讀這份報花不到兩美元，用不了二十分鐘，投資不多，但相對來說，報酬可觀。Investors.com 的網頁版也不錯，但我還是習慣摸到紙張。

我閱讀幾十份期刊以掌握企業整體的脈動。爲美國《商業周刊》（*Business Week*）撰寫科技趨勢專欄的慕藍尼（Tim Mullaney）對創意的嗅覺非常靈敏。

我認爲，《新聞周刊》（*Newsweek*）堪稱普通新聞報導的第一把交椅，其中的「老生常談」（*Conventional Wisdom*）對新聞事件往往有精闢見解、政治漫畫讓讀者知道外界對事件的看法。

《財星》（*Fortune*）雜誌有很精采的商業文章；《富比士》的某些文章描述有趣，至於對未來趨勢的洞悉，似乎少有獨到的見解。

如果要我選擇一份報章或期刊，毫無疑問，就是《經濟學人》。內容精采、解析深入，涵蓋全球商業、政治、社會各個領域，還有精闢的產業季刊，提供了許多寶貴資訊。

從這些期刊裡面能冒出什麼偉大的投資機會？其實很少，但你可藉此產生一幅世界觀，孕育你的創意。

《連線》和《商業 2.0》（*Business 2.0*）是眺望未來的平台，包含許多新鮮科技。

針對未來趨勢的討論，部落格顯然是最佳的地盤，比較麻煩的是要先過濾掉一堆垃圾，才能找出言之有物的內容。

我很欣賞柏金斯主持的「永遠在線開放媒體」（*AlwaysOn Open Media*），柏金斯經常在上面發表文章。雖然成立不久，但內容豐富，許多文章都是一時之選。

我公司的部落格（*ThinkBolg*）提供了一些精選的連結，包括谷利（**Bill Gurley**）的「超越人群」（*Above the Crowd*）和本漢（**Bill Burnham**）的部落格，他們兩位都是業界頂尖行家（參見表8.1）。

另一方面，我也會觀察投資高手和創投專家的腳步，鎖定他們的投資方向。這聽起來沒什麼了不起，但如果你照著巴菲特的年報建議，買他推薦的股票，你的績效鐵定優於大盤。

表8.1　部落格精選推薦

AlwaysOn Network (alwayson-network.com)
Bill Burnham (billburnham.blogs.com/burnhamsbeat)
Bill Gurley (abovethecrowd.com)
Business 2.0 Blog (business2.blogs.com/business2blog)
Canslim Investing (canslim.net)
Capital Spectator (capitalspectator.com)
Engadget (engadget.com)
Gizmodo (gizmodo.com)
Hidden Gems (Investorideas.com)
Jonathan Schwartz's Blog (blogs.sun.com/jonathan)
Mark Cuban's Blog Maverick (blogmaverick.com)
PIMCO's Investment Outlook from Bill Gross (pimco.com)
Seeking Alpha (seekingalpha.com)
The Big Picture (bigpicture.typepad.com)
The Healthcare Blog (thehealthcareblog.com)
ThinkBlog (thinkquity.com/blog)
VentureBeat (venturebeat.com)
VentureBlog (ventureblog.com)
Wired (blog.wired.com)

專家訪談

伯金斯（Richard Perkins） KPCB創投創辦人兼總裁

在創投界闖蕩了五十多年，伯金斯大名鼎鼎。在創辦自己的公司之前，他最早在梅約（Mayo）醫療基金會擔任投資組合經理人，後來到Pipper Jaffray的機構業務暨研究部門擔任主管。他的方法是：

我認爲，這一行的絕招就是不斷的閱讀。我每天看六份報紙，因爲不知道下一個好點子會從哪兒冒出來，所以我幾乎什麼都看。

（採訪全文請參閱本書網址：www.findingthenextstarbucks.com）

此外，注意明星經理人的操作紀錄，觀察他們買哪些股票，也會得到很多創意。我們長期觀察的幾位經理人，都是績效優異，能夠持續展現遠見的高手（參見表8.2）。

若想不花一毛錢弄到這些資訊，似乎有些困難，但雅虎財經（Yahoo! Finance）可免費查閱股東名冊、彭博（Bloomberg）、湯姆森公司（Thomson）、歐尼爾（William O'Neil，《投資人商務日報》出版商）和Big Dough也都有相關服務，會提供投資組合資訊。

至於創投方面，創投公司超過五百家，能夠持續弄到大贏家的寥寥可數。在創投界，之前紀錄輝煌的公司佔了很多便宜，有好點子的公司喜歡找他們，以便替自己的公司背書。

Google很早就讓著名創投公司KPCB（創投業的龍頭，合夥人包括道爾和科斯拉兩位巨頭）和紅杉基金（Sequoia）入股。其實，一大票的創投業者提出三倍以上的價碼，Google的老闆卻寧願選擇紀錄輝煌的夥伴。

我們鎖定的幾家創投，包括KPCB、紅杉基金莫里茨（Moritz）和范倫泰（Don Valentine）、基標基金公司的唐勒維（Bruce Dunlevie）與凱格（Bob Kagle）、新企業聯盟的克拉姆里克（Dick Kramlich）、電池創投、貝恩管理顧問公司（Bain）、華平投資集團（Warburg Pincus）、生技創投基金（MPM）、Versant創投、紅點創投的楊卣銘（Geoff Yang）、德豐傑全球創業投資基金的德雷珀和喬維森（Steve Jurvetson）（參見表8.3）。

表8.2　績效優異的投資高手

Art Samberg, Pequot
Cliff Greenberg, Baron Asset Management
Dick Gilder, Gilder Gagnon
Dick Perkins, Perkins Capital
Drew Cupps, Cupps Asset Management
Hans Utsch, Federated Kaufmann
Jack Laporte, T. Rowe Price
Jim Callinan, RS
Joe McNay, Essex
Mark Waterhouse, The Hartford
Richard Driehaus, Driehaus Capital Management
Rick Leggott, Arbor Capital
Ron Baron, Baron Asset Management
Tom Press, American Growth Century

當然，這份名單遺漏了許多操作高竿的創投業者，但只要鎖定這幾個大頭，就足以對未來十年的趨勢和創意有所掌握，因爲創投業者都以十年爲一個階段。相同的道理，想預知明年的賣座電影，你會注意史匹柏的拍片計畫。

政府機關也會公開許多有用的資料。例如美國勞工部定期公佈就業市場狀況、景氣好轉的城市、哪些職位需才孔急和一般經濟景氣指標；能源部提供了能源產業在替代能源和先進技術方面的資訊；人口統計局則提供國內人口的詳細資訊；疾病防治中心則提供有關健保、醫療、防疫的相關資料。

表8.3 紀錄輝煌的創投公司

公司名稱	過去紀錄	未來展望
Accel	Verilas, Walmart.com(沃爾瑪), Macromedia, Wiley, Perabit, Polycom, RealNetworks(真實龍馬數位媒體)	JBoss, Xensource, facebook.com
Bain(貝恩)	Shopping.com, Web Methods, Taleo Corp	El Dorado Marketing, UGS, M-Qube
Battery Ventures	Akamai	Arbor Networks, Ruckus Network, IP Unity, BladeLogic, Netezza, Aurora Networks
Benchmark(基標)	Red Hat, Palm, Jamdat, AOL, Nordstrom.com, eBay	Jamba Juice, Nansolar, Tropos Neworks, Kalido, LogoWorks, Good Technology, Tellme, CollabNet, eBags, Kontiki
The Carlyle Group(凱雷集團)	Align Technology, Blackboard, ctrip.com, Duratek	Ingenio, Pacific Telecom, Target Media Network
Crescendo Ventures	Ciena, Digital Island, Aljety, Ejasent, Lightspeed	Broadsoft, Esilicon, Envivio, Tropic Networks, Pure Digital
DFJ(德豐傑)	Skype, Baidu, NetZero, Hotmail, Focus Media, Overture	Epocrates, Nano Opto, Nanostring, ZettaCore, Ingenio, Technoratti, Zars, Visto, Molecular Imprints, Neophotonics
General Atlantic(泛大西洋集團)	MarketWatch, Daksh, E*Trade, Manugistics, Staples.com	SSA Global, Hewitt Associates, webloyalty.com, Lenovo, Zagat.com, ProPay
Kleiner Perkins Caufield & Byers(KPCB)	Amazon, Google, Genentech, Netscape, Sun, Symantec	Good Technology, PodShow, Tellme Networks, Visible Path, Zazzle, Digital Chocolate, IP Unity, Zettacore, 3VR

表8.3（續）　紀錄輝煌的創投公司

公司名稱	過去紀錄	未來展望
Maveron	eBay, Quellos	Cranium, Potbelly's, EOS, Good Technology, El Dorado Marketing
Mobius	Yahoo!（雅虎）	Sling Media, Pay By Touch, Postini, Reactrix, LR Learnings
MPM	Acorda, Idenix, Pharmasset	Affymax, Elixir Pharmaceuticals
NEA（新企業聯盟）	FoxHollow Technologies, Juniper Networks, WebEx, Salesforce.com, WebMD	Ion America, Alien Technology, Glu Mobile, IP Unity, United Platform Tech, Visto
Redpoint（紅點）	AskJeeves, Foundry Networks, Netflix, Polycom, Sybase, TiVo, MySpace.com, MusicMatch	MobiTV, Fotinet, BigBand Networks, Calix Networks
Sequoia Capital（紅杉）	Apple, Atari, Oracle, Symantec, Electronics Arts, PayPal, Google, Yahoo!	GameFly, Digital Chocolate, eHarmony, FON, LinkedIn, Plaxo, PodShow, WeatherBug, Zappos.com, Netezza, ProSoght
TCV	Altiris, Expedia.com, Netflix, Real Networks, CNet	eBags, eHarmony, Liquidnet, Thinkorswim, TechTarget
Versant	Combichem, Coulter Pharmaceutical, CV Therapeutics, Onyx Pharmaceutical, Symyx, Tularik, Valentis	Jazz Pharmaceuticals, Novacea, Pharmion, Reliant, Salmedix, Syrrx
Warburg Pincus(華平)	BEA, NeuStar, Kyphon, Avaya	4GL School Solutions, Aspen Education Group, The Cobalt Group, Kineto Wireless, USG

第 9 章

未來的熱門領域

成長沒有上限，因為人類的智慧、想像力、想要一探究竟的好奇心沒有止境。

——前美國總統雷根

之前的篇幅，多半是指引你怎樣發掘未來的熱門股。在這一章，我舉出十六個值得投資的領域。當然，或許某些領域經不起考驗，事後證明我看走了眼，但投資成長股就是如此。無論如何，你必須有前瞻性。

Web 2.0—另一波熱潮

一九三九年，美國無線電公司（RCA）在紐約舉辦的世界博覽會中展出電視機，大家就知道這玩意兒大有可爲。但初期的節目製作主要靠舊式媒體——廣播——轉移到新的媒體——電視。全家人盯著螢光幕，看一個人坐在麥克風前播報（如同今天的單人脫口秀）。

媒體的過渡期間一直都是這樣：把舊的內容拿到新媒體上。網際網路發展初期也是套用這種模式。初期許多所謂的網路公司，充其量只是透過網路媒介經營傳統內容的傳播公司。

基本上，雅虎最初就是把網址做成另一種電話簿的形式。靜態網頁上充斥著動態廣告。接著，實體企業開始經營網站。網景是這一波的推手。

如同從廣播到電視的過渡階段，這個新媒體讓人目瞪口呆。但很少人能真正看出網路的威力，掌握未來經營模式的走向。

「Web 2.0」這個名詞是由多爾蒂（Dale Dougherty）和歐萊里（Tim O'Reilly）兩人提出的名詞，意指九〇年代末網路泡沫崩盤之後，網路並未就此罷休，如今東山再起，且威力更勝以往（參見表9.1）。如今正逢春暖花開，熬過寒冬的公司展現全新的面貌（參見9.2），如維基百科和 Bit Torrent（也就是俗稱的 BT 下載，這也是一個 P2P 軟體，不過是使用多點對多點的下載方式）。

表9.1 泡沫和景氣對照

	1999 年	2006 年
誰會上網	年輕人，但父母輩的不會	幾乎每個人
寬頻生活	沒有	有
創辦公司的成本	大筆廣告費、行銷交際、高級伺服器	Linux、部落格
退場方式	股票首度公開上市	雅虎

資料來源：《連線》雜誌。

表9.2 網路的演進過程

Web 1.0		Web 2.0
Double Click	→	Google AdSense
Ofoto	→	Flickr
Akamai	→	Bit Torrent
mp3.com	→	Napster
Britannica Online（大英線上）	→	Wikipedia（維基百科）
Personal Web sites（個人網站）	→	Blogging（部落格）
Evite	→	Upcoming.org and EVDB
Domain name speculation	→	Search engine optimization
Page views（頁面瀏覽量）	→	Cost per click（每次點擊成本）
Screen scraping（畫面擷取）	→	Web services（網路服務）
Publishing	→	Participation
Content management systems	→	Wikis
Directories (taxonomy)	→	Tagging (“folksonomy”)
Stickiness	→	Syndication

資料來源：Tim O’Reilly。

Web 2.0 的理論依據在於：網際網路已成爲全球性的作業平台，功能涵蓋通訊、商業、資訊服務和產品開發。

在 Web 2.0 之前，微軟視窗展現了電腦系統平台的威力。微軟巧妙的利用了平台優勢，把競爭者一一擊潰。即使 Lotus 1-2-3、WordPerfect、網景的領航員（Navigator）在許多方面都優於 Office，卻不敵微軟的行銷攻勢。總之，產品不是平台的對手。

Web 2.0 的第二個特點，是充分運用網路集思廣益的功能。索羅維基（James Surowiecki）那本《群眾的智慧》（*The Wisdom of Crowds*，繁體中文由遠流出版）中舉了很多例子，顯示匯集眾人的頭腦遠超過一個人的智慧。

如何匯集網路上眾人的心血和想法，是目前許多企業努力的目標。

Google 無疑是 Web 2.0 的先鋒，從搜尋功能起家，逐漸把觸角延伸到其他領域，如電子郵件 Gmail、3D 地圖集 Google Earth、購物網站 Froogle、交友社群 Orkut、提供新聞的 Google News，以穩住自己的優勢地位。

用戶愈多，Google 的資料愈精確。eBay 和亞馬遜網站都有類似傾向。

在華爾街中，本公司最早建立了部落格（www.thinkequity.blog），我們鎖定一個特定產業或公司，匯集投資人的想法，將徹底顛覆華爾街的傳統研究模式。

製作不少餐廳推薦資訊的 Zagat 在紐約市之所以大受歡迎，是憑著十多萬用戶在上面刊登訊息。維基百科讓用戶自己撰寫內容，誰都有權編輯。想像一下，把這種模式套用到股票會是什麼情況？

Web 2.0 的特色包括：

- 以Web作爲平台
- 匯集眾人的理念和才幹
- 運用後台的資料庫管理
- 軟體版本升級到此爲止

總之，人們低估了網路的潛力！

表9.3　Web 2.0 熱門公司

51QB
Alibaba.com（阿里巴巴）
AllConnect
Art.com
Baidu（百度）
Beijing Lingtu Software（北京靈圖軟件）
Bocom Digital（博康數碼）
ChinaHR.com（中華英才網）
CollabNet
eBags
eHarmony
Google（GOOG）
inQuira
iSold It on eBay
Liquidnet
LogoWorks
Progressive Gaming（PGIC，創新遊戲國際公司）
Ruckus Network（盧克庫斯網絡公司）
Tropos Networks
Visible Path
WeatherBug（隨身氣象台）
Youbet.com（UBET）
Zappos.com
Zazzle.com

註：表列公司詳細資訊請參閱本書網站：
www.findingthenextstarbucks.com

專家訪談

康威（Ron Conway）天使創投（Angel Investors）合夥創辦人

自一九七九年合夥創辦了Altos電腦開始，康威就是矽谷的風雲人物。他密切注意各種投資機會，特別是無線通訊和基礎設施等領域。大獲全勝的投資案包括Ask Jeeves、Google和PayPal。我請教他，矽谷未來是否能保持領先地位，以下是他的分析：

我認爲，矽谷未來在高科技領域創新仍沒有敵手，這些領域包括：醫藥科技、生化科技、網路、軟體。因爲這裡的基礎建設扎實，能提供創業公司完善的支援。方圓五十里內，你可以找到會計師、能幹的律師和身經百戰的創業高手。對於科技創業，這裡是最理想的園地，沒有其他地方能夠相比。

由於網路和搜尋技術的推動，將有五百億美元廣告預算從電視和廣播移到網路，替搜尋公司的廣告業務帶來龐大商機。因鄰近史丹佛和舊金山加大，幹細胞與其他的醫療研究也集中在矽谷。總之，我對今後的展望無比樂觀。

網路廣告：一對一行銷

過去的電視台呼風喚雨，不僅控制你收看的內容，還控制你收看的時間。節目播出動輒被打斷，還強迫推銷一些鬼玩意兒。如今，你不僅能決定自己要看什麼，更能決定什麼時間收看。

全球每年的廣告業務約五千億美元，用來鼓動購買慾、培養需求意識、建立品牌形象。傳統的廣告模式幾乎一半的錢都是浪費，至於浪費在哪裡，誰也摸不清楚。透過網路，一切將大爲改觀。

過去多半透過無線和有線台播放的廣告，現在逐漸被機上盒控制。自一九八五年以來，電視觀眾人數銳減了三分之一。

報紙的境況四面楚歌，發行量銳減，本地廣告業務遭到衝擊。從一九八七到二〇〇四年底發行量減少了十四%。由於新款的手持設備、個人數位助理、筆記型電腦功能更強，更易攜帶，預計這股趨勢將有增無減。

雜誌發行量在二〇〇〇年達到高峰，現在則跌回一九七四年的水準。傳統廣播的聽眾人數處於二十七年來的低點，相對的，不播廣告的衛星廣播，訂戶則以每年三成以上迅速增加。由於法律禁止強迫性電話行銷（謝天謝地！），全美六千五百萬戶家庭登記「生人勿擾」。

媒體數位化，直接促成了廣告與行銷的數位化。

隨著媒體數位化，行銷服務公司也必須數位化。以後，廣告主會考慮針對特定對象的行銷、投資回報率，由網路行銷發展的可衡量率將成爲媒體購買的標準。

傳統的廣告理念強調創意，未來的廣告注重數字分析。

二〇〇五年的網路廣告市場爲一百三十億美元，佔全美行銷預算的四．六％（參見表9.4）。儘管這個比例迅速增加，但相較於消費者上網購物的時間十八％還差得很遠。

有賴於寬頻迅速普及，網路將逐漸取代或整合其他媒體，替網路廣告市場營造龐大的商機（參見表9.5）。

讓消費者能自由選擇的媒體，也讓廣告商能夠採取一對一的直接行銷。用戶只收到自己感興趣的訊息（參見圖9.1）。

表9.4　美國網路廣告市場　（十億美元）

	2002	2003	2004	2005	2006E	2007E	2008E	2003-08 年平均複合成長率
關鍵字搜尋	0.9	2.5	3.9	5.5	7.3	9.2	11.2	34%
陳列性廣告	1.7	1.5	1.8	2.5	3.1	3.7	4.4	24%
分類廣告	0.9	1.2	1.7	2.3	2.8	3.2	3.6	24%
贊助廣告	1.1	0.7	0.8	0.9	1.1	1.2	1.3	13%
多型態媒體	0.3	0.7	1.0	1.4	1.9	2.4	3.1	34%
其他	1.1	0.4	0.5	0.5	0.7	0.6	0.7	10%
美國網路廣告預算總額	6.0	7.3	9.6	13.0	16.9	20.3	24.3	28%
美國廣告預算總額	239.6	250.9	267.9	282.9	297.2	309.2	321.6	5%
網路廣告佔整體比例	2.5%	2.9%	3.6%	4.6%	5.7%	6.6%	7.6%	

表9.5　各類型廣告市佔率的變化

	2002	2003	2004	2005	2006預估	2007預估	2008預估	2003-08年平均複合成長率
關鍵字搜尋	213%	182%	51%	42%	34%	26%	22%	34%
陳列性廣告	-33%	-12%	20%	34%	27%	19%	19%	24%
分類廣告	-22%	37%	40%	30%	24%	14%	13%	24%
贊助廣告	-42%	-33%	6%	17%	17%	12%	12%	13%
多型態媒體	109%	142%	32%	45%	36%	26%	29%	34%
其他	-6%	-60%	11%	13%	36%	-20%	19%	10%
美國網路廣告預算總額	-17%	21%	32%	35%	30%	20%	20%	28%
美國廣告預算總額	3%	5%	7%	6%	5%	4%	4%	5%

資料來源：PWC/IAB, ThinkEquity estimates.

圖9.1　最理想的廣告媒體

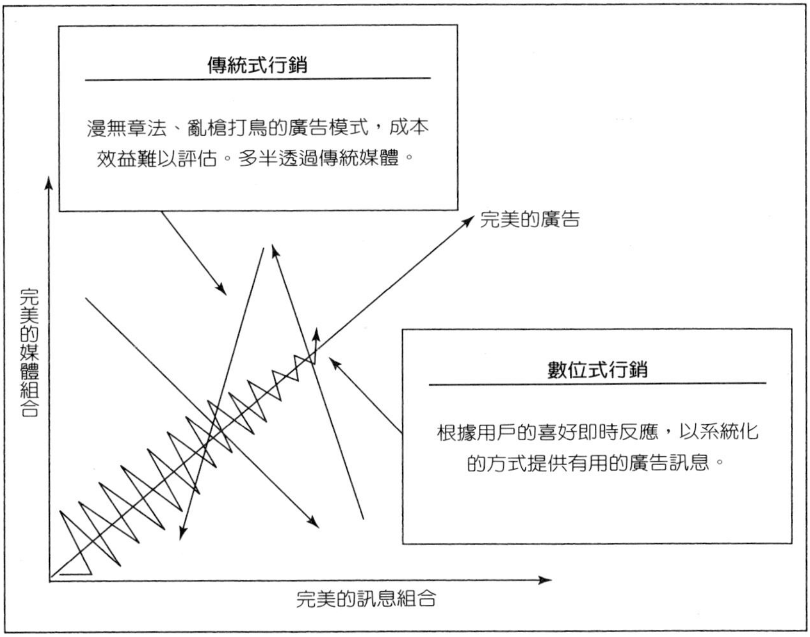
傳統式行銷
漫無章法、亂槍打鳥的廣告模式，成本效益難以評估。多半透過傳統媒體。
完美的廣告
完美的媒體組合
數位式行銷
根據用戶的喜好即時反應，以系統化的方式提供有用的廣告訊息。
完美的訊息組合

資料來源：Think Equity Partners

部落格對傳統媒體形成威脅，也意味著無限的商機。部落格的自選模式，加上條理分明、針對特定對象的功能，向來是廣告主夢寐以求的行銷媒介。譬如，飛航迷和私人飛機的部落格，就是飛機製造商覬覦的對象。

表9.6　網路廣告熱門公司

24/7 Real Media（TFSM）
Adknowledge
Adteractive
Allyes
aQuantive（AQNT）
Blue Lithium
Cobalt Group
Datran Media
Digitas（DTAS）
Double Fusion
DoubleClick
HomeStore（MOVE）
Ingenio
NetBlue
Quigo
QuinStreet
Rapt
Spot Runner
Tacoda
Third Screen Media
Tribal Fusion
ValueClick（VCLK）
Yahoo!（YHOO）

註：表列公司詳細資訊請參閱本書網站：www.findingthenextstarbucks.com

專家訪談

喬維森　德豐傑全球創業投資基金總裁

喬維森曾在Hotmail、Interwover、Kana的創業階段提供資金。之前在惠普擔任研發工程師，開發出七款通訊晶片讓惠普投入生產。他取得史丹佛電機工程學士只花了兩年半時間，成績在班上名列前茅。以下是他的創投經驗：

我們是一家在早期提供創業資金的公司，主要目標是科技產業。因爲我們在尋找介入的契機。要投資一家新公司，你的對象必須擁有某些獨佔的競爭優勢，才能改變現狀。若是既成的產業，環境成熟，你很難去開創一番新局面。誰都會扼殺創意，方法多的是。

若打算投入一門新產業，你得好好琢磨：有何新鮮之處？有什麼差別？大體來說，多半是出現新的法規。對於能源產業，法規是關鍵，也可能是全球能源價格劇烈波動。長期而言，科技創新是營造契機的源頭。

開放原始碼——自由軟體

最初，軟體都是免費的，後來，IBM、微軟這些公司爲了賺錢，把軟體變成專利品（意思是說，不能隨意散佈、無法取得原始碼、用戶不能自行修改）。當然，這情形不可能永遠持續下去，許多程式設計師起而提倡軟體解放運動，不過，直到芬蘭的電腦系學生托維茲（Linus Torvalds）開發了 Linux，加上網路興起，開放原始碼（Open-source）前景才變得一片光明。

開放原始碼是大勢所趨，主張把主控權交還給使用者，程式碼完全公開，用戶可以自行修改，並從中學習。可以更早找出毛病，及時修正。若對軟體不滿意，使用者可自行編修，或改用其他軟體，不必大費周章和花大筆鈔票。從此擺脫束縛！

我可沒天眞到以爲這樣就是免費的，我當然明白，既然別人使用你的產品，好歹還是得付錢，否則你無從獲利。開放原始碼能夠成功運作的營利模式，是透過和這個族群建立一種授權關係。

Web 2.0 提供了協同運作的平台，透過網路匯集群體的智慧，讓開放原始碼大放光芒。

如今，全球有三千多萬個 Linux 用戶。作爲企業軟體架構的 L.A.M.P.（Linux, Apache, MySQL, PHP/Perl/Python）也在快速成長。

威爾斯（Jimmy Wales）在二〇〇一年創辦的維基百科，是多語言、免費提供內容的網路百科全書。內容都是志願者合作撰寫。透過瀏覽器，任何人都能修改。目前有二百五十五萬篇文章，是閱覽率排名第二的參考類網站，僅次於 dictionary.com。

部落格也是一種開放原始碼的媒體，我的好朋友柏金斯（Tony Perkins，《紅鯡魚》〔*Red Herring*〕和「隨時在線」〔*AlwaysOn*〕的創辦人）還爲部落格造了個詞——「眞實媒體」。如之前所說，美食指南 Zagat 之所以威力無窮，在於它匯集了十幾萬人的心血結晶。想知道紐約市某家餐廳在什麼位置、提供哪些菜色、接受哪些信用卡，只要上網搜尋就能找到答案。部落格也是運用這種概念發揚光大。

二〇〇六年二月份，部落格的權威機構 Technorati 追蹤到二千七百二十萬篇部落格文章，且每五個月翻升一倍（參見圖9.2）。

部落格的整體規模是三年前的六十倍，每天新增的部落格有七萬五千個，差不多每隔一秒就冒出一個！

圖9.2 部落格文章數累計（2003/03~2006/02）

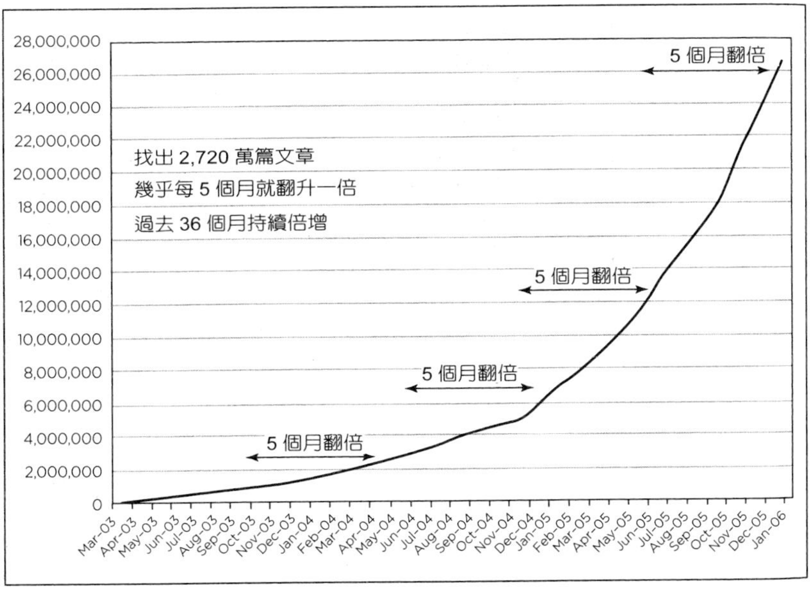

資料來源：Technorati, David Sifry.

針對特定族群行銷、訂閱式的部落格和各種鎖定特定群體的部落格，是未來幾年的熱門領域。包括研究、期刊、報紙、圖書等傳統媒體產業，都可應用這種方式進行集體製作。

請留意，在開放原始碼的熱門公司中，阿帕契、Linux、火狐以及維基百科現在都沒有賺錢，但是，以後的事誰料得到呢？

表9.7　開放原始碼熱門公司

Alfresco
Apache（阿帕契）
CollabNet
Compiere
Digg
Greenplum
Jabber
JasperSoft
Linux
Mozilla Firefox（火狐）
MySQL
Nagios
Pentaho
Qlusters
Red Hat (RHAT)
Six Apart
SugarCRM
Technorati
VA Software (LNUX)
Virtual Iron
Wikipedia（維基百科）
Wind River (WING)
XenSource
Zimbra

註：表列公司詳細資訊請參閱本書網站：
www.findingthenextstarbucks.com

專家訪談

柏金斯「隨時在線」創辦人

十多年來，柏金斯活躍於高科技傳播界。他在九〇年代初合夥創辦了《上層雜誌》（*Upside*）和《紅鯡魚》兩份科技雜誌，又在二〇〇二年六月創辦了隨時在線網路公司，並計劃推出「隨時在線」的紙版雜誌。他認為：

我們活在一個全球整合的世界，處在全球化的商業環境。在我看來，「矽谷」不是一個地理名詞，而是一種創業精神。這種創業精神遍佈世界各個角落，交叉縱橫。憑著這股精神，我從公司一開張就放眼全球市場。不像過去，除非營業額已達到一定水準，你只會專注美國本地市場，賣給美國的本地人。

現在大家習慣稱這是Web 2.0的時代，充斥大筆的創投資金，各式各樣訊息分享的工具。問題是，許多公司有特色，但太過專一，必須有整體思維，才能突破現狀，例如MySpace。又如Skype掌握了用户的行爲，並結合了多種經營策略，才具有今天的地位。對於創業者，機會到處都是。

下一步，輪到資料採擷和人工智慧大展身手。大致來說，今後十年的重點是取得資訊的能力，要能快速了解創意和資訊的根源，以適當配置你的資源和人力，讓你的公司取得更多進展。

隨選軟體——把軟體當成服務來賣

> 環境又變了——這次是針對服務的變革。運算和通訊技術的進展一日千里，改變了服務的型態。寬頻與無線網路遍佈各個角落，徹底改變了人們交流的方式。因為這些服務簡易，提供服務的軟體「好用」，人人樂於接受。企業界正在斟酌該採用怎樣的經濟規模，以降低基礎設備的成本，提供解決方案，並便於向用戶收費。
>
> ——微軟技術長歐席（Ray Ozzie）

想像一下這樣的情景：你現在要撥出幾通電話，但在此之前，你得先購置所需的通訊基礎設備和軟體，安裝妥當，才能順利撥出去。假設你花了錢，也解決了技術問題，好不容易撥出第一通，線路卻突然中斷。你能怎麼辦？還不如寫封信！

幸虧，許多日常生活需求早就採用訂購的方式，例如電話、第四台、水電、瓦斯、保全等服務項目，只要訂購，之後按月付費，就可享受服務。這是日常消費慣用的方式。奇怪的是，軟體業才剛剛開始。

一九九七年的蒙哥馬利技術論壇，甲骨文老闆艾利森在演講中表示，傳統的軟體銷售模式到了盡頭，精簡型演算（thin-computing）時代即將來臨！言之有理：依照傳統軟體業的銷售型態，客戶付的代價太高，卻引來一堆困擾。依照授權機台數計費，價格居高不下，但比起其他項目的開銷，軟體授權金還算小兒科：硬體授權金是五倍、服務和教育訓練費也是五倍、每年維修和售後支援和軟體授權金相當。花了這麼多錢，到頭來又得到什麼？軟體修正平均延後兩年、當初承諾的功能只達到七成、費用是預估的兩倍。得了吧！

話雖如此，艾利森親口預言這股趨勢，甲骨文公司卻未依照大老闆的指示，直到今天，也未積極倡導這項行動。事實上，應用服務提供商（Application Service Provider, ASP）的前途隨著網路泡沫破滅，原因出在ＡＳＰ沒有從頭架構程式的元件，以致無法提供客戶需要的功能，加上創投業者的急功近利，逼迫這些起步不久的公司作出太多承諾，導致ＡＳＰ業未能形成氣候。

和艾利森同一陣營的班尼奧夫（Marc Benioff, Salesforce.com的總裁）發起了「不要軟體」（No More Software）運動，以關鍵的客戶關係管理（ＣＲＭ）軟體來支援隨選模式，並提出響亮的口號。由於傳統軟體模式的效率不彰，替他與眾多隨選軟體商營造了市場空間（參見下頁圖9.3）。依照他的理想，軟體應該「平民化」，不分地域國界，透過網路傳輸，以低廉的成本提供世界各地有需要的人取用。

有一點值得玩味的是：九〇年代末常被貶爲ＡＳＰ營運模式缺陷的某些特性，如今卻可能成爲吸引客戶的賣點。客戶過去擔心的情況，主要是斷線、安全漏洞、資料流失。現在，效率和安全仍是重點，但客戶逐漸發現，除了容易更新之外，隨選模式還有其他優點——把安全功能、負載平衡和容錯機制都藏在幕後執行。

憑著五倍甚至十倍於傳統軟體業的強勁成長率，利潤更遠高於業界水準，營收和盈餘的前景都相當明朗，隨選軟體公司目前身價百倍。自然，這是頂尖創投和傳統軟體業者的必爭之地。其實，這片園地才剛剛開花，所以大家並不期望馬上收成。

表9.8　隨選軟體熱門公司

Arena Solutions
BenefitStreet
IP Unity
Ketera Technologies
LivePerson（LPSN）
NetSuite
Omniture
OpenAir
Rightnow Technologies（RNOW）
salesforce.com（CRM）
SuccessFactors
Taleo（TLEO）
Vcommerce
VurvTechnology（RecruitMax）
WebSideStory（WSSI）
Website Pros（WSPI）

註：表列公司詳細資訊請參閱本書網站：
www.findingthenextstarbucks.com

圖9.3　salesforce.com 來自訂戶的收入

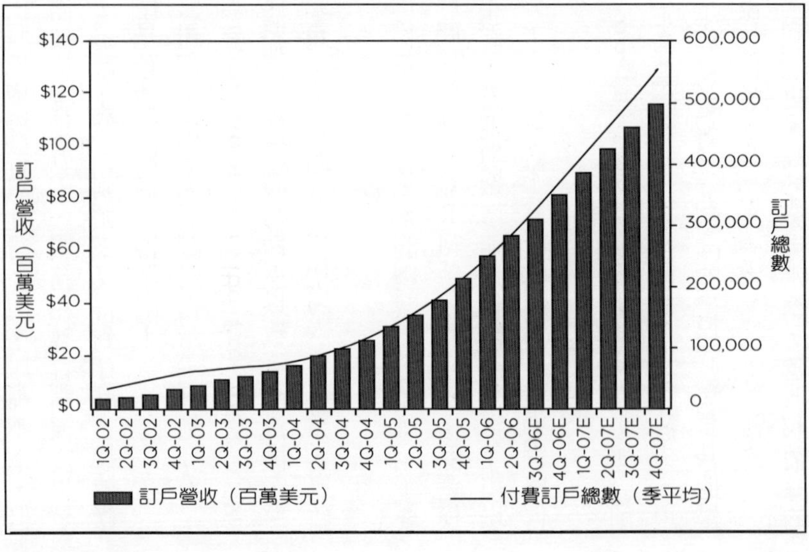

資料來源：摩根史坦利

專家訪談

班尼奧夫 salesforce.com 創辦人兼執行長

以推翻傳統軟體業營運模式為宗旨，班尼奧夫一九九九年三月創辦了salesforce。他已是公認的「終結軟體」推手，以低廉的成本和超高效率，即時滿足客戶需求。在他的帶領之下，salesforce從紙上創意變成上市公司，在隨選軟體界堪稱霸主。我向他請教軟體業的前景：

我認爲，未來的軟體界就如同今天的網際網路。全球各地的供應商，整合本身的應用程式，運用新穎強大的技術，提供各式各樣的服務。

未來模式的特色，就是成本低廉、簡單易用、快速上手，徹底擺脫傳統軟體模式的束縛。藉此還會衍生更多的新點子，混雜各種應用，如葛列清單（craigslist，是一個「社區服務網站」；在這個分類廣告網上，幾乎什麼東西都找得到。）和亞馬遜網站合作推出的公寓租賃服務。過不久，網路上會出現很多特殊的專業功能，但對象不是一般消費者，而是企業用戶。

利用隨選軟體，消費者能享受更多實惠。我們的很多客戶都是大企業，包括美林證券、思科等等，他們過去耗費巨資採購微軟、甲骨文、Siebel、PeopleSoft的產品，但其實不大管用，多半束之高閣。通過我們的服務，軟體可以隨選隨用。根據Gartner的統計，SAP的CRM用戶中只有十八%眞的在使用，換句話說，賣出去的軟體不到兩成派上用場。沒有哪個產業的失敗率高到這個地步。

我們非常重視社會參與。我們把股本、利潤和上班時間各提撥一%，支援本公司的慈善基金會。以本公司的規模，在全球做出這樣的貢獻，算是史無前例。在企業慈善活動方面，我們獲頒許多獎項，證明很多公司根本沒把慈善放在心上。對我們來說，這不光是做善事，也創造了一家成功的公司。在招募人才方面，我們比同業佔了優勢，因爲大家認同我們的理念，願意在這裡工作。

個性化媒體

我用過了TiVo，簡直是美夢成眞：透過衛星接收碟，上面有一千個頻道，可選擇收看的時間，選擇收看的節目。

我不想花三百塊買一張音樂光碟，上面只有兩首歌我喜歡，我寧願去iTunes以每首三十元下載。加上那台支援視訊的iPod，我可以隨時收看想看的節目，沒有煩人的廣告，陶醉在自我的天地裡！

播客（Podcasting）——iPod結合廣播——是一種把檔案登在網路上的方式，用戶可以自己點選訂閱，一有新的資訊就自動傳來。

部落格讓你可以在某些特定領域搜尋想要的資訊。若我住在一處荒郊野地，少了網路，想找一群對埃及古文物有研究的同好，那可難如登天。透過部落格，RSS（Really Simple Syndication，眞簡單聯合供稿）和視頻部落格，無論人在何處，糾集一群同好可說易如反掌。

有這種愛好的大有人在。二〇〇五年，全球下載數位音樂達四億一千九百萬次，成長一百六十九%，是二〇〇三年的二十倍之多。多半是透過iTunes相關機制。總體來算，二〇〇五年數位音樂的營收爲十一億美元，是二〇〇四年（三億八千萬）的三倍。網路下載和手機下載（多半是鬧鈴）的比例約六比四。

iTunes服務目前遍及二十一個國家，上市以來總銷售量超過四千兩百萬台。二〇〇六年初，每天從iTunes約下載三百萬首音樂。當視訊iPod於二〇〇五年底上市，下載的影片超過八百萬。

播客呈現爆炸性的成長。據英國廣播公司（BBC）報導，二〇〇五年底就達到兩百萬。推出播客服務僅兩天，蘋果的播客訊息就突破兩百萬。三分之一擁有iPod的美國成年人下載了相關訊息。

瑞典的超級品牌宜家家居辦過一項比賽，讓業餘玩家出點子：如何存放家用媒體。瓊斯飲料公司（Jones Soda）讓客戶提供照片，自創汽水品牌。強調個人化的服務，正是未來的潮流。

表9.9　個性化媒體熱門公司

A8
Apple（AAPL）
Audible（ADBL）
BitTorrent
Bokee.com
Brightcove
Convedia
DivX
Facebook
Focus Media
GameFly
Heavy.com
Kontiki
Linked In
Linktone（LTON）
Mythic Entertainment
Pandora
Photobucket
Plaxo
PodShow
Rock Mobile
Shutterfly
Sina（SINA）
Sling Media
SNOCAP
Turbine Entertainment
VitalStream Holdings（VSHI）
YouTube

註：表列公司詳細資訊請參閱本書網站：www.findingthenextstarbucks.com

專家訪談

楊卣銘　紅點創投創辦人之一

楊卣銘於一九八七年加入Institutional創投，九九年創辦了紅點創投。他在系統和消費媒體界經驗豐富、績效輝煌，投資的對象包括Ask Jeeves、Excite、Foundry Networks、Juniper Networks、MMC Networks、TiVo、和Wellfleet。我請教他如何尋找投資對象，以及如何評估市場規模：

基本上，我會找潛力雄厚的商機。人們習慣爭執，究竟人才優先還是市場優先？當答案不確定，我會傾向先考慮市場，俗話說得好：「只要市場夠大，就能撐起大的公司，自然有一流人才投效旗下。」因爲我們在最初的階段就投資，只要有好的創意，網羅人才也不成問題。接下來，要找好的管理階層。但如果市場規模不夠大，公司場面也撐不起來。好比辦一場盛大的酒會，卻不邀請賓客到場。

通常，創投業會找兩種投資對象，第一種是我所謂的「更快、更好、更便宜」。基本上，都是透過技術創新，提供更好的解決方案，打入現有的市場。這種市場是現成的，規模很容易估算，人們也甘願爲這些東西掏錢。你會不斷的評估價格和成本效益。能不能得到市場認同？市場能擴展到什麼地步？站在我們的角度，特別在初期，市場的規模很難精確預估，只能大致分成大、中、小三種。若是這種狀況，我會找有實戰經驗的管理階層，在這方面有經驗，針對你的需求，他的紀錄輝煌。

另一種則截然不同，是「篳路藍縷」的投資模式。類似「規範轉移」、「賦予人們超越以往的能力」等等說法，你打算開創新局，基本上，這是在開創新的市場，打造不同以往的做法。通常，這類的市場規模幾乎沒辦法預估，頂多是拿類似的狀況對照，簡略估算一番：「這算是全新的模式，市場規模如何如何，這家公司目前這麼大……」。因爲是憑空創造新的市場領域，這種投資更具投機性，但賺大錢的機會也更多。在這種狀況，很難找到有相關經驗的人才，只能找有類似經驗的人。

手機就是風格

要預知未來的趨勢，不妨觀察你的孩子。時下的年輕人，個個都有手機，旁若無人的模樣，不是在打電話就是在發簡訊。

手機是許多年輕人表現自我的方式。他們講究手機的顏色、廠牌型號、鈴聲，甚至背景圖案。

對於時下的年輕人，手機就像父母輩的車子。它逐漸取代了電腦，兼具獲取資訊、休閒娛樂、人際交流的功能，涵蓋生活的各種層面。

我的小女兒把她的寶貝手機掛上飾品，經常更換酷炫的鈴聲。即使朋友就在同一個房間，她也跟對方傳簡訊。

透過手機，他們永遠保持在線狀態。這意味著，隨時隨地可以連絡每一個人，不愁找不到樂子。Web 2.0 提供的平台，就有這種威力。

表9.10　手機用戶數量領先網路

國　家	手機用戶（百萬人）	網路用戶（百萬人）	手機用戶／網路用戶	電腦裝機數（百萬台）
中　國	363	100	3.6 : 1	53
美　國	177	211	0.8 : 1	207
日　本	88	78	1.1 : 1	55
德　國	69	51	1.4 : 1	39
英　國	54	37	1.5 : 1	26
義大利	54	32	1.7 : 1	16
南　韓	37	32	1.2 : 1	27

資料來源：歐洲監測站、中國互聯網路資訊中心、世界銀行、摩根史坦利（2005/07）

中國和印度的電信事業起步較晚，之前固網的基礎建設並不完善，得以直接跳到無線電話，也沒有保護傳統業務的顧慮，直接把手機作爲電話、電腦、遊戲機等等。中國已是全球手機第一大市場，使用中的機子超過三億五千萬台。

RIMM開發的黑莓機擁有四百多萬忠實用戶。據估計，智慧型手機的用戶，在未來十年將成長十倍以上。目前黑莓機毫無疑問穩居鰲頭，但軟體部分有Good Technology、Seven和微軟緊追在後，硬體領域則有摩托羅拉、Palm、蘋果等勁敵。

手機的相關服務更趨多樣，隨著每個人擁有一個手機號碼和郵件位址（只擁有一個手機號碼的美國人僅佔一成），顯示NeuStar和VeriSign相關認證市場的潛力驚人。憑著JAMBA這項產品，VeriSign在鬧鈴和桌布市場頗有斬獲。

表9.11　手機熱門公司

BridgePort Netwoks
BroadSoft
Cbeyond（CBEY）
Clearwire
Digital Chocolate
Global IP Sound
Glu Mobile
Good Technology
Kineto Wireless
MetroSpark
Mobile 365
MobiTV
Motricity
NeuStar（NSR）
Palm（PALM）
QUALCOMM（QCOM）
Research in Motion（RIMM）
Skype
Synchronoss（SNCR）
Tellme Networks
UP Technologies
VeriSign（VRSN）

註：表列公司詳細資訊請參閱本書網站：www.findingthenextstarbucks.com

專家訪談

唐勒維　基標基金公司主要合夥人

唐勒維在高科技創投界闖蕩十六年，展現了高超的操作績效。曾投資的對象包括 Accept.com（之後被亞馬遜併購）、Coolabra 軟體（被網景併購）、Encompass（被雅虎併購）、Good Tech.、Handspring（被 PalmOne 併購）、Matrix 半導體、Palm Computing（被 3Com 併購）。他的操作策略為：

我們通常在公司的草創階段就展開佈局，甚至參與營運策略的制定，當然會面臨很多挑戰。我們評估的依據，主要是考核創業者本人，看他有沒有能力招募第一批優秀的人才，能不能按原訂計畫推出熱門產品。當然，營運模式也會列入考慮，但我碰到的情況，往往並沒有明確的營運模式。最關鍵的問題，還是看這個人有沒有創業家的氣質，在過程中觀察他的魅力。總之，幾乎沒有辦法預測未來，不可能一開頭就看得很準，所以，過程中必須隨時快速修正方向。

生技產業三巨頭（ABC和3G）

逐漸老化的人口是醫療保健產業的支柱，尤其是能解決重大疾病的生技公司。過去二十五年，生技領域是許多希望與夢想所繫，如今，這裡到處洋溢著商機。以往廠商投注大筆資金於新藥研發，現在正逢產品推出上市。

找出最有前途的製藥廠，不必回顧過去的藥品，而是要研究你自己和下一代的需求。一談到投資機會，很多人馬上想到癌症特效藥。事實上，一些頂尖生技公司已經在抗癌藥物方面取得成果，而心臟病、阿茲海默氏症（也稱老年癡呆症）、愛滋病、糖尿病等等……都有大幅進展。

技術的突飛猛進，加上華爾街投入生技產業的兩千億美元資金，終於拿出豐碩的成績。大型藥廠的研發重點多半停留在老地盤，眞正的創新主要來自生技產業。

除了研發新藥，生技產業也設法改善重大疾病患者的生活品質。比起三十年前，罹患癌症、糖尿病、心臟病和其他慢性疾病，診斷患病之後的存活期已延長許多，也多半能延續正常生活。

人口急劇老化，意味著社會將很快出現和年齡有關的病例，如帕金森氏症與阿茲海默氏症。目前爲止，這些都是不治之症，但生技公司看準這塊龐大的商機，推出一些產品，以大幅提升病患的生活品質。非致命性疾病或機能失調，也是生技產業的目標。

應用分子基因公司（Amgen）、Biogen、Celgene（這三家公司簡稱ABC）加上基因科技、吉利德科技（Gilead）、Genzyme（這三家公司簡稱3G）是幾家值得投資的生技公司。至於默克或輝瑞等傳統大藥廠，就留給那些留戀過去的外行吧！

一些規模較小但握有單一超級產品的生技公司，很可能被ABC或大藥廠併購，也是很好的投資機會。歐美和日本社會都面臨著人口結構老化，意味著這類藥物的市場潛力無窮。

大企業經常收購一些上市公司，主要是看上對方的產品，以期透過自家的綿密銷售網大力推廣。

表9.12　重大疾病人數　（萬人）

疾病	全美病患人數	每年新增病例
心臟疾病	7,100	120
阿茲海默氏症	450	44.7
癌症	1,010	130
糖尿病	2,080	140
愛滋病	170	4

資料來源：美國心臟學會、美國癌症學會、美國糖尿病學會、Avert.org、阿茲海默氏症學會

表9.13　基因排序費用大幅降低

1974 年	1 億美元以上
1998 年	150
2005 年	8.75 美元以下

資料來源：米爾肯，David Agus 醫師，西德－賽納醫學中心（Cedars-Sinai Medical Center）

表9.14　生技產業熱門公司

Abrika Pharmaceuticals	Gentium（GENT）
Acorda Therapeutics	Genzyme（GENZ）
Aegera Therapeutics	Gilead（GILD）
Affymax	InSite Vision（ISV）
Agensys	InterMune（ITMN）
Alnylam（ALNY）	Jazz Pharmaceuticals
Amgen（AMGN）	MetaMorphix
Anormed（AOM）	Momenta（MNTA）
ARYx Therapeutics	Omrix Biopharmaceuticals（OMRI）
Axial Biotech	Osiris Therapeutics
Bayhill	Paratek Pharmaceuticals
BioCryst（BCRX）	Questcor Pharmaceuticals（QSC）
Biogen（BIIB）	Reliant Pharmaceuticals
Biomimetic Therapeutics（BMTI）	Replidyne
Cardiome（COM）	Repros Therapeutics（RPRX）
Celgene（CELG）	Tengion
Chelsea Therapeutics（CHTP）	Vertex（VRTX）
ChemoCentryx	VIA Pharmaceuticals
CoTherix（CTRX）	ViaCell（VIAC）
Depomed（DEPO）	Xencor
Emisphere（EMIS）	Xenoport（XNPT）
FibroGen	Zars
GeneCure	ZIOPHARM Oncology（ZIOP）
Genentech（DNA）	

註：表列公司詳細資訊請參閱本書網站：www.findingthenextstarbucks.com

專家訪談

寇拉（Sam Colella） Versant 創投合夥創辦人

寇拉專研生技產業。在其職業生涯中，在高科技產業有二十年的成功營運經驗，對醫療保健領域也有二十多年投資經驗。在創辦 Versant 之前，他創立了機構創投公司（Institutional Venture Partners, IVP），是業界以生命科學研究機構為焦點的創投公司。以下是他的分享：

經常有人問我：「看好哪些公司？」其實我最欣賞的公司，投資報酬率並不是頂高。但我認爲這樣就是成功，因爲公司會永續經營。這是我對創投抱持的理念。只要你辦的公司很優秀，就會得到很多回報。其實，我對選股不是挺在行。很多創投業者看中一家公司，打算投點錢，預計三年後將股票脫手，翻個十倍利潤。我的專長是營運，不是那種格調。

（採訪全文請參閱本書網站：www.findingthenextstarbucks.com）

數位醫生

二〇〇五年十月，有一個粗心大意的護士居然把兩個病人的病歷表弄反了，其中一人剛去世，另一人正要辦理出院。當那位「死者」從床上坐起身子，差點沒把葬儀社員工活活嚇死。

據估計，在美國每年因醫療或診斷疏失而送命的約有九萬八千人，其中因溝通不良或作業失誤而冤死的大有人在。弄錯病歷表可能導致截錯手臂，或者不知道病人會過敏而給錯藥導致病情惡化——美國有號稱全球最好的保健體系，偏偏這些事層出不窮！

眾所周知，醫師的字跡都非常潦草，但直到今天，頂多十三％的醫院和二十八％的醫師使用電子病歷表。病人到不同的醫院看診，病歷表卻沒有整合，實在讓人想不透。

醫療紀錄的資料量非常驚人，保健體系受到要求改善的壓力。整合病歷表的必要性，加上技術和工具都已齊備，數位醫生市場將呈現爆炸性的成長。

手持式病歷紀錄器、病患資料系統，可提供更精確的資訊供醫師診斷，都是未來的方向。

目前各種系統各行其是，軟體缺乏互通性。布希政府已撥款一億五千萬美元研發經費，預計十年內推出一款標準化數位病歷紀錄器。

無線射頻識別ＲＦＩＤ標籤是製造業和零售業的通用標準，也廣泛應用於畜牧和寵物管理。其實技術很簡單：把一顆米粒大小的設備植入皮下組織，以掃描讀取類似條碼的資料。ＲＦＩＤ會提供一組數字輸入資料庫，連接這名病患所有的醫療就診紀錄。可以預見，

RFID將大幅提升保健品質。

RFID對人類使用藥品也會帶來深遠的影響，尤其對容易忘掉用藥紀錄的病人（如老年癡呆症患者）。在急診的狀況更可以救命。由於鎖碼技術和法律更趨周延，洩漏個人隱私的可能性將大幅降低。目前用在動物身上的RFID標籤，很快就會用在人類醫療領域。

財富、養生、智慧

一九〇〇年，全美資產超過百萬美元的家庭不到五千戶，如今已超過八百萬戶。全球六百九十一位身價十億美元以上的富豪，其中三百四十六人定居美國（參見表9.16）。

一九〇〇年，在美國出生的男性平均壽命爲四十八歲，如今延長爲七十六歲，是一八五〇年男性平均壽命三十八歲的兩倍。

一九〇〇年的美國，務農的職業佔三十八%；僅十三%人口擁有高中文憑，擁有大學文憑者僅三%。到了二〇〇五年，八十五%的成年人擁有高中文憑，二十四%有大學文憑。人口年齡老化，但他們擁有更多財富、知識程度也更高，保健養顏的市場自然商機蓬勃。

健身中心、水療、私人教練、營養師、整容醫師都會搭上這股熱潮。傳統中藥——使用天然的草藥，匯聚了幾千年的傳統智慧——市場逐漸抬頭。根據《瑜珈》（*Yoga Journal*）雜

表9.15　數位醫療熱門公司

Drugs.com
drugstore.com（DSCM）
Electro-Optical Sciences（MELA）
Epocrates
FoxHollow（FOXH）
Intuitive Surgical（ISRG，直覺手術）
Quility Systems（QSII）
UnitedHealth Group（UNH，聯合健康）
WebMD（WBMD）

註：表列公司詳細資訊請參閱本書網站：www.findingthenextstarbucks.com

誌的統計，美國練瑜珈術的人超過一千六百五十萬，比二〇〇二年多了四十三%。據《時代》雜誌報導，每天靜坐沉思的美國人約一千萬，比十年前多了一倍。

隨著富裕程度增加，如理財、稅務規劃、資產管理等強調個人化的金融服務，需求也跟著大增。以往只有美國石油富翁洛克斐勒、蓋提，少數超級富豪才能享有的家族理財服務，也有日漸普及的趨勢。

人們壽命更長、鈔票更多，全球化使得世界變小，促使旅遊服務進入新的境界。搭乘豪華郵輪旅行，既可怡情養性，又可藉機增廣見聞。如 Kimpton 這類善於營造氣氛的精緻旅館，乃至於更高檔的四季飯店，讓旅客無論身在何處，都有賓至如歸的感受。

過去一個大學生畢業後找份工作，替一家公司幹活直到六十五歲退休，算是典型狀況。如今，一個大學畢業生幹到退休，平均換過十二個僱主，退休後再活個二、三十年也司空見

表9.16　更有錢、更長壽、更高學歷

	1900	2005
資產超過百萬的家庭	5,000 以下	8 百萬
資產十億以上的家庭	一個都沒有	346
男性平均壽命	48	76
高中以上學歷佔全美人口比例	13%	85%
大學以上學歷佔全美人口比例	3%	24%
務農的比例	38%	2% 以下

資料來源：美國人口統計局

慣。若平均壽命到了一百歲，會是什麼情況？可能跟現在一樣，因為那時很多人會幹到七十多歲才退休。何以致之？因為退休金不夠，到了七十多歲，身心狀況應付工作仍綽綽有餘。

即使大學畢業也不能就此跟知識脫節。為了趕上職場的潮流，每個員工必須不斷進修，終生學習成為未來趨勢，除了追求更高的學歷，在強調知識的經濟體系，致勝之道就是不斷學習。線上教學和培訓產業將大幅成長。員工的在職培訓計畫，將會包含研討會與網路。

表9.17　財富、養生、知識領域的熱門公司

Amvescap（AVZ）
Blue Nile（NILE）
Cranium
Curves
Disney's Little Einsteins
Eaturna
eCollege.com（ECLG）
Four Seasons Hotels（FS）
Gaiam（GAIA）
Glacéau（Vitamin Water）
GOL Airlines（GOL）
Jamba Juice
KnowFat!
Life Time Fitness（LTM）
Lifeway Foods（LWAY）
Lush
Pharmaca Integrative Pharmacy
Quellos
Space.NK.apothecary
Whole Foods Market（WFMI，全食超市）

註：表列公司詳細資訊請參閱本書網站：
www.findingthenextstarbucks.com

專家訪談

沙曼（William Sahlman）哈佛商學院教授

沙曼是哈佛商學院亞伯洛夫（Arbeloff）講座的客座教授，這個講座成立於一九八六年，主題是創業過程的教學和研究。他鑽研創投公司在創業各個階段面臨的投資與財務決策。目前擔任多家私人企業的董事。他發現：

大公司往往故步自封、不求上進、眼光短淺，因此碰到本領高強、重訂遊戲規則的對手，他們就不知所措。軟體業是明顯的例子。軟體銷售向來因循老套，訂價高昂，逼業務員簽訂大筆授權合約，每年改版還另外收費。Siebel公司就是這個德性。

之後有人想到：何不把程式放在主伺服器？客户只購買自己需要的部分？銷售對象應該是針對業務員本身，而不是資訊室主任。salesforce.com和RightNow就這麼誕生，把Sieble打得落花流水。

我最近投資一家叫Aspen Aerogels的公司，它研發出一種隔熱材質，隔熱效果比同類材料強三倍以上。他們掌握了特殊技術，能大幅降低成本，也唯有這樣，新產品才能迅速推廣。從汽車、冰箱到各種家用品，應用的範圍極廣。

雖然言之過早，但我認爲幹細胞技術將超越治標的階段，達到治本的療效。在過渡期間，會進行許多的診斷試驗和方法，讓我們進一步了解人體的反應。可以預見，許多劃時代的產品將大舉出籠。

知識經濟時代的教育產業

教育的耗資不菲，無知的代價更高。

——哈佛大學前任校長博克（Derek Bok）

許多教育產業的投資者之前熱中醫療保健領域，這不是巧合，因爲今天的教育產業就如同三十年前的醫療保健產業，兩者都以人爲主；此外，兩者的確有許多雷同之處。

一九七〇年，佔GDP八%的醫療保健市場是塊超級大餅，但市場極度分散。很多批評者質疑的關鍵，不在於能不能賺錢，而是該不該賺錢。主導的人不夠專業、技術落伍、成本高昂，整個市場只有少數幾家大公司。站在投資人的角度，醫療保健雖然佔GDP高比例，但相關產業的市值總額，僅佔美國資本市場極小比例。華爾街的大型投資機構頂多派一名分析師負責研究這門產業。

時至今日，醫療保健市場的規模有增無減，定位和區隔明顯，例如醫療設備、製藥、生物技術、保健等等，且趨向專業化、資金密集、技術先進，吸引許多專業管理人才投入。自一九七〇年以來，持續升溫的市場需求帶動了整個產業，進而打造了技術先進的醫療保健系統。健保體系固然弊病叢生，但對於眾多病患來說，美國的醫院仍是舉世頂尖。從投資的觀點，醫療保健產業佔美國資本市場十六%（參見表9.18）。

同樣的，教育和訓練也是很大的市場（超過GDP的十六%），但也極爲分散，十萬所學校分佈在一萬五千個學區，行政效率低落、管理階層差勁、科技應用落伍。營利機構插手教育事業，也遭到很多人反對。目前，教育訓練產業佔美國資本市場不到一%（參見下頁表9.19）。

對於個人和員工，教育都不可或缺。在知識經濟時代，大學四年學位只是進入職場的先決條件。隨著網際網路、視訊會議、衛星通訊等科技應用的

表9.18　醫療保健產業的演進

1970 年	2005 年
佔 GDP 8%	佔 GDP 16%
零星分散的產業	定位與區隔明顯
成本高昂	企業合併
技術落伍	強調科技和研發
管理階層欠缺專業	高水準的管理階層
佔美國資本市場比例不到 3%	佔美國資本市場 16%
以人為主的服務	以人為主的服務

普及，仰賴知識和資訊推動的創意產業正快速興起。

知識經濟對教育的迫切需求，但當前的教育體系無法滿足需求，能夠填補這片市場空缺的企業，自然商機無限。所謂的「投資機會」，就是針對特定問題提供解決方案的公司，問題愈大，機會愈多。我認爲，當前美國面對最迫切的問題，就是提升教育素質。因此，教育市場潛在的商機難以估計。

企業界抱怨美國的畢業生水準太差——連閱讀書寫的基本能力都乏善可陳。公司耗費幾十億美元替員工補習，花幾百億培訓員工，並積極呼籲教育改革。

美國人應該檢討，教育投資的迫切性與必要性。一九八〇年，一個高中學歷和大學學歷員工的薪資，有五十%差距。如今則高達一百一十一%，且持續擴大（關於學歷與薪資的標準，參見表9.20）。

換個角度來看：一個三十歲、高中學歷的男性，所得收入比一九七〇年少了三分之二。而美國擁有大學以上學歷的成年人僅佔二十四%，可見情況的嚴重性。

僱主對專業技能的需求、員工想找更好的工作，兩種因素促使大專院校蓬勃發展。學生的年齡層也有變

表9.19 今日的教育市場

市場規模驚人－GDP 的 16%
高度分散的產業：10 萬所學校分佈在 1 萬 5 千個學區
成本高昂：中小學生每年 1 萬，大學生至少 3 萬美元
科技相對落後
管理階層不夠專業
市值太小（佔美國資本市場不足 1%）
以人為主

化，二十五年前，大專院校約二十五%的學生年齡超過二十五歲，現在二十五歲以上的學生超過一半。問題是，多數的大專院校日間部課程，招生的年齡介於十八到二十二歲，一年二或三個學期，不提供停車位，卻提供宿舍、球隊、社團活動等等，但是目前超過半數的學生並不需要這些。

教育是經濟發展的動力，但另一方面，隨著學雜費大幅上漲，以致很多人負擔不起。或許，教育平民化將仰賴科技，透過寬頻網路，課堂教學可傳送到全球任一角落，科技使得教學的成本降低，對象更爲普及，且在某些方面提升高等教育的品質。

負責提供教材內容的學校和教師，必須有新的做法來滿足市場需求，因此發展出不分時間、地點、全新的教育方式。在一場研討會上，一家大型電信業負責人對教材供應商（包括史丹佛、賓州大學、明尼蘇達大學等知名學府）表示：「我們每年投資一億五

表9.20　失業率、學歷和薪水

2003 年失業率	最高學歷	2003 年平均週薪（美元）
2.1%	博士學位	1,349
1.7%	專業學位	1,307
2.9%	碩士學位	1,064
3.3%	學士學位	900
4.0%	專科學歷	672
5.2%	社區學院，沒有學位或證書	622
5.5%	高中畢業	554
8.8%	某些不提供證書的高中	396

資料來源：美國勞工統計局

千萬美元進行員工培訓，這是各位的商機。員工千里迢迢搭機來回上課。如何隨時隨地取得教材內容，是當務之急。」

美國目前失業率不到五個百分點，整體學歷偏低，七成的新職位需要高等技能，只有依靠員工培訓才能弭平缺口。半個世紀前，一個人學會操作挖土機，可以靠這門手藝吃四十年飯，如今，一個人學會程式設計，頂多撐個一年半，又要學習新的軟體，才能趕上科技的腳步。

企業和政府機構的培訓市場高達一千一百億美元，且高度分散，提供了巨大的商機。在知識經濟體系中，許多公司把培訓委由專業機構辦理，企業培訓市場有了嶄新的風貌。

教育產業最大的區塊是中小學課程，每年約五千一百億美元，平均一個學童一萬美元。規模龐大之外，這也是目前問題最多的領域。根深蒂固的官僚體系，盤根錯節的政商勢力，在在阻撓改革的推行。許多研究顯示，下一代的教育程度還不如咱們這一代，這是美國史上頭一遭碰到的窘狀。有鑑於此，學生家長強烈要求改革。企業界也深切體認，若教育體系不大幅改革，未來十年企業將很難維持競爭力。兩黨的政客都明瞭現行的教育體制千瘡百孔，並大刀闊斧通過如不受教行政約束的「特許學校」、讓學生與家長自由選擇學校的「教育選擇權」、可減低學費壓力的學券制、州政府接管等相關立法。

特許學校開創改革之先河，一九九二年還沒有一間特許學校，如今已有三千五百多所。特許學校、教育選擇權、公校私營和學券制，爲中小學教育注入了生機，進而衍生了商機（參見表9.21）。

表9.21　中小學教育：市場改革的投資機會

改革的助力		改革的阻力
「一個都不能放棄」政策，改善教師水準與教學品質。	變化中的市場	州和地方勢力強烈阻撓，甚至訴諸法律，欲迫使聯邦接受折衷方案。
各界普遍支持評鑑制度。	業務外包的趨勢，促使教育素質提升。	學校本身對科技沒有明確的規畫。
中小學義務教育體系改革迫在眉睫。	來自全球的競爭壓力，使業界更重視美國勞工的素質。	教師、校長、主任、校董和州教育局，各方對具體改革內容的意見分歧。
義務教育趨向市場機制，家長和學生傾向於客戶的心態。	五年內美國教師的退休潮，讓教育界注入新血。	師範學院的教材與課程多半陳舊不堪，趕不上科技的腳步。
更多經費投入（州政府和聯邦政府），滿足推行改革的需求。	校長和教務主任來自不同背景（商界、法界、軍方等等），提供改革的動力。	針對教育界主導人士（如校長和主任）的學位課程內容落伍。
包括蓋茲等知名人物不斷公開呼籲體制改革的迫切性。	研究指出目前的學位系統不合時宜，將促成另一波學位改革。	媒體報導偏向負面，使對峙的態勢更陷入僵局。

資料來源：Think Equity Partners

要了解中小學教育體制弊病與商機之間的關聯性，必須研究經費花在哪裡。總額五千一百億美元，平均每個學生一萬，其中半數經費花在教室。教學的地點都在課堂，卻只有一半經費花在這裡，這種怪事只會發生在教育界。

科技將帶領美國教育界進入二十一世紀，但首先，我們的學校必須進入二十世紀。企業界的ＩＴ資本支出早已佔總投資一半以上，學校的ＩＴ投資還不到兩個百分點。

最後談到幼兒教育。這是一切教育的基礎。如果幼兒教育問題叢生，中小學教育也不可能好到哪裡去。現今，有六歲以下孩子的家庭，其中六成的父母都要上班。有六歲以下孩子的已婚婦女，其中六十二％必須外出工作，一九七五年僅四十％（參見圖9.4）。

許多研究證明，孩童在一到三歲的學習過程會影響他們入學後的成績。小學一年級的成績，與其高中成績甚至一生息息相關。

圖9.4　孩子不滿六歲的婦女外出工作的比例（%）

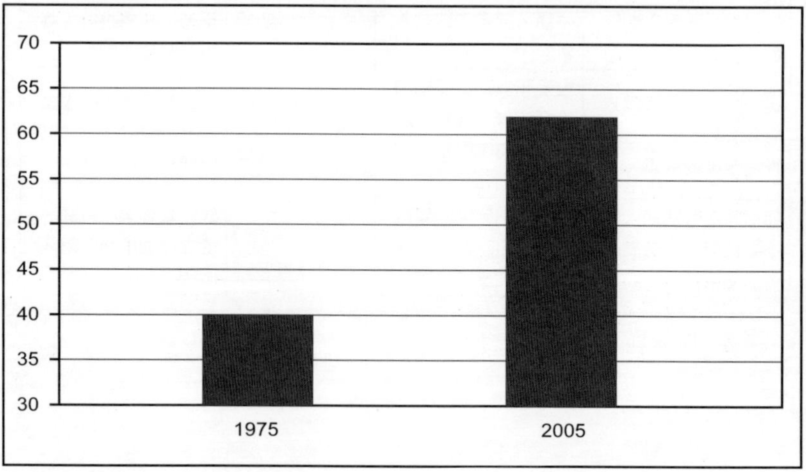

資料來源：美國人口統計局

因此，以往在家庭內的學習可交給幼稚園或托兒所，托兒機構的教育水平必須大幅提升。隨著對教育的需求擴大，教學方式會有新的變革。

表9.22　教育領域熱門公司

4GL School Solutions
American Public University
Apex Learning
Apollo Group（APOL）
Aspen Education Group
Blackboard（BBBB）
Bridgepoint Education
Cambium Learning
Capella University
Carnegie Learning
eChalk.com
eCollege.com（ECLG）
Eduventures
Fairfield Language Technologies（Rosetta Stone）
High-Tech Institute
K12
New Oriental Group
PRCEDU
Regency Beauty Institute
SchoolNet
Scientific Learning（SCIL）
TetraData
The Learning Annex（LGAX）
Tutor.com
U.S.Education
Virginia College
Wireless Generation

註：表列公司詳細資訊請參閱本書網站：
www.findingthenextstarbucks.com

女性抬頭

一九七二年，美國歌手海倫蕾蒂（Helen Reddy）以一首風靡全球的「我是女人」（*I'm a Woman*），標示了女權時代的來臨。號稱鐵娘子的柴契爾夫人當選英國首相，終結了傳統女性相夫教子的附屬地位。

這些事件，促使過去三十年女性在社會、商場和政壇的地位大幅轉變。變化的幅度極其明顯，一九七○年，在大專院校就讀的女生比例爲四十二%，現在佔五十七%，醫學院、商學院、法學院的女生比例都在成長。

美國大學運動協會（NCAA）自一九八一年起開始贊助女性體育項目。今天，每年超過十五萬女學生競逐二十種體育項目。以女子棒球爲例，一九八二年女子棒球一場錦標賽的觀眾總數不到一萬人，而二○○四年一場女子棒球四強決賽，現場觀眾就超過兩萬八千人，且入場券票價高達一百五十美元！

女性議題引起企業界關注，促使政府資金補助，也獲得社會普遍支持。十五年前，女性執行長屈指可數，今天，《財星》五百大企業中的女性高階主管佔十六%。二○○二年，女人當老闆的企業佔三成。在新公司方面，女性創業的比例比男性高一倍。

在政壇，很多女性擔任內閣閣員和大法官，女性國會議員佔十九%，比一九九五年多了七個百分點，預計到了二○五○年，國會將有一半的女性議員。至於總統候選人，希拉蕊和國務卿萊斯（Condoleeza Rice）都極有可能獲得提名，美國出現女性總統相信爲期不遠。

科技讓生意人擺脫時間和空間的侷限，不必朝九晚五，工作地點不限於辦公室。這股趨勢對人人都有利，尤其對職業婦女特別有利。捷藍航空（JetBlue）和家得寶最早推行「在家辦公」，讓許多員工（主要是女性）在家裡處理工作事務。

女性的影響力擴及各行各業，醫療保健和社會服務領域，幾乎都是女性的天下。二〇〇二年，女性當老闆的企業中有三分之一是醫療保健或社會服務產業。七十二％以上社會扶助公司的老闆是女性，超過一半的護理和居家服務公司也是女性。隨著女性的權力高升，我認爲環保和清淨能源產業會受益，其他還包括兒童議題、教育、托嬰、特殊需求等領域。

更多的婦女投入職場，許多如家務、教小孩功課、煮飯等以往由家庭主婦做的工作，必須委託外人代勞。如何補足職業婦女家庭勞務的空缺，是很大的商機。

表9.23　性別與學歷

高中和高中以上			
年齡層	不分男女	男性	女性
25-34 歲	84%	82%	86%
35-44 歲	85%	83%	87%
45-64 歲	83%	83%	83%
65 歲以上	66%	66%	65%
學士學位			
年齡層	不分男女	男性	女性
25-34 歲	28%	26%	29%
35-44 歲	26%	26%	26%
45-64 歲	26%	29%	24%
65 歲以上	15%	21%	12%

資料來源：美國人口統計局，2005 年

表9.24　掌握女性市場的熱門公司

Bright Horizons Family Solutions（BFAM）
Dream Dinners
Educate（EEEE）
Knowledge Learning
Let's Dish!
Lucy Activewear
Martha Stewart Living（MSO）
Super Suppers
Trader Joe's

註：表列公司詳細資訊請參閱本書網站：
www.findingthenextstarbucks.com

名牌——只給你最好的

我助理是典型的例子：薪水勉強可以糊口，居然每天都去星巴克買一杯拿鐵。購買咖啡因飲料的隊伍中，從大老闆到小秘書，貧富階層皆有，一杯三塊半美元，人人都能享受高級咖啡。

我曾研究卡拉威公司股票，並結識老闆本人。他對於開發高爾夫球具抱著無比的熱誠。他家生產的球桿售價是普通球桿三倍（但我的成績卻不見得提高多少）。有賴業界的一致推崇，卡拉威成爲高爾夫球具第一品牌。卡拉威總部的保安措施十分嚴密，讓人彷彿置身中情局總部。

酒類整體市場持續下滑，高級酒類和頂級啤酒的業績卻快速攀升。

想當年，在我的老家明尼亞波里斯，**Horst Rechelbacher** 用鱷梨摻雜其他古怪調料，淋在我母親的頭上，稱此特殊配方叫 **Aveda**。如今，標榜「天然」個人護理用品的 **Aveda** 公司市值已超過十億美元。一瓶八盎司裝的紫丁香洗髮精標價十美元，同樣容量的海倫仙度絲才兩塊錢。創立於一八五三年的契爾氏（**Kiehl**）最初是紐約市區一家藥房，現在是高級化妝護理用品大廠。這些都是順應時勢、領先潮流的企業。

乳酪蛋糕工廠（**Cheesecake Factory**）、華館、加州披薩廚房（**California Pizza Kitchen**）都是行業中的翹楚，業績炙手可熱。乳酪蛋糕工廠專營花樣繁多的起司蛋糕，在品項和數量方面領先群倫。華館提供改良式的中式餐點，能討好原本拒絕中國菜的客人。加州披薩廚房的專長是高級比薩。

In-N-Out Burger在加州有一批死忠顧客群，提供剛炸出爐的薯條、未經冷凍處理的肉排、爽口的奶昔。另外，憑著精緻的餐點、貼心的服務、舒適的用餐環境，Potbelly's在芝加哥打下堅實的基礎。

Graeter的冰淇淋保溫杯已成爲熱門的禮品之一。總部設在俄亥俄州辛辛那提，它的贈品策略十分成功。

對獨具特色的產品，消費者都甘願付出昂貴代價。

表9.25　建立成功品牌的熱門公司

Bliss World（Starwood）
Blue Holdings（BLUE）
California Pizza Kitchen（CPKI）
Castle Brands（ROX）
Coach（COH）
Design Within Reach（DWRI）
Eos Airlines
Frederic Fekkai
GoSMILE
Iconoculture
Jones Soda（JSDA）
Kerzner（KZL）
Kiehl's
Kona Grill（KONA）
MAC
NapaStyle
Peet's Coffee & Tea（PEET）
People's Liberation（PPLB）
Potbelly's
Sephora
Starbucks（SBUX）
True Religion（TRLG）
Under Armour（UARM）
Urban Outfitters（URBN）
Vineyard Vines
Volcom（VLCM）
Yankee Candle（YCC）
Zumiez（ZUMZ）

註：表列公司詳細資訊請參閱本書網站：
www.findingthenextstarbucks.com

專家訪談

吉歐（Bryant Kiehl）Potbelly's 執行長

幾位創投業老手都看好Potbelly's將會成為下一個星巴克。我和吉歐暢談公司的理念、創辦的過程、成功的因素和未來的方向：

跟許多芝加哥人一樣，我最初是他們林肯大街創始店的常客，三天兩頭就去光顧。記得那天我遇到老闆，問他何不多開幾家分店？他說，因爲沒碰到志同道合的夥伴。我當場毛遂自薦。事情就這麼開始了。

我們追求穩扎穩打的成長，更要忠於這個品牌。延續以往單純的菜色，各方面不斷謀求改進。目前，我們嘗試新的市場，設法逐步拓展顧客群。我們要證明，規模成長和服務水平可以並行。許多公司曾風光一時，卻經不起考驗，但願我們能破例。

我們成功的因素，大致可歸納成幾點：

- 菜單設計簡潔明瞭、內容豐富，讓顧客享用可口的餐點。
- 提供精良產品的同時，仍不忘謀求改進。

■ 店家和顧客交流、輕鬆愉悅的用餐環境。
■ 強調迅速和貼心的服務水準。
■ 物超所值（不讓顧客覺得花了冤枉錢）。
■ 良好的品牌形象，吸引顧客願意參與其中。
■ 堅持以上的原則，並不斷改進。

開放加盟就很難確保品牌的水準，所以我們不打算授權加盟店。穩扎穩打的成長，不見得要大肆擴張，那樣容易導致運作失調，每家店的服務和品質水準不能一致。我們堅持品牌的特色——涵蓋每個細節——培養顧客對這個品牌的信賴。

我們的營運狀況很好，股東們非常滿意。我們不願糟蹋品牌的水準和格調，絕不考慮開放加盟。畢竟這是經營餐飲業，不是房屋仲介。我們抱著一個願景，鎖定一個目標。任何的決策依據，都是顧及整體的品牌形象。單純性很重要，市面上很多加盟餐廳毫無特色，你去那些店裡光顧，再到我們的店比較一下裝潢、設計、格調、店內飄散的花香，簡直天差地遠。我們堅持用鮮花，今後也會如此。

（採訪全文請參閱本書網站：www.findingthenextstarbucks.com）

從少數到多數

在夏威夷佔多數的民族，在整個美國人口永遠是佔極少數。加州、德州、新墨西哥州都是這種情況，預計到了二〇一〇年，喬治亞和紐約州也會跟進。

拉丁裔不僅是美國為數最多，也是成長率最高的少數族裔，有四千多萬的人口。據統計，一九八〇至二〇〇〇年這段期間，拉丁裔人口翻了一倍多，從一千五百萬成長為三千五百萬，到了二〇〇四年又成長了十四%，成為四千萬人。預計到二〇二〇年將增為六千萬人，幾乎佔美國總人口兩成（參見表9.26）。

重點是拉丁裔人口平均年齡為二十七歲，比美國人平均年齡年輕（約四十歲）許多。年紀在十八歲以下的拉丁裔人口，佔三十六%。

此外，拉丁裔移民的出生率是其他美國人的兩倍，這將對未來的學校和職場有重大影響。從現在到二〇二〇年，拉丁裔勞工佔勞工總成

表9.26　美國人口組成

	人口總數	比例
西班牙裔	40,424,528	14%
美國出生的西班牙裔	22,381,207	7.7%
國外出生的西班牙裔	18,043,321	6.2%
非西班牙裔白人	194,876,871	68%
非西班牙裔黑人	34,919,473	12%
非西班牙裔亞洲人	12,342,486	4%
非西班牙裔的其他人種	5,717,108	2%
總人口	288,280,465	100%

資料來源：《千禧年狂潮》（*Trends 2000*）

長人數的一半。

美國的人口結構，從以往的白人佔絕大多數，變成更多元化，對未來的產品、服務和行銷都是挑戰、商機。據一項調查顯示，八十九%拉丁裔人口對自己的種族背景非常自豪，希望把拉丁文化傳承給下一代。七十九%的拉丁裔民眾認為電視節目和廣告應該針對拉丁族群；六十九%的拉丁裔人口接收的廣告訊息是西班牙語，不是英語。對最新科技產品的接受度，拉丁裔也比普通美國人高出十個百分點。

二〇〇五年，拉丁裔在美國總消費額五千億美元，預計二〇二〇年可達一兆美金。持續成長的拉丁裔人口是許多美國消費趨勢的動力，從餐廳到服飾、音樂到遊樂、金融服務。如悠景科技股份有限公司（Univision）等鎖定族群的媒體及行銷公司，未來五十年都享有好光景。

表9.27　拉丁裔市場的熱門公司

Bravo Group
Chevy's
Chipotle（CMG）
Dieste & Partners
El Dorado Marketing
MultiCultural Radio Broadcasting
Spanish Broadcasting System（SBSA）
Target（TGT）
Telemundo
Univision（UVN）

註：表列公司詳細資訊請參閱本書網站：www.findingthenextstarbucks.com

安全第一

九一一事件，讓我對世界的投資與風險觀念徹底改變。在九一一之前，我們都傾向政府應該不要介入商業，如今，安全意識成了首要課題，政府機構與企業界比以往更重視國家安全。

Web 2.0替合法的生意提供了交流平台，也成了恐怖活動、犯罪集團、商業詐欺利用的管道，於是，對網際網路的監控日漸嚴密。針對大機構的攻擊，病毒、木馬程式、蠕蟲、間諜程式幾乎從不間斷。根據FBI在二〇〇五年的電腦犯罪報告顯示，八十七％的受訪機構在過去一年內曾遭受類似攻擊。

根據國際數據資訊（International Data Corporation, IDC）的調查，二〇〇四年全球IT保全市場的商機為二百七十四億美元，預計在二〇〇九年可達

圖9.5　每名員工支出的電腦安全費用（依照行業別）

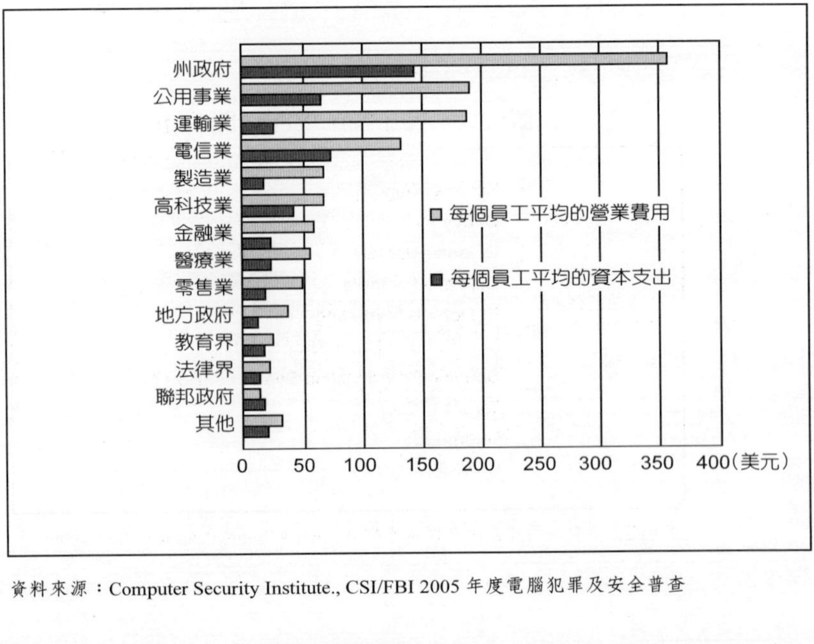

資料來源：Computer Security Institute., CSI/FBI 2005年度電腦犯罪及安全普查

到六百億，年均複合成長率二十%。二〇〇四年全球保全軟體的支出總額約一百億，預計〇九年可達四千一百九十二億美元。

政府單位是這個市場的最大支柱。九一一事件創造了許多「實體」保全業務，如生物辨識、X光、磁振造影（MRI）、化學物質偵測等等。另一方面，協助緊急救難人員的技術也有重大突破，如描繪辦公大廈和火車站等公共區域的繪圖軟體，以便緊急救難和日常監控。此外，厲行國土安全政策，更需要將政府各部門的龐大資訊加以整合。

電腦的影響力擴及到我們生活的各個層面。無奈的是，偏偏有些人企圖利用這股趨勢來滿足私慾。利用電腦作案的事件層出不窮。

大規模、全面性的電腦網路協同攻擊，可能性不容忽視。能確保電腦持續運作的技術，需求大幅攀升。防毒軟體和防火牆已是標準配備（參見圖9.6），流量分析、認證、授權、全面性的網路安全系統，保證系統萬無一失。公司在決定採用

圖9.6　常用的保全技術

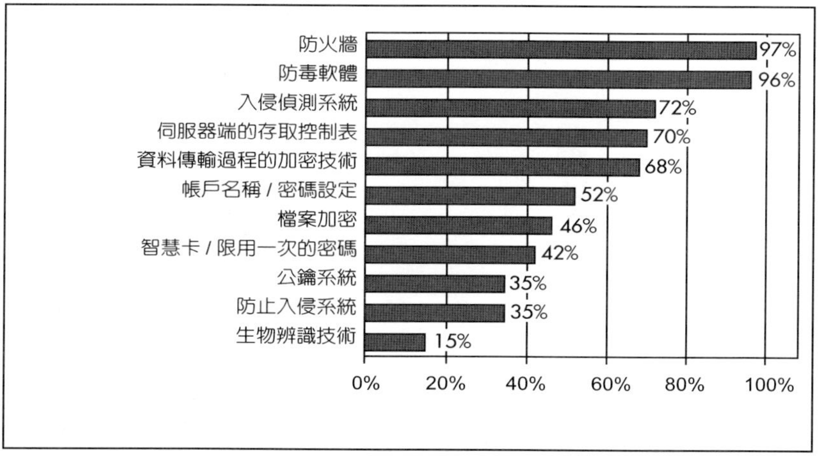

資料來源：CSI/FBI 2005 年度電腦犯罪及安全普查

哪些保全方案時，主要是考慮投資報酬率。

以假冒的電子郵件來騙取信用卡號碼或私人資料的手法，如今已司空見慣。許多縝密規畫的犯罪，都由犯罪集團在幕後操控。二〇〇五年每天產生兩百八十億封垃圾郵件（平均一個人收到五封）。IDC預測二〇〇九年將多達四百五十億。

由於技術日趨複雜，一些新的應用反而衍生出嚴重的安全漏洞，如網路電話、網路服務、網路儲存等等。隨著用戶快速增加，更容易成爲攻擊的目標。手機通訊的安全問題最引人關注。保衛本土固然任務艱鉅，保護海外的美國公民更是困難重重。安全議題日趨複雜，事先防範重於事後補救。很多大公司如賽門鐵克（Symantec）、IBM、微軟，活躍在保全領域，但這個產業機會還多的是。

表9.28　安全領域的熱門公司

3VR Security
Arbor Networks
CipherTrust
Cisco（CSCO，思科）
CyberTrust
Elemental Security
Fortify Software
InfoBlox
Intergraph（INGR）
Network Intelligence
Oakley Networks
Opsware（OPSW）
Pay By Touch
RSA Security（RSAS）
ScanSafe
VASCO Data Security（VDSI）
Websense（WBSN）

註：表列公司詳細資訊請參閱本書網站：www.findingthenextstarbucks.com

替代能源

如前所述，哪裡有亟待解決的問題，往往就意味著投資良機。問題愈棘手，商機愈可觀。

不管石油每桶報價多少，根本的問題擺在眼前：石油蘊藏量有限。在儲量耗盡之前，就已經失去了經濟效益。燃油對環境造成的污染，也到了無法忍受的程度。在空氣污濁的北京和上海，外出慢跑無異是慢性自殺。若不劍及履及採取行動，事情只會更糟。

以當前世局之險惡，高油價替伊朗、沙烏地、委內瑞拉等國在短期內創造大量財富，自然對美國相當不利。佛里曼點出箇中玄機：「綠色是我們的紅、白、藍三色之命運所繫。」言下之意，美國的前途不能再仰賴外國石油。

問題只會愈來愈嚴重。中國是全球第二大石油進口國，其二〇〇五年的石油消耗量成長三成。過去五年來，中國的石油消耗量漲幅超過其經濟成長率，預計二〇〇九年起其國內生產量將逐年下降，屆時將如何填補中國的需求？

如今，討論是否繼續在阿拉斯加繼續開採油井，恐怕無濟於事。（我個人對此表示贊成。去過阿拉斯加的人都不會反對。）即使拚了老命鑽採探勘，產量也是杯水車薪。制定長遠可行的能源方案，是我們唯一的出路。

這也未嘗不是好事，若油價長期處於低檔，替代能源和新技術的研發就會停滯不前。伴隨著高油價、安全性、環境保護等議題，加上技術突破，替代能源將是今後五十年的明星產業。這個產業的發展主軸集中在風力、太陽能、氫、生質燃料等再生性能源（參見表9.29）。

表9.29　油價高漲，推動技術創新

長期每桶油價（美元）	開發的新能源
20-30	**深海油井** 積極鑽探過去無法開採的油田，以未雨綢繆 **液化天然氣** 將天然氣轉成液態的柴油 **瀝青砂** 一種富含原油及碎石的粘稠沉積物 **數位化油田** 油井以網路連線，並透過機械遙控
30-70	**天然氣** 傳統的氣態壓縮甲烷（污染低、效能高） **煤提煉柴油** 蘊藏量豐富的能源 **生質柴油** 從黃豆和棕櫚提煉的植物性油脂 **乙醇** 從玉米、甘蔗、纖維素提煉酒精，可與汽油混合
70 以上	**甲烷水合物** 一種甲烷和冰水合成的晶狀物質 **氫** 宇宙中最普遍的物質（污染最少的能源） **油氣雙燃料** 一種可驅動汽車行駛短程的燃料 **油岩** 從沉積岩中提煉的高純度汽油

資料來源：《連線》雜誌，2005，12。

相對於傳統能源，成本高昂是再生性能源的主要障礙。舉例來說，以風力發電機產生每千瓦電力的成本至少五分美金；至於太陽能或海浪發電，起碼一毛八到兩毛美金。以燃油、天然氣、煤炭等傳統方式發電，每千瓦僅三到五分。儘管如此，從法規、商業和技術的趨勢來看，傳統能源與再生性能源的差距不斷縮小，再生性能源仍舊魅力十足。總而言之，與其仰賴愈來愈貴的石油，不如從長計議。

目前風力農場所供應的電力，可滿足一百六十萬戶家庭。預計到二○二○年，發電量會提升十倍。只要太陽熱力不減，就是最穩定可靠的能源，萬一太陽出了問題，也沒什麼好談的了。布希政府決定給予裝設太陽能的家庭每戶兩千元的稅負減免，算是好的開端。若能制定長期的鼓勵政策，才能促進產業永續發展，日本的經驗值得借鏡（參見圖9.7）。目前，德國和加

圖9.7　日本的住宅太陽能市場

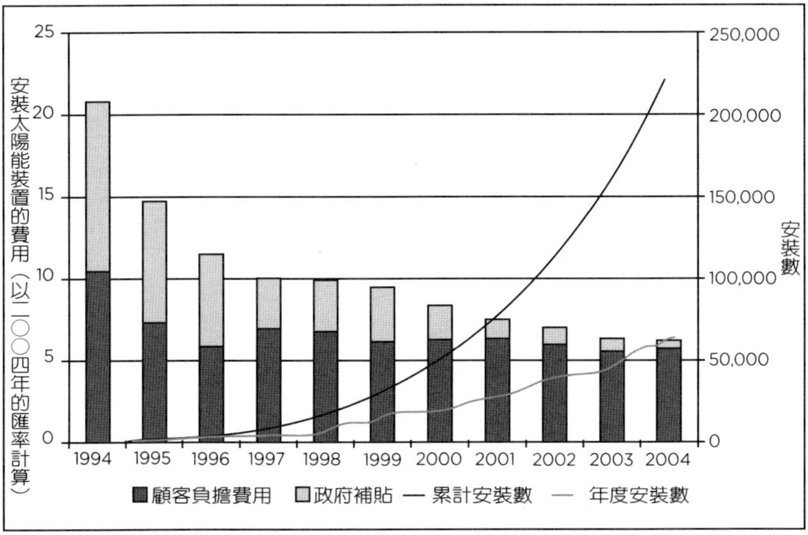

資料來源：美國再生性能源實驗中心

州已陸續跟進。

在生質燃料方面，可以用玉米或甘蔗來獲得能源。當年福特開發第一款T型車，就用過乙醇燃料，如今，乙醇再度成爲救星。其實，乙醇的化學成分跟我們常喝的酒精沒有兩樣。燃燒乙醇的引擎比汽油引擎便宜一些，更不會排放導致溫室效應的氣體。

比起氫動力車，乙醇顯然更爲實際（參見表9.30）。因爲引擎的改裝費用不高，讓車子能夠混用兩種燃料、讓加油站供應乙醇也不困難，估計只要花個三到五年，如果是氫燃料，起碼得要十到十五年。

巴西在這方面的發展最爲積極。自從二〇〇〇年大力推行，巴西目前的車輛七十五%採用混合引擎，四成的輕量運輸是靠乙醇。巴西能源部估計，到二〇三〇年，乙醇將佔總能源消耗的三成。美國目前有五百萬輛混合引擎車，潛在的商機非常驚人。

運用生物技術和特殊處理，玉米的產量

表9.30　石油、氫、生質燃料的比較

能源型態	石油	氫	生質燃料
安全係數	低	高	高
每公里耗費成本	中等	中高	低
建置成本	很低	很高	低
技術風險	很低	很高	低
環保成本	很高	中低	低
設置成本	很低	很高	低
利益團體反對程度	很高	高	低
政治層面的障礙	不清楚	很高	很少
反應時間	—	很低	低

資料來源：創投專家及昇陽電腦創辦人科斯拉，KPCB 創投公司。

得以大幅提升。有了「食物兼燃料」的玉米，美國中西部將變成全球的能源供應站（參見圖9.8）。

美國境內九十五%的水庫未作發電用途，若能充分利用水力，這部分的電力可增加三十倍。

燃料電池的技術一日千里，如一般家用的可攜式發電機。豐田**Prius**受到許多名流、科技人和環保人士熱烈推崇。矽谷周邊的市區停車場，甚至有供混合動力汽車停靠的專用車位。

據半官方組織國際能源總署（International Energy Agency, IEA）的估計，二〇三〇年投入非水力的再生性能源研發的經費將超過一兆美元。屆時的發電量佔總體六%，是目前的三倍。在西歐和加州等地，甚至可高達兩成。

圖9.8　糧倉變能源供應站

南達科塔州的生質燃料產量不輸產油大國

南達科塔州的展望

	目前	未來
農場面積	4.4 千萬英畝	4.4 千萬英畝
每畝產量（噸）	5	15
加侖／噸	60	80
千桶／每天	857	

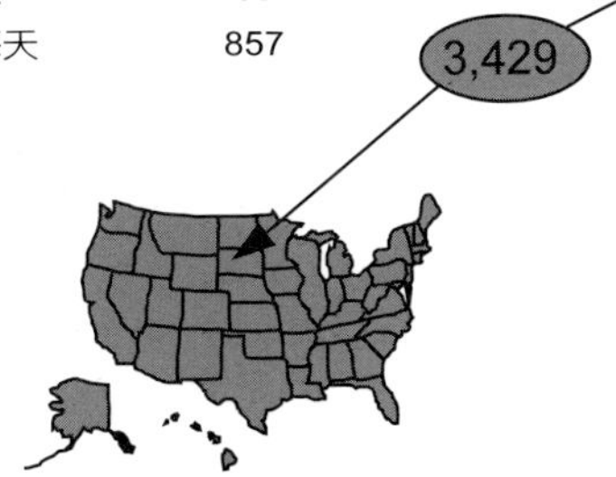

與產油大國比較

	千桶／每天
沙烏地	9,101
南達科塔	3,429
奈及利亞	2,509
阿拉伯聯合大公國	2,478
科威特	2,376
伊拉克	2,011
利比亞	1,515
卡達	818

資料來源：創投專家及昇陽電腦創辦人科斯拉，KPCB 創投公司。

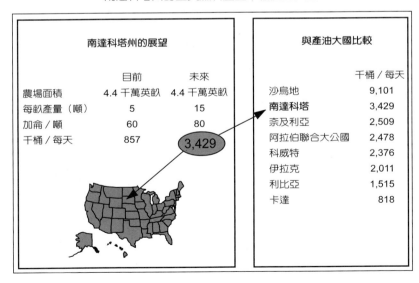

總之，環保議題，對我們的環境和投資商機皆有利。

表9.31　替代能源的熱門公司

Altra
Archer-Daniels-Midland（ADM）
CoalTek
Evergreen Solar（ESLR）
Fiest Solar
GreenFuel
Imperiuim Renewables（Seattle Biodiesel）
Iogen
Ion America
Miasole
NanoSolar
Pacific Ethanol, Inc.（PEIX）
Renewable Energy Corporation（REC）
Rentech（RTK）
Sasol（SSL）
SunPower Corporation（SPWR）
SunTech Power（STP）
VeraSun
Vestas（VWS）

註：表列公司詳細資訊請參閱本書網站：
www.findingthenextstarbucks.com

專家訪談

普萊斯（Ira Ehrenpreis）技術夥伴創投公司（Technology Partners）合夥人

普萊斯負責 Cleantech 部門，主導能源科技、水質淨化和尖端材料領域的投資案。之前曾在高盛和 Juniper Partners 創投任職。他的投資心得為：

對於淨化科技，我鎖定三個原則：首先是關於風險資產類別。在我看來，風險投資的涵義，就是找出運作效率欠佳的資產類別。私募基金就是幹這種差事。這不是短線炒作，不是追逐高效能的投資領域，而是利用私募資本的優勢，來推動下一個明星產業。據我們評估，淨化科技是少數幾個乏人耕耘的風險資產類別。其次，創投業者都競逐規模夠大的市場，而能源、淨水和尖端材料，市場規模非常驚人。第三，我只找那些初始階段的公司，只要對方有足夠的爆發力。

淨化科技（Clean Tech）是個廣義字眼，涵蓋三個方面：一是能源科技，二是淨水科技，三是材料科技。光是在能源科技方面，又分為硬體和軟體，有些公司軟硬通吃，有些公司只專注電力研究；有些專注在太陽能或電力儲存；有些專精煤炭技術。各式各樣的公司都有，營運模式各擅勝場，我覺得很刺激。

展望未來的情況，我可以說，二〇〇六和二〇〇七年是生質燃料起飛的階段。會冒出幾款石油替代品，加上能源自給自足的政策措施，從上市申請遞件的書面資料看來，好幾家公司屆時會浮上檯面。我非常看好生質燃料、乙醇和生質柴油都大有前景。煤炭科技也在不斷改進，原因很簡單：美國的煤蘊藏量極為豐富，佔全球總額二十六%，電力一半以上來自燃煤的火力發電廠。新技術可提升燃煤的效率，減低廢物排放。

（採訪全文請參閱本書網站：www.findingthenextstarbucks.com）

奈米科技——聯合縮小軍

未來五十年內，奈米科技是引導資訊、通訊、醫療、能源等技術領域不斷突破，改變人們生活方式的重大推力。

未來學者卓斯勒（Eric Drexler），在一九八一年的大作《創造的引擎》（*The Engines of Creation*）中首創「奈米科技」（nanotechnology）這個術語。Nano 在希臘文意味「侏儒」。在科學量度方面，nano 表示「十億分之一」。

這是小到什麼程度？以長度而言，一奈米表示十億分之一米（10^{-9}米），相當於十顆氫原子並列。至於標榜輕薄短小的 iPod Nano，倒是沒用到絲毫的奈米技術。

依照國家科學基金會的解釋，奈米科技是「在原子、分子或超分子的層次進行操作，作用範圍約一到一百個奈米長度，運用其極微小的結構，探索並製造特異功能的材質、儀器和系統。」

總之，奈米科技將是徹底顛覆科學規律的技術，透過奈米科技，以往各據山頭的化學、生物學、物理學將融為一體，創造超凡的產品。永不沾污垢的衣料、彈性超強的網球拍，只是奈米技術的初步成果。

預計在二〇一〇年，奈米科技就會衝擊資訊、通訊、醫療保健、消費市場和能源產業。從小公司到大企業，莫不積極設法推出奈米商品。

資訊通訊領域將大幅藉助於奈米科技，電腦在速度、省電、儲存量的標準愈來愈高，摩爾定律恐不再適用。目前，幾家主要晶片製造商都在研發具有奈米性質的元件（參見表

9.32）。除了尺寸超小以外，還要應用奈米特殊的性質。目前，市面上一顆晶片平均能裝載五百萬個邏輯元件，若奈米晶片研發成功，裝載的元件將高達百億。

奈米科技也替醫療領域帶來曙光。結合了生物和奈米科技，將使生技領域突飛猛進。

研發中的奈米分子可把藥物和基因順利輸送到病人體內，讓藥物輕鬆吸收。另一個應用是醫學顯像，如鐵分子可使磁振照影顯像更爲清晰。

奈米科技也會改變能源產業。一是更有效的使用能源（尤其是照明），二是更有效的發電。預計到了二〇二五年，透過奈米分子產生光源，將使照明用電量減少一半。強化版發光二極體（LED）將取

表9.32　大企業奈米技術瞄準的市場

公司	機器設備	顯示器	演算	偵測器	醫療保健	能源	奈米材料	國防
Intel（英特爾）	●							
IBM	●		●					
HP（惠普）	●		●					
3M					●		●	
DuPont（杜邦）		●					●	●
GE（奇異）	●	●			●	●	●	●
Samsung（三星）	●	●						
Hitachi（日立）	●	●				●		

資料來源：Think Equity Partners

代所有的電燈泡，包括 Color Kinetics 等幾家公司已推出先期產品。目前的太陽能元件都以矽為材料，價格高昂且不夠耐用，預計奈米太陽能元件上市為期不遠。

政府機構是奈米界最大的投資金主，每年投注約三十五億美元的研發經費（美國約佔十億）。幾家大型創投業者已投資了數億，但整體而言，創投業所佔的比例仍然偏低。

由於產業尚在草創階段，公開的投資管道很少。不妨考慮FEI或維易科（Veeco）這類製造基礎器材設備的公司。相關器材包括顯影工具（微縮攝影機和顯微鏡）、製程設備（製造或清洗奈米器材的用具）、基礎材料（物理、生物或化學物品），Harris & Harris 以投資者身分積極參與該公司的技術開發。包括杜邦、英特爾、奇異、惠普、IBM等大企業也投注了巨額資金，計劃在奈米領域大展身手（參見表9.34）。

表9.33　奈米領域熱門公司

Altair Nanotechnologies（ALTI）
Apollo Diamond
Ceres（CERG）
Color-Kinetics（CLRK）
Harris & Harris（TINY）
InPhase Technologies
Molecular Imprints
Nanofilm
NanoOpto
NanoString
Nanosys
Nano-Tex
Nantero
Terracycle
XDx
ZettaCore
Zyvex

註：表列公司詳細資訊請參閱本書網站：
www.findingthenextstarbucks.com

表9.34　運用奈米科技開發的產品

2004	2008	2012 之後
一般消費品		
防曬油 / 化妝品 免洗的織物 不沾污垢的布料 運動器材 複合材料	智慧型塗料 廉價催化劑	免洗的織品 固態冷媒
資訊和通訊業		
化學機械研磨液 光學零件 LCD 面板 奈米平版印刷 噴墨印表機 微電子機械系統（MEMS） 硬碟讀寫頭	非揮發性記憶體 平板顯示器 有機發光二極體 自旋電子記憶體 光學器材 超高密度儲存體	量子計算 彈性 IC 滴墨印刷 分子生物器
醫療保健領域		
燒灼和各類傷口敷劑 感測器 微陣列 磁振造影顯像劑	試管檢驗 基因序列顯像 生物感測器 人工骨骼	試管檢驗 藥物投遞系統 人工肢體 基因診療
能源與環保產業		
	彈性矽晶太陽能電池 奈米結構的催化劑 迷你燃料電池 奈米結構的磁鐵	太陽能陣列 人工矯正 固態化

資料來源：《連線雜誌》，2005/12。

專家訪談

哈里斯（Charlie Harris）Harris & Harris 集團總裁

Harris & Harris是公開上市的創投公司。專門投資奈米科技、微系統和微電子機械系統（MEMS）之類的企業，以下是他的經驗分享：

一九九四年，我負責審核一筆投資案，這家叫NanoPhase的公司是奈米科技的先驅。我之前沒接觸過這方面的技術，深入研究之後，我開始著迷，我知道這將是改變世界的科技。

很快，我們開始了解，奈米科技還在初始階段，但假以時日，勢必將有革命性的進展。人類使用的操作工具和元件，會進入全新的領域。於是，我們決定投資NanoPhase，公司於一九九七年上市，只花了三年，可見我們的運氣不錯。我們從這筆投資賺了一些錢，但關鍵是學到經驗。

從一九九四年起，只要是和奈米科技有關的案子，我都親自參與，但當時很多東西還在實驗階段，距離商品化還很遠。二〇〇一年初，我們認爲許多跡象顯示時機成熟，符合先期風險投資的條件。於是，我們在二〇〇一年中決定投資第二筆案子，那家公司叫Nantero，隸屬哈佛大學的分支機構。NanoPhase是研發奈米材料，Nantero則是利用奈米碳纖維來製造記憶體，牽涉的技術非常複雜，假設成功的話，因爲市場很大，回收也更爲豐厚。理論上，這種記憶體能夠立即啓動，換言之，以這種記憶體組成的電腦系統可隨時啓動，不需等待時間，而這只是優點之一。順利的話，勢必取代現有的記憶設備。

由於奈米科技用途廣泛，幾乎會涉及每個領域，我們的投資也會朝著這個方向，鎖定各式各樣能打入市場的產品。

（採訪全文請參閱本書網站：www.findingthenextstarbucks.com）

第 10 章

個案研究

「人們為什麼痛恨過去？」郝威爾問。

「因為啊，想到往事就覺得丟臉。」馬克・吐溫答。

在本書的最後，我們來做點個案研究。研究一下過去的贏家，對照那些曾風光一時卻以失敗告終的例子，有助於我們挑選明日之星。

案例對照一：Best Buy 和電路城

Best Buy 發跡史

舒茲（Richard Schulze）原本在一家名牌音響公司當了六年業務代表，離職後自行創辦 Sound of Music。開始只賣音響零件，逐漸擴展到其他電子產品。一九八一年，一場龍捲風讓公司受災慘重，幸虧最大的那家店倉庫完好無損。他決定在停車場搞大拍賣，也因此產生了開大賣場的念頭。一九八三年，公司改名爲 Best Buy，並開設第一家店面。

Best Buy 的營運模式是結合專業零售店和大賣場的特性，以優惠折扣促銷名牌商品。一律透過店面販賣，讓顧客當場體驗貨品。並由訓練有素的店員向客人介紹產品。因爲業務員不抽佣，

Best Buy和電路城公司基本資料

公司名稱	Best Buy	電路城
交易代號	BBY	CC
成立時間	1966	1977
上市時間	1985	1984
創立地點	明尼蘇達州聖路易市	北卡羅萊納州葛林郡
創辦人	舒茲	沃澤
現任執行長	安德遜 (Bradbury Anderson)	麥克勞 (Alan McCollough)
特色	消費性電子產品、家庭辦公用品、軟體等最大的零售商	消費性電子產品多元零售商

顧客的感覺也輕鬆許多。業績從一九八九到一九九四年間成長了十倍，可見銷售策略奏效。

Best Buy 四P分析

人員：該公司原本鼓勵員工不計酬勞努力加班，現在爲了順應趨勢，半數員工可自行調整上班時間，依公司設定的目標達成率決定考績。員工持股率達十六．三％。

產品：以折扣價銷售名牌消費電子產品和辦公室用品。以鮮明的黃色標籤建立品牌形象。

潛力：在電子、文具產品專賣店行業中，市場佔有率二十五％。產業整體營收八百三十億，預計成長率一成，該公司預期成長十七％。

可預測性：在二〇〇一至二〇〇五年間的二十季當中，該公司有十六季達到或超過市場預期。整體產業已相當穩定，業績起伏有週期性。

主要的利多趨勢：合併、人口結構、網際網路、品牌效應。

成功的訣竅：趁早把握商機，穩扎穩打的擴充，以合理價位提供高品質的商品。

電路城發跡史

電路城（Circuit City）成立之前有很長一段歷史。一九四九年，老沃澤（Samuel Wurtzel）在維琴尼亞州創辦了Wards，名稱採用家庭成員的姓名縮寫。最早在一間輪胎行賣電視機，後來又賣其他家電產品。一九六一年開了四家店面，股票上市，從此觸角伸向消費電子產品，且透過併購銷售家電和傢俱。

老沃澤於一九七〇年退休，由兒子艾倫·沃澤（Alan Wurtzel）接任總裁。公司逐漸轉型，強調店內服務，便利提貨，訓練售貨員，並以電路城為主力品牌。一九八一年，電路城變成超級大賣場，一九八四年在紐約證交所掛牌上市。一九八九年開始銷售個人電腦，比 Best Buy 晚了一年，並在兩千年停止銷售家用電器，但仍銷售消費電子產品。

電路城四 P 分析

人員：電路城的管理風格看起來比較鬆散，員工穿著便服，店內還設有乾洗部和健身房。二〇〇三年起實施售貨員按時計酬，沒有銷售壓力，讓顧客可輕鬆購物。員工持股一·八%。

產品：和 Best Buy 沒有兩樣，該公司主攻消費電子產品和辦公用具零售業務。和前者比起來，它的反應總是慢半拍。例如從一九八九年起賣電腦（前者早它一年），二〇〇三年起按時計酬（前者早在一九八九就實施了）。

Best Buy後來居上

公司名稱	Best Buy	電路城
IPO 時的市值（美元）	2,800 萬	1.82 億
目前的市值（美元）	240 億	40 億
盈餘成長率	26%	-7%
股價年平均複合成長率	33%	15%
預期成長率	17%	14%
營業獲利率	5%	1%
2005 年總營收（美元）	290 億	110 億
IPO 投資 1 美元至今的價值（美元）	301	201

潛力：目前佔有率三・五%，預計盈餘成長率達十四%，超出整體市場一〇%成長率。

可預測性：二〇〇一至二〇〇五年間的二十季當中，十一季的表現達到或超過市場預期。整體產業已相當穩定，業績起伏有週期性。

主要的利多趨勢：企業併購、人口結構、網際網路。

成功的訣竅：打從創立至今，不斷擴充商品種類。

Best Buy和電路城都算是成功的公司，但顯然前者更爲出色，其經營階層不斷追求創新，後者從九〇年代中期就苦苦追趕。前者的員工持股頗具份量，後者則是聊備一格。在競爭慘烈的電子零售業，前者的業績表現大多超出市場預期，但後者也差強人意。

Best Buy股價成長超越電路城

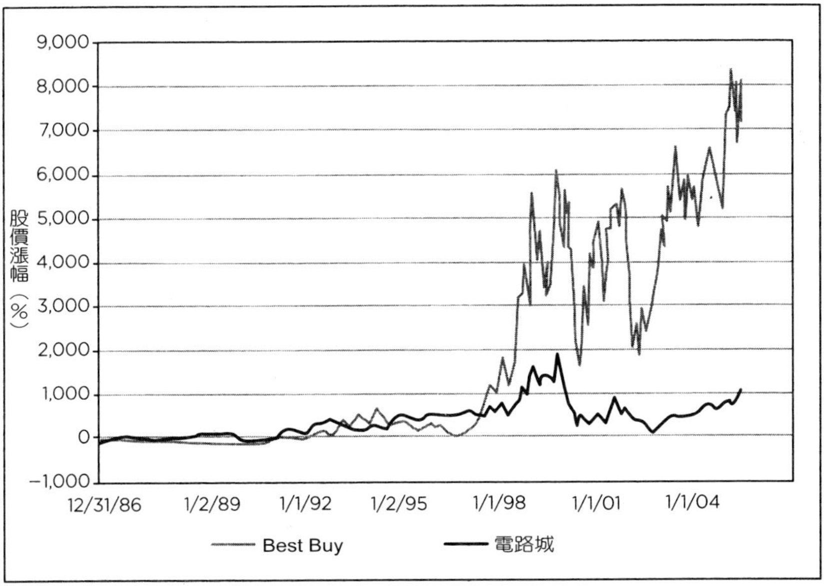

資料來源：FactSet, ThinkEquity Partners.

案例對照二：英特爾和超微

英特爾發跡史

一九六八年，快捷半導體（Fairchild）創辦人諾宜斯（Bob Noyce）和摩爾（Gordon Moore，摩爾定律的發明人，預測晶片處理能力每十八個月翻一倍）離職，加入當時以創新聞名的NM電子。著名創投家洛克（Arthur Rock，英特爾的首位董事長）投入兩百五十萬美元的資金，NM隔年從Intelco手中買下Intel的名稱使用權。一九六九年，英特爾推出世上第一顆隨機記憶體，並採用英特爾商標至今。這也是全球最知名的商標之一。接下來，公司開發出微處理器和唯讀記憶體。一九八一年，IBM個人電腦採用英特爾微處理器，替英特爾日後的大展鴻圖奠定了基礎。

創辦人之一諾宜斯於一九九〇年猝逝，加上個人電腦市場長期低迷，該公司依舊銳不可擋。一九九一年推出演算能力超越超級電腦的晶片，九三年

英特爾和超微公司基本資料

公司名稱	英特爾	超微
交易代號	INTC	AMD
成立時間	1968	1969
上市時間	1971	1972
創立地點	加州聖塔克拉拉	加州桑尼維爾
創辦人	諾宜斯、摩爾	桑德斯
現任執行長	歐德寧	魯毅智
特色	從半導體製造商，衍生到晶片組、電腦基礎架構、軟體、諮詢顧問	半導體製造

推出的奔騰處理器更是大受歡迎。擁有強勢的品牌、加上繼任執行長葛洛夫的領導有方、處理器不斷世代交替，使得英特爾遙遙領先競爭同業。

英特爾四Ｐ分析

人員：該公司堅持不斷創新與技術本位的文化。現任董事長貝瑞特（Craig R. Barrett）和執行長歐德寧（Paul S. Otellini）都是公司資深員工，堅守創辦人的理念。他們的願景明確，也能持續改善品質。

產品：身兼全球最大的微處理器製造廠和供應商，世界八十五%的個人電腦採用英特爾晶片。整體市場成長率兩成，英特爾佔有率十二．五%。主要客戶包括戴爾、捷威、IBM、惠普、蘋果電腦等等。

潛力：該公司經營的產業已相當成熟，但國際市場成長力道強勁，對手都是半導體巨頭如超微、快捷半導體、國家半導體（National）等。在資料儲存晶片市場則與Scandisk和IBM抗衡。

可預測性：半導體產業的市場很成熟，跨足其他領域障礙重重、研發費用居高不下，是亟待克服的難題。但其研發和併購能力都領先對手，有助於未來的盈餘成長。過去十九季中，十六季盈餘達到或超出市場預期。英特爾成功打造了強勢品牌，並把品牌形象轉化爲利潤。

主要的利多趨勢：網際網路、全球化、知識經濟。

成功的訣竅：積極研發創新，讓該公司立於不敗之地。

超微發跡史

傳說中，桑德斯（Jerry Sanders）以特立獨行聞名業界，曾經身著粉紅色西裝跟ＩＢＭ主管們開會。他自己否認，但外界仍津津樂道。他原本在快捷半導體任職，一九六九年，因六名同事不滿管理階層更替，大家決定自行創業，並推選他擔任老闆，超微就此誕生，他擔任執行長長達三十三年。

超微以製造積體電路和電晶體起家，之後把觸角轉到微處理器、快閃記憶體和處理器。積極研發以滿足客戶的需求，但不會執著於研發。因供應微處理器和ＩＢＭ與微軟建立了密切關係。桑德斯於二〇〇二年卸下執行長職務，由魯毅智（Hector Ruiz）接任。魯毅智提出五十／一五方案，計劃在二〇一五年讓全球五十％人口享受廉價的網際網路服務。

超微四Ｐ分析

人員：強調團隊合作，不分階級，把人才視為

超微除了IPO市值，其他數字均落後英特爾

公司名稱	英特爾	超微
IPO 時的市值（美元）	6000 萬	7.81 億
盈餘成長率	21%	1%
股價年平均複合成長率	15%	8%
預期成長率	17%	16%
營業獲利率	31%	1%
2005 年總營收（美元）	390 億	60 億
IPO 投資 1 美元至今的價值（美元）	109	14

最寶貴的資產。員工持股僅〇・二%。

產品：提供微處理器、快閃記憶體以及各種電腦和消費電子產業的晶片配套方案。行銷策略強調滿足現實世界中的客戶需求。

潛力：在整個半導體市場，超微佔有率爲二%，和對手英特爾廝殺激烈。半導體業預計成長兩成，超微預估成長率十五%。

可預測性：競爭激烈加上研發費用高昂，導致獲利不穩。過去五年內，業績只有九季達到或超出市場預期。

主要的利多趨勢：網際網路、全球化。

成功的訣竅：以客戶的需求角度進行研發。

兩家企業都算功成名就，但英特爾的表現更爲優異。憑著積極創新和強勢品牌，英特爾得以傲視業界。

英特爾股價成長超越超微

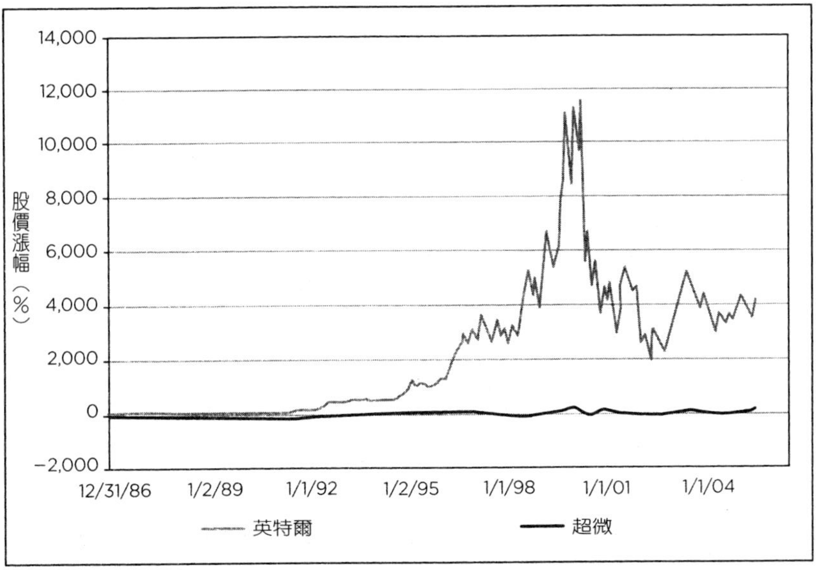

資料來源：FactSet, ThinkEquity Partners.

案例對照三：戴爾和捷威

戴爾發跡史

一般來說，大學中輟不是什麼光采的事情，但戴爾算是例外。他十八歲就在學校宿舍裡銷售自己組裝的電腦，隔年乾脆休學，以一千美金的資本創辦公司。一九九二年，二十七歲的他成爲《財星》五百大企業中最年輕的執行長。

一九九七年，戴爾公司賣出了一千萬台電腦，業務至今不墜。每天的網路業務營收超過五千萬美元。技術服務佔營業額三成。推出自有品牌的印表機，初期外界都不看好，認爲印表機業務必須依靠店面，但在十八個月內，市場佔有率就達三成。二〇〇五年，戴爾被《財星》選爲全美最受尊崇的企業。

戴爾和捷威公司基本資料

公司名稱	戴爾	捷威
交易代號	DELL	GTW
成立時間	1984	1985
上市時間	1988	1993
創立地點	德州	愛荷華州
創辦人	戴爾	維特
現任執行長	羅林斯 (Kevin Rollins)	殷努依
特色	接單生產銷售的世界級電腦大廠	向企業與個人銷售電腦設備及軟體

戴爾四P分析

人員：公司組織扁平化，工作氣氛創意十足、步調緊湊。公司內不分階級，人人都有權以公司利益爲前提作出決策。員工持股九．八％。

產品：戴爾是製程和物流創新的先驅，又搭上網際網路的熱潮。戴爾的流程是接單生產和快速送貨。戴爾也是全球最有價值的品牌之一。

潛力：在電腦硬體市場佔有率三十五％。整體市場爲二千三百二十億美元，預期長期成長率維持在十六％，戴爾預期成長率十九％。

可預測性：戴爾的業務取決於全球電腦銷售額和電子產品普及率。家用數位產品的整合趨勢，對該公司是項利多。二〇〇一至二〇〇五年間有十三季達成或超出市場預期。

主要的利多趨勢：網際網路、全球化。

成功的訣竅：戴爾向來能以實惠的價格，迅速滿足客人的需求。

捷威發跡史

一九八五年創立於愛荷華州某處農場，捷威（Gateway）終究揚名立萬，多年穩居美國前四大個人電腦供應商。憑著一台租來的破電腦，潦潦三頁的「企劃書」，加上向祖母借來的一萬元，創辦人維特（Ted Waitt）打造了科技產業的奇蹟。

經過將近十年的穩定成長，順利併購了eMachines，觸角伸進家用媒體市場，近年來捷威漸露疲態，主力電腦業務不振，股價也一落千丈。據說，其零售通路部門也大幅虧損。新任執行長殷努依（Wayne Inouye）是商場老將，曾經讓eMachines順利脫困，但捷威的前途仍在未定之天。公司前陣子贏得一筆大標案，承包加州州政府的電腦設備，對財務不無小補。

捷威四P分析

人員：新任執行長殷努依在業界身經百戰，曾讓eMachines轉虧爲盈，並在二〇〇四年三月由捷威併購。員工持股達二十九%，創辦人仍是最大股東。公司向來標榜人才、創意、客戶、產品。

產品：該公司提供各種電腦和家用電子設備，客戶包括一般消費者、企業、教育機構及政府機關。外盒標誌是一頭牛，象徵來

除了IPO市值，戴爾大幅超越捷威

公司名稱	戴爾	捷威
IPO 時的市值（美元）	2.12 億	10 億
目前的市值（美元）	720 億	10 億
盈餘成長率	35%	–
股價年平均複合成長率	41%	-2%
預期成長率	16%	–
營業獲利率	9%	0%
2005 年總營收（美元）	540 億	40 億
IPO 投資 1 美元至今的價值（美元）	339	1

自農場的傳統，品牌形象良好。

潛力：儘管市值接近十億，其市場佔有率卻不到一個百分點。主要是近幾年成長受挫，華爾街分析師也把這支股票甩在一邊。電腦設備市場預期成長率十六%，看來該公司得加把勁。

可預測性：該公司面臨許多超級勁敵。電腦設備市場已邁入成熟期，必須推出強勢產品才有競爭力。過去二十季中，僅八季達到或超出市場預期。

主要的利多趨勢：網際網路、全球化、品牌效應。

成功的訣竅：捷威的品牌形象穩固。

兩家公司創立的時間相隔不到一年，老闆都是年輕小夥子，各自發展卻是天差地遠。在戴爾領軍之下，公司變成集生產、分銷、全球性品牌的龍頭。捷威卻是原地踏步。

戴爾股價成長贏過捷威

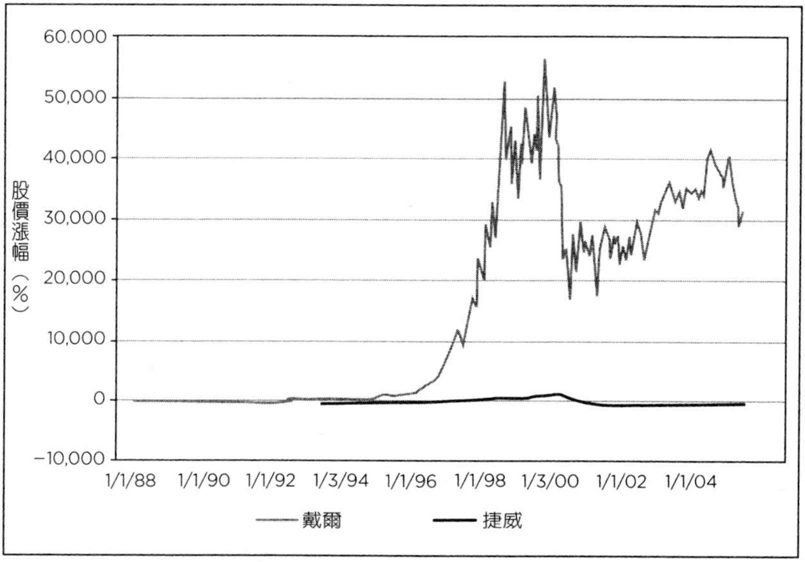

資料來源：FactSet, ThinkEquity Partners.

案例對照四：星巴克和 Krispy Kreme

星巴克發跡史

創立於一九七一年的星巴克，開始時經營烘焙咖啡，對咖啡豆情有獨鍾。三位創業老闆受到荷蘭移民皮特（Alfred Peet）的感召。皮特在加州柏克萊培養了一批忠實客戶，並傳授三人咖啡烘焙的絕招。三人漸漸在西雅圖闖出了名號。至於公司名稱 Starbucks，則取自小說《白鯨記》中那位熱愛咖啡的大副。

一九八一年，舒茲發現了這家公司，他十分欣賞幾位創辦人對品質的堅持，打算讓這個品牌揚名世界。他下定決心，甚至花了一年時間在公司店內打工。終於，他當上星巴克的執行長。

星巴克四P分析

人員：無論全職或兼職，每個正式員工都享有全額健康保險與完善的培訓制度，也都有追求完美的精神。多次被《財星》評爲最佳的任職企業。員工持股二％。

星巴克和Krispy Kreme公司基本資料

公司名稱	星巴克	Krispy Kreme
交易代號	SBUX	KKD
成立時間	1971	1937
上市時間	1992	2000
創立地點	華盛頓州西雅圖市	北卡羅萊納州溫斯頓－塞勒姆
創辦人	舒茲	魯道夫
現任執行長	唐納 (Jim Donald)	庫柏
特色	全球咖啡零售業龍頭	花樣繁多、熱烘烘的甜甜圈

產品：提供多種特殊口味的咖啡和設計新穎的杯子。也會順應時節推出應景產品，如遊戲、音樂、廚房用具等等。公司企圖融入當地人們的生活，店內多半提供免費無線網路。店內裝潢高雅，呈現出公司特色。

潛力：全球有一萬一千多家店面，約三千家位於海外。計劃在美國擴充至一萬五千家，海外共一萬五千家。在中國的店面擴展迅速。預計成長率二十二％。

可預測性：該公司已成功融入都會生活，一般顧客平均每個月光顧十六到二十次。直到二〇〇五年八月，該公司連續一百六十四個月達到目標。

主要的利多趨勢：品牌效應、人口結構、全球化。

成功的訣竅：對品質和服務的堅持。

Krispy Kreme 發跡史

一九三七年，魯道夫（Vernon Rudolf）向紐奧良一名法國廚師買了製作甜甜圈的秘方，在北卡溫士頓—塞勒姆（Winston-Salem）一家雜貨店販賣甜甜圈。應客人要求，他在雜貨店旁加設甜甜圈販賣部。漸漸在西南部發展成連鎖店，爲了維持品質，魯道夫制定了一套製作程序，就是今天看到的甜甜圈舞台。

魯道夫於一九七三年撒手西歸，留下一堆連鎖店和一群老顧客，製作秘方無人知曉。業績一落千丈，連鎖店於七六年由畢翠思（Beatrice）食品集團接手。原先的一些加盟業者於一九八二年買下連鎖店，打算向全國擴展。之前在店內任職的李文古德（Scott Livengood）於九八年當上執行長，並於二〇〇〇年以每股二十一元上市，股價最高漲到五十元，但之後跌到六元，並在〇四年因財務報表不實遭到監管。李文古德於次年離職，其職務由庫柏（Stephen Cooper）暫代。

Krispy Kreme 四 P 分析

人員：創辦人於一九七三年去世，公司曾一蹶不振。李文古德熱愛甜甜圈，在公司任職多年，但管理經驗不足。庫柏學有專長，可惜對餐飲業外行。

產品：甜甜圈香甜可口，但行銷重點多半強調製作過程（看了幾次就沒意思了），以「剛出爐」的招牌引起購買慾（再怎麼努力，招牌總是不夠醒目）。另一方面，甜甜圈也違反飲食保健的潮流。

潛力：三百六十八個加盟店分布在美國和其他六個國家。但很多雜貨店和加油站也買得到，有點爲了擴大銷路而減損特色。公司整體業績上升，各家店面業績卻下滑。儘管陸續有新店開張，但更多舊店倒閉。

可預測性：甜甜圈是老少咸宜的食品，卻違反時下強調低糖、低卡、低油脂的健康潮流。各連鎖

星巴克獲利能力強過Krispy Kreme

公司名稱	星巴克	Krispy Kreme
IPO 時的市值（美元）	2.16 億	2.62 億
目前的市值（美元）	240 億	3.37 億
盈餘成長率	48%	–
股價年平均複合成長率	30%	1%
預期成長率	22%	19%
營業獲利率	11%	–
2005 年總營收（美元）	70 億	7 億
IPO 投資 1 美元至今的價值（美元）	30	1

店面臨老唐甜甜圈（Dunkin's Donuts）的激烈競爭。扭轉局勢的機率不大。

主要的利多趨勢：品牌。

成功的訣竅：剛出爐、熱騰騰、花樣繁多的甜甜圈。

Krispy Kreme剛上市的時候，看好它的行家不在少數。每家店前面排滿人潮，單位利潤高，又加上品牌強勢。問題是，儘管創辦至今幾十年光景，但這股熱潮只是一陣風（你每個禮拜能吃幾個甜甜圈？）。而這家公司的營運架構，完全不足以支撐預期中的成長。

星巴克非常愛惜羽毛，對品牌十分謹慎。Krispy Kreme透過加盟迅速擴充，甚至把產品鋪到雜貨店和加油站，有點曝光過度；星巴克卻堅持擁有自己的店面。（麥當勞和老唐甜甜圈也有授權加盟，卻是經過幾十年的努力慢慢擴充。）

星巴克股價騰飛高過Krispy Kreme

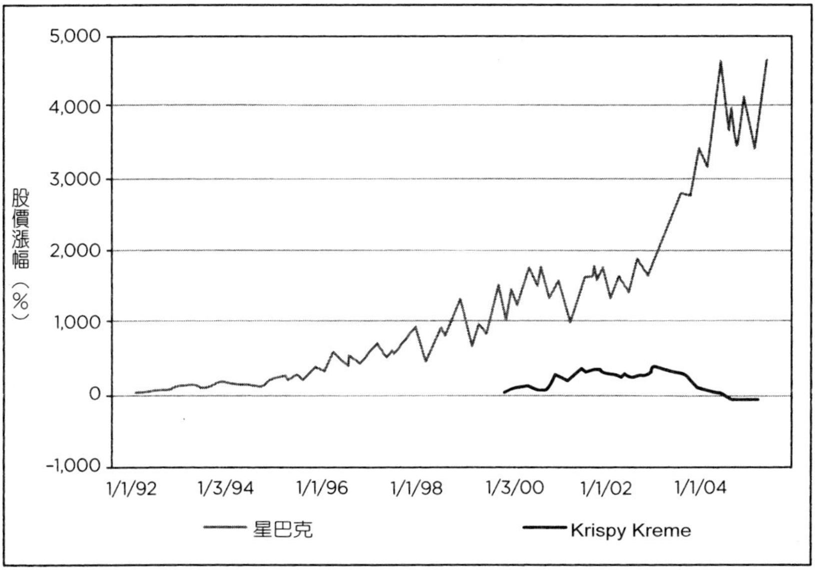

資料來源：FactSet, ThinkEquity Partners.

案例對照五：eBay 和蘇富比

eBay 發跡史

一九九五年，爲了替未婚妻找到其他 Pez Candy 玩具收藏家，歐米迪亞（Pierre Omidyar）絞盡腦汁設計程式，搭上了網際網路的旋風，由此催生了 eBay。當大多數網路公司透過網路兜售自家商品，eBay 開拓了用戶彼此交易的全新領域。

公司第一位全職員工史寇（Jeff Skoll）和歐米迪亞聯手創造了網拍業的龍頭。如今，人們在 eBay 購物的時間遠超過其他網路零售業者，業務遍及二十三個國家。拍賣的物品種類以百萬計，內容包羅萬象。現任執行長惠特曼以客戶需求爲中心，甚至親自到瓜地馬拉教導當地的婦女網拍手工藝品。七十多萬人聲稱以 eBay 網拍作爲主要或次要的收入來源。

eBay和蘇富比公司基本資料

公司名稱	eBay	蘇富比
交易代號	EBAY	BID
成立時間	1995	1744
上市時間	1998	1988
創立地點	加州聖荷西	英國倫敦
創辦人	歐米迪亞	貝克
現任執行長	惠特曼	魯普雷希特 (William Ruprecht)
特色	提供用戶進行網上拍賣交易平台	藝術品、古董、珠寶、收藏品拍賣

eBay四P分析

人員：惠特曼（Meg Whitman）曾經主掌玩具品牌的全球行銷業務，是品牌經營的高手。eBay的文化是重視客戶需求，員工持股達二十五％。

產品：eBay是幾乎所有物品都可交易的網路商場，等於是大型的網上拍賣場，交易額持續上升，二〇〇四年成長率達四成，二〇〇五年減緩到三十二％。

潛力：介入二手車市場僅僅四年，eBay就榮登最大的舊車零售商。爲延續以往的高度成長，eBay覬覦中國眾多的網路用戶。

可預測性：自從初次上市以來，只有一季未達市場預期。

主要的利多趨勢：網際網路、人口結構、全球化、品牌效應。

成功的訣竅：提供終端用戶彼此交易的平台。

蘇富比發跡史

一七四四年，蘇富比（Sotheby's）創辦人貝克（Samuel Baker）主辦了第一次拍賣。事隔兩百多年，該公司曾因一本書（*The Gospels of Henry the Lion*）就賣出八百多萬英鎊。目前，一百多家辦事處遍佈全球，但每年的業績才五億美元出頭。自創辦至今，該公司一向只仲介稀有精品拍賣。

蘇富比控股公司及其分支機構，主要仲介古董藝品、稀有珠寶、收藏品的拍賣業務。

蘇富比四P分析

人員：兩個世紀以來，蘇富比僱用員工有其一貫傳統，除了足夠的人脈，還要襯托其高貴的品牌形象。員工持股僅〇．五%。

產品：作爲拍賣公司，必須對藝品有深厚的辨識、鑑賞和估價能力，能夠挑動買家的胃口，並在交易過程中設法撮合買賣雙方。

eBay市值為蘇富比64倍

公司名稱	eBay	蘇富比
IPO 時的市值（美元）	7.15 億	4.5 億
目前的市值（美元）	640 億	10 億
盈餘成長率	77%	1%
股價年平均複合成長率	80%	5%
預期成長率	30%	16%
營業獲利率	33%	21%
2005 年總營收（美元）	50 億	5 億
IPO 投資 1 美元至今的價值（美元）	62	2

潛力：在拍賣界，蘇富比向來提供最頂級的服務。國際拍賣市場年成長率超過十二%，該公司佔有相當的優勢。預期成長率十五%。

可預測性：二〇〇一至二〇〇五年間十二季當中，公司盈餘有七季達到或超過市場預期。拍賣市場的景氣，主要繫於整體經濟與人氣。

主要的利多趨勢：人口結構。

成功的訣竅：昂貴、稀有物品的特殊交易平台。

由於善用網路管道，eBay成為撮合買賣雙方的虛擬交易平台，交易內容無所不包。蘇富比沿用了兩百多年的人工拍賣流程，eBay將其數位化，讓每個上網的人都能參加拍賣。僅創辦十年出頭，eBay的市值超過蘇富比六十多倍。

eBay股價表現後來居上

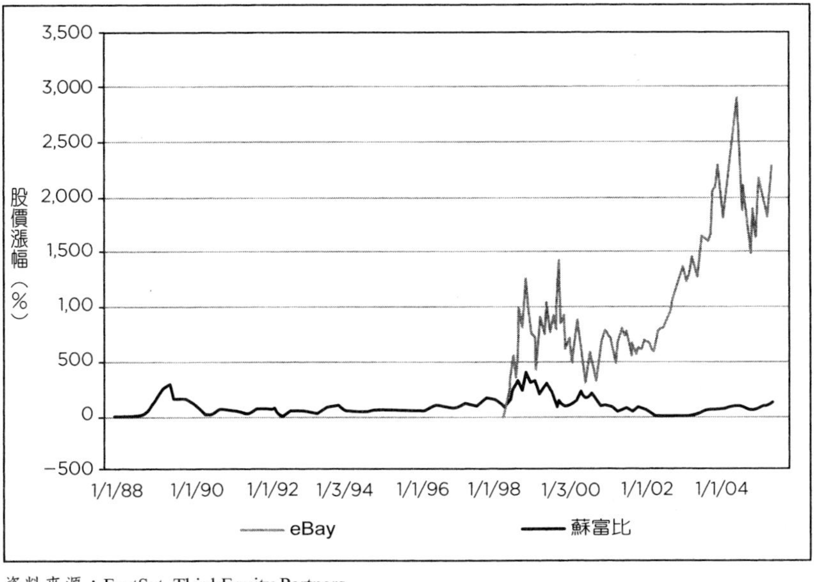

資料來源：FactSet, ThinkEquity Partners.

案例對照六：基因科技和輝瑞

基因科技發跡史

一九七六年，聽說鮑耶（Herbert Boyer）和柯恩博士（Dr. Stanley Cohen）在DNA重組技術上獲得突破，創投業者史璜生（Robert Swanson）欲知詳情，要求與鮑耶博士會面十分鐘，結果一談就是三個鐘頭，談完後，不僅創辦了基因科技公司，更開創了生技產業。當年，許多專家認爲這一行前景黯淡，產品上市遙遙無期，但該公司迅速成長，並在一九八二年推出第一款基因重組的藥物——人工胰島素。

該公司於一九八〇年以每股三十五美元上市，開盤一小時就漲到八十八美元。除此之外，一九九九年第二次新股上市，羅氏（Roche）控股將持股全數拋出，基因科技則全部買回。一個月後，股價從九十七美元漲到一百二十七

基因科技和輝瑞公司基本資料

公司名稱	基因科技	輝瑞
交易代號	DNA	PFE
成立時間	1976	1849
上市時間	1980	1972
創立地點	加州舊金山	紐約布魯克林區
創辦人	史璜生、鮑耶	普菲徹爾、厄哈特 (Charles Erhart)
現任執行長	李文生 (Arthur Levinson)	邁金納 (Henry McKinnell)
特色	生技產品研發和銷售	處方藥品和零售藥品的研發行銷

美元，也是醫療產業金額最大的一次IPO。直到今天，基因科技仍不斷推出新藥。

基因科技四P分析

人員：《財星》雜誌不只一次評選該公司為美國最佳的任職企業，尤其是在照顧女性員工方面。員工持股達五十五・六％。

產品：該公司是生技產業的先驅。目前公司的主力放在威脅生命的重大疾病。超過三十多種新藥在研發階段。

潛力：在生技產業市場佔有率為九％。產業預期成長率二十六％，公司預期成長率三十三％。

可預測性：生技產業的發展受到法規限制，儘管如此，過去二十季當中，該公司有十七季達到或超出市場預期。以同一品牌推出多種產品，使業績和盈餘不斷成長。

主要的利多趨勢：合併、人口結構。

成功的訣竅：身為生技產業的先驅者，該公司以創新和品質保持領先地位。

輝瑞發跡史

一八四九年，德國藥劑師普菲徹爾（Charles Pfizer）向父親借了二千五百美元赴美創業，計劃把新式化學品引進美國市場。在那個蛔蟲肆虐的年代，輝瑞公司的處女作就是糖味驅蟲口服液。此後一個世紀，輝瑞公司都以市場為導向，如南北戰爭時期的療傷膏、製造可樂和汽水的檸檬酸、二次大戰的盤尼西林等等。

輝瑞研發的藥品種類繁多，如耳熟能詳的生髮水落建（Rogaine）、漱口水李施德林（Listerine）、男性壯陽藥威而剛（Viagra）、抗過敏藥Benadryl、外傷用急救藥膏Neosporin、Visine眼藥水等等。

輝瑞四P分析

人員：在全美最好的任職企業排行榜，輝瑞算是常客。公司文化強調誠信、對人尊重、團隊合作、實質績效、領導統馭等等。這是累積一百五十多年的創業精神。員工持股不到一％。

產品：輝瑞是全球最有價值的品牌之一。讓人活得更長、更快樂、更健康，是該公司的宗旨。

潛力：一兆二千億美元的全球藥品市場中，輝瑞佔十六％。市場預期成長率一

基因科技的投資價值高過輝瑞

公司名稱	基因科技	輝瑞
IPO 時的市值（美元）	2.63 億	70 億
目前的市值（美元）	1,040 億	1,570 億
盈餘成長率	31%	15%
股價年平均複合成長率	22%	10%
預期成長率	33%	7%
營業獲利率	16%	28%
2005 年總營收（美元）	50 億	510 億
IPO 投資 1 美元至今的價值（美元）	142	24

成，該公司預期成長八%。

可預測性：過去五年，該公司每季預期盈餘成長率維持在三%以內。只有四季低於預期，而且只有一季落後一個百分點。雖然盈餘紀錄堪稱穩定，但製藥業受限於法規，且官司訴訟層出不窮。

主要的利多趨勢：品牌、人口結構、加乘效應。

成功的訣竅：創業一百五十年，輝瑞以高品質的藥品滿足人們所需。

自一九八〇年首次公開上市以來，基因科技不斷積極開拓生技領域，使自己保持領先地位。輝瑞也靠著推出新藥賺錢，但隨著製藥科技日新月異，輝瑞已逐漸失去光彩，未來的藥品市場將由基因科技這類公司主宰。

基因科技股價成長大贏輝瑞

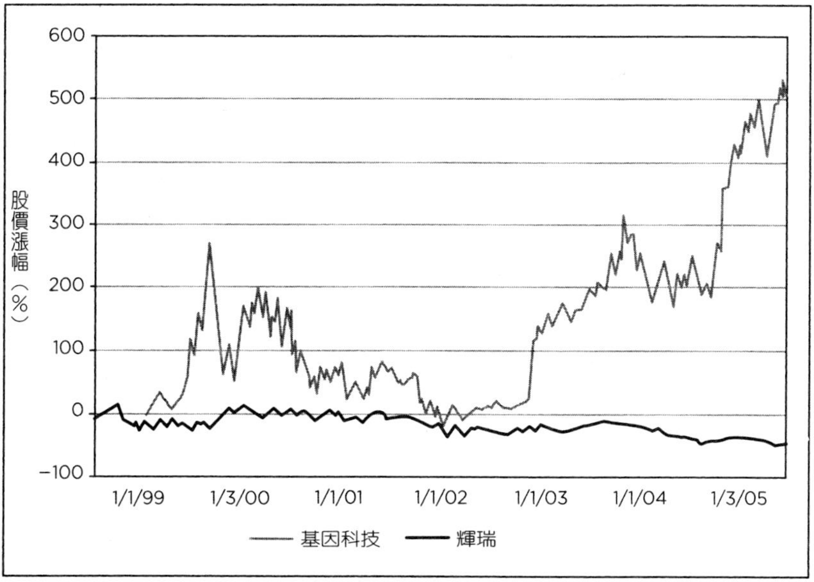

資料來源：FactSet, ThinkEquity Partners.

案例對照七：阿波羅和艾迪生

阿波羅發跡史

施佩林（John Sperling）出身貧寒，但他刻苦學習，後來得到劍橋博士學位。在聖荷西州立大學授課期間，他參與了一項研究，顯示傳統的大專院校無法滿足在職人士的需求。在職人士修學分所耗費的時間，往往是一般學生的兩倍以上。施佩林辭去教職，創辦了阿波羅教育集團，爲在職人士提供進修機會。

雖然許多人不看好，但該公司陸續替英特爾、通用汽車等大企業培養了許多人才。透過這個管道，在職人士可根據本身的需求選擇專攻的領域，以便換跑道或追求更高目標。施佩林堅信，人不分種族、年齡，都有接受高等教育的權利。如今，註冊的學生人數超過二十九萬，三成以上在網上註冊。學生平均三十六歲。

阿波羅和艾迪生公司基本資料

公司名稱	阿波羅	艾迪生
交易代號	APOL	EDSN
成立時間	1976	1992
上市時間	1994	1999
創立地點	亞利桑那州鳳凰城	紐約
創辦人	施佩林	惠托
現任執行長	尼爾遜 (Todd Nelson)	惠托
特色	鳳凰城大學是美國最大的 學歷檢定大學	管理公立學校 提升中小學教育品質

阿波羅四P分析

人員：經營階層都是對高等教育經驗豐富、又有生意頭腦的人。儘管施佩林已卸下職務，公司依然謹守其創業宗旨。員工持股十八％。

產品：該公司提供十八項大學、三十九項研究所課程，以及其他十八項專業資格檢定，涵蓋商業、醫療保健、顧問諮詢、理工、教育等領域。集團包括鳳凰城大學、專業開發學院、財務規劃學院和西方國際大學。

潛力：在全球化知識經濟體制下，教育是個人和企業成敗的因素，而美國只有二十四％的成年人受過大專以上教育。因此，該公司在美國有巨大潛力，國外市場甚至更好。目前，有九十所校舍和一百五十座訓練中心，遍佈美國三十九個州、波多黎各和加拿大西部。

可預測性：學生一註冊入學就是二至四年，公司的財務前景非常明朗。該公司經營有方，獲利率從九四年的二％，攀升到目前的二十五％。二〇〇一至二〇〇五年間，每一季的表現都超出市場預期。

主要的利多趨勢：知識經濟、人口結構、網際網路、品牌效應。

成功的訣竅：滿足在職人士的教育需求。

艾迪生發跡史

回顧惠托（Chris Whittle）三十多年的創業史，曾被媒體大肆吹捧，也多次被打入冷宮。早在田納西念大學的時候，他就辦了一家傳播公司，二十年來年均成長三成。此人精力充沛、創意無窮。在一次晚宴聊天當中，他想出艾迪生學校（Edison Schools）的點子。

其公司業務包括經營特許學校、管理校區，附帶一些補習課程。公司也和一些績效較差的學校或校區簽約，以期提高考試成績。但這些分數本身就是爭議焦點，因此這種做法利弊互見。爲了搶佔市場和提高知名度，該公司不惜代價簽下幾筆大合約，導致虧損累累。教育界普遍咸認，艾迪生公司在股票上市那段期間擴張太快，勤於照顧股東，不大關心學生。總之，該公司承諾太多，兌現太少。

阿波羅獲利能力佳

公司名稱	阿波羅	艾迪生
IPO 時的市值（美元）	1.18 億	7.6 億
目前的市值（美元）	130 億	已下市
盈餘成長率	49%	–
股價年平均複合成長率	52%	–
預期成長率	21%	–
營業獲利率	32%	–
2005 年總營收（美元）	20 億	–
IPO 投資 1 美元至今的價值（美元）	99	0

艾迪生四P分析

人員：艾迪生公司匯集了教育界、學術界和商業界的知名人物。由於諸事進展不順，這批人鬥爭激烈。股票上市之後，公司業績受到考驗，又要應付難纏的工會。

產品：公司承諾要以同樣的價錢，拿出比公立學校更好的成績。但在營運上又缺乏全面掌控的能力。至於辦學績效如何，其實很難衡量。

潛力：自一九九一年開張以來，特許學校已遍及四十州。布希政府推行的「一個都不放棄」政策和國外競爭壓力，替改善義務教育提供了龐大商機。理論上，這是塊超級大餅，因爲每年投入公立學校的資金達五千億美元，至於成效嘛，大體來講，還是不敢恭維。

可預測性：該公司簽下的合約都是三到五年，照理說，營收和利潤應該非常明

阿波羅和艾迪生股價有如天壤之別

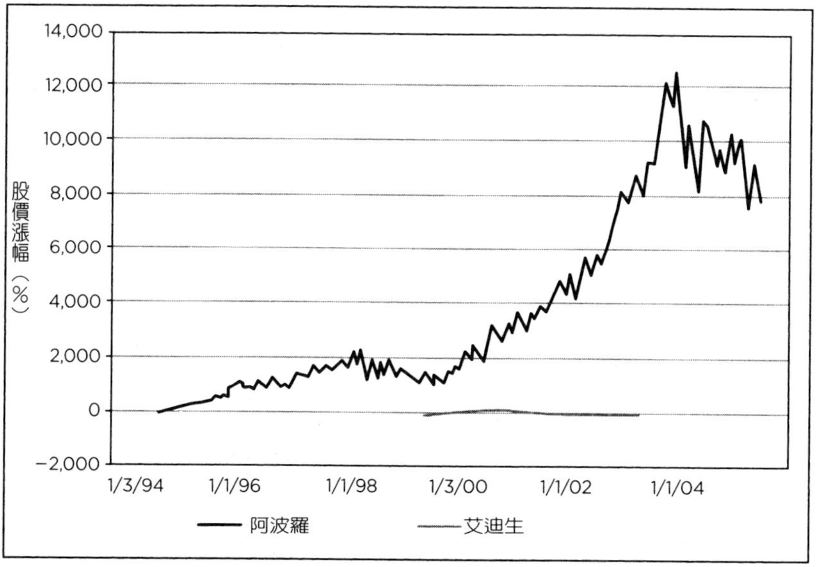

資料來源：FactSet, ThinkEquity Partners.

朗。實際情況不然，因爲艾迪生公司唯利是圖，形象欠佳，不但接不到新案子，連舊合約也被撤銷。

主要的利多趨勢：知識經濟、人口結構。

成功的訣竅：挑戰公立教育體制，企圖開創新局。

表面上看來，兩家公司原本的機會差不多。都以提供教育服務來營利，也在各自的領域稱霸。但中小學教育界根深蒂固的官僚作風，讓艾迪生學校毫無投資價值。該公司慷慨承諾卻又吝於兌現的傳統，和阿波羅形成鮮明的對比。

重點提示

- 檢討以往的績優紀錄，找出未來的贏家。
- 研究失敗的紀錄，也可以汲取許多寶貴經驗。
- 運用大趨勢框架和四P原則，是發掘明日之星的絕招。

附錄一

成長型股票的初步分析

以下是我憑著二十年的操作經驗，制定出的投資法則。我的目標，是盡專業所能，以系統化的方式評估成長型公司。為求周延，我套用了一些商業界與投資界的觀念。無論如何，我深信四P是評估的基本條件。

費雪分析法（摘自費雪的《非常潛力股》）

一、當前市場與供給的規模多大？市場的潛力如何？整體產業增長率如何？評估大趨勢（知識經濟、全球化、網際網路、品牌、委外代工、合流、人口統計、合併）。

二、當時機成熟，經營階層能否有眼光和決心推出新產品以實現成長？公司五年後會是什麼模樣？將透過哪些途徑達到未來的境地？

三、公司是否盡力投入研發？研發經費佔營收的比例？研發主軸在哪裡？研發團隊是否堅強？

四、業務團隊的素質如何（考慮經驗、能力、制度誘因）？

五、公司的獲利率是否出色（考慮潮流、和同業比較的獲利率、毛利率）？

六、公司正採取何種策略保持或增加獲利能力？

七、經營階層和員工間的關係是否良好（考慮罷工、管理人員流動率、員工持股比例、股票選擇權制度）？

八、高層主管的評價（高層流動率、酬傭制度、能力、經驗、文化涵養、在業界的人脈和風評）？

九、公司的成本分析及會計管控能力（有哪些系統和管控措施）？

十、在這個產業中，成功主要的憑藉是什麼（考慮趨勢、最強的競爭對手以及背後的原因）？

十一、經營階層對獲利的眼光是長遠還是短視（公司在人才、廣告、研發、培訓等各方面的投資）？

十二、這家公司是否需要持續的投入資金才能成長？

十三、經營階層和投資者是否溝通順暢？被追問時會不會緊守口風？

十四、經營階層的品格如何？

初步資料	
公司名稱：__________	行業別：__________
日期：__________	
分析師：__________	代號：__________
和誰洽談：__________	成長率：__________
投資人連絡方式：__________	價碼：__________
電話號碼：__________	市值：__________
網址：__________	
總部地址：__________	流通在外股數：__________
一、這家公司經營哪些業務？用淺顯易懂的文字加以說明。其各項業務主要的獲利方式？ 二、這個產業正處於哪個發展階段？（位於生命週期的哪個階段）	

波特分析法（摘自波特的《競爭策略》）

一、競爭對手加入市場的難度、進入的門檻有哪些（規模、產品、品牌、資金等等）？

二、替代品的威脅（普通商品還是專屬產品）？目前有沒有替代品？這個產業的定價結構？

三、買方的議價能力？

四、供應商的議價能力？

五、市場目前的競爭態勢（是否爭得你死我活）？

六、政策因素。眼前以及未來可能的法令規章？

某公司在產業內的地位評估

有哪些競爭對手？（公司名稱、公家機關或私人企業、規模、優勢、弱點）

思考重點：這家公司在產業中佔什麼地位？扮演什麼角色？是不是龍頭？

成長的潛力

一、今年預估營業額和每股盈餘？目前的營收成長率？組織架構？併購的可能？

二、如果必要的話，依照部門和產品分別預估？

三、市場佔有率多少？主要競爭對手的市佔率？

四、海外業務佔多少比例？潛力如何？

五、新產品開發？預期佔營業額的比例？

會計與財務

一、循環營收的比例？盈餘的可見程度？

二、資產負債表中有無蹊蹺？

三、股東權益報酬率（ROE）如何？（列出細目）

一般事務

一、股權的分配狀況？前五大股東是哪幾位？

二、哪些媒體報導這支股票？

三、哪些投資銀行參與？

四、《投資人商務日報》給該公司的優勢和盈餘能力評比？排名第幾位？

對外關係

一、前幾大客戶是哪些？

二、競爭同業的業務團隊？

三、獨立產業分析家（兩個以上）評估意見？

四、曾失去哪個客戶？

成長股評分表（根據 Jim Broadfoot 的《成長股投資策略》與各項目占比）

可見的循環營收（所佔百分比？五成算相當不錯）	15
成熟度（起步階段或是成熟期？）	12
競爭態勢（獨占或是激烈？）	12
經銷方式（最好是有直接通路）	10
發展狀況（成長加速或持平）	10
股東權益報酬率（ROE）（兩成算不錯）	7
資產負債表評比（債資比低於二十五%）	7
現金流量（營運狀況？）	7
成長率（兩成算是不錯）	10
會計水準（內部和外界的風評）	10
	100

四P評分表（與各項目占比）

人才	50
產品	15
潛力	20
可預測性	15
	100

針對經營階層提出的問題

一、未來六個月內，公司的三大目標為何？未來三年呢？

二、不做任何的預期或預測，以最樂觀的角度，你認為公司五年後會是什麼狀況？

三、會不會出什麼岔錯？

四、你最喜歡哪些生意？

五、我們有哪些欠缺的地方？哪些方面需要改進？

趨勢評分表（有的話打勾）

- 知識經濟 ❑
- 全球化 ❑
- 網際網路 ❑
- 人口結構 ❑
- 加乘效應 ❑
- 企業合併 ❑
- 品牌效應 ❑
- 委外代工 ❑

現金流量折現分析

顧名思義，做現金流量折現分析的時候，我注重公司實際賺取現金的能力，以便計算這些現金的目前的價值。

按照下面的圖表，老張打算出讓果汁攤位的一半股權讓人投資。當然，投資者得從銀行提出入股款項交給老張，也有權分到這個攤位賺得的半數利潤。站在投資人的角度，自然會關心：若這些錢仍存在銀行，過幾年會賺多少利息？

有一點必須先弄明白，淨利並不等於一家公司實際賺取的現金。原因在於：

- 依損益表計算淨利的方式，折舊和攤銷（D&A）算是費用，即使實務上並沒有任何的現金支付。
- 資本支出是拿出現金來投資，以維持或增加公司的固定資產，但從損益表上看不出來。
- 隨著業務量擴增，需要投入更多的資金調度（彌補生產存貨與實際從客戶端收款之間的空檔）。

展望這個果汁攤今後的財務狀況，可以這麼估算：

假設老張每年增設十個攤位，每個攤位營業額兩百萬，年總營收就增加兩千萬。我們知道，每一塊錢營收可賺取一毛錢的淨利，於是，頭一年的淨利兩百萬，第五年將增長到一千萬。

把未來的盈餘折現，我們要判斷之前提到的幾個重點。每年增設十個攤位，當然需要花錢。一個攤位一萬，都是現金。但損益表上沒有列出，所以老張必須拿出部分的盈餘來投資。於是，我們要把每年賺取的淨利減去投資，才是實際產生、可存入銀行的現金。

為便於說明起見，在這個例子中，我們暫且把折舊和營運資金的差額忽略不計。（如果閣下想知道：D&A加上淨利，以抵銷損益表中非屬現金的費用支出，再減掉明年和今年的營運資金的差額。）

這樣算出的淨利，即所謂的淨現金流（Free Cash Flow），亦即這家公司產生的現金。

接下來，我們要把年淨現金流予以折現，估算其現值——今天值多少錢？套用第七章的公式。折算現金的時候，關鍵因素在於選擇哪個折現率（discount rate）或某個區間範圍。以美國公營事業來說，平均折現率是十二%。也牽涉到這筆投資的風險，私人企業很難估算。所以多半選一個區間。

除此之外，我們只預測這家公司今後五年內的財務狀況，當然我們希望能永續經營。要估算五年以後產生現金流的能力，我們假設五年後的成長率固定維持在二%，這叫做終值（Terminal Value），假設成長將會永遠持續。這樣的話，從五年後直到永遠，老張的公司過了五年的價值將是七千七百六十七萬美元。把這個數字折算成今天的現金三千八百六十二萬美元，再加上根據前五年營運算出來的可用流動現金現值。

把這些現值相加，就算出老張這個攤位現在值多少：五千六百五十五萬美元。

果汁攤的折現現金流量分析（千美元）					
	第一年	第二年	第三年	第四年	第五年
攤位總數	10	20	30	40	50
每個攤位的營業額	2,000	2,000	2,000	2,000	2,000
營業額	20,000	40,000	60,000	80,000	100,000
淨利	2,000	4,000	6,000	8,000	10,000
獲利率	10.0%	10.0%	10.0%	10.0%	10.0%
新增攤位數	9	10	10	10	10
資本支出（10 美元／攤位）	90	100	100	100	100
折舊和攤銷（D&A）忽略不計：營運資本增減也不予考慮。					
可用的流動現金（FCF） ＝淨利－資本支出	1,910	3,900	5,900	7,900	9,900
可用的流動現金的現值 ＝可用的流動現金／（1+r）^t	1,661	2,949	3,879	4,517	4,922
終值 假設能永續成長的終值 ＝五年的可用流動現金（1＋上次成長率）／（資金加權平均成本－上次成長率）					77,677
終值的現值 ＝終值／（1+ r）^{n}					38,619
可用的流動現金加上終值的現值					56,547
資金加權平均成本（WACC）					15.0%
長期成長率					2.0%

現值敏感度分析						
		永續成長率				
		1.0%	1.5%	2.0%	2.5%	3.0%
	11.0%	$79,618	$83,051	$86,864	$91,127	$95,922
	13.0%	$64,278	$66,477	$68,877	$71,506	$74,397
折現率	15.0%	$53,437	$54,935	$56,547	$58,289	$60,176
	17.0%	$45,401	$46,466	$47,602	$48,817	$50,118
	19.0%	$39,227	$40,010	$40,840	$41,720	$42,655

附錄二

延伸閱讀

作為精明的投資人，你必須博覽群書，以培養敏銳的嗅覺。投資乃結合藝術和科學的一門學問，你看過的書籍，會左右你的投資心態。藉此一角，我把自己認為有價值的書單和大家分享。（編註：為方便起見，依作者姓氏的英文字母順序排列，另未附中文書名者，為尚未有中文譯本）。

James W. Broadfoot III

Investing in Emerging Growth Stocks.

部分內容略顯陳舊，對於投資成長型公司仍不乏精闢解析。

Po Bronson（布朗生）

***The Nudist on the Late Shift*，《晚班裸男》**（大塊）

見解精闢，趣味盎然。

Warren Buffett（巴菲特）

Annual Reports

巴菲特主持的波克夏公司年報，投資美國股市的必讀經典。

Clayton Christensen（克里斯汀生）

***The Innovator's Dilemma*，《創新的兩難》**（商周出版）

何以大公司很難搞出什麼偉大的創意？

Clayton Christensen, Erik Roth & Scott Anthony（克里斯汀生等）

***Seeing What's Next*，《創新者的修練》**（天下雜誌）

如何運用策略性的思考方式。

James Citrin & Richard Smith（西特林、史密斯）

The 5 Patterns of Extraordinary Careers

《一生能有幾次工作？》（天下雜誌）

由獵人頭高手講述職業生涯規劃。

Tim Clissold（克里索）

Mr. China: A Memoir

《華爾街銀行家跌倒在中國地圖上》（天下文化）

投資中國之前，你得先多了解中國。

Jim Collins（柯林斯）

***Good to Great*，《從 *A* 到 *A+*》**（遠流）

以條理分明的思維解析經營之道，作者的功力無人能及。

Jim Collins & Jerry Porras（柯林斯、薄樂斯）

***Build to Last*，《基業長青》**（遠流）

企業成長必備的守則。

Peter Drucker（彼得・杜拉克）

***Innovation and Entrepreneurship*，《創新與創業精神》**（臉譜）

凡是杜拉克的作品都值得一讀。

Charles Ellis & Vertin James

Classics: An Investor's Anthology

匯集許多關於投資理論和實務的精采文章。作者都是產業界的領袖人物。

The Investor's Anthology

匯集了幾位投資界大師的文章。

Kenneth Fisher（費雪）

***Super Stocks*，《超級強勢股》**（寰宇出版）

作者是股市老手，對基本觀念有深入的詮釋。

Philip Fisher（菲利普・費雪）

Common Stocks & Uncommon Profits

《非常潛力股》（寰宇出版）

作者是成長型股票的先驅之一。

Thomas Friedman（佛里曼）

***From Beirut to Jerusalem*，《從貝魯特到耶路撒冷》**（時報文化）

佛里曼的著作都很精采。本書以冷靜的觀點分析中東的混亂局勢。

***The Lexus and Olive Tree*，《了解全球化》**（聯經出版）

佛里曼不愧是詮釋全球化的大師。

Longitudes and Attitudes

一個紐約時報專欄作家關於九一一的評論

佛里曼以全球化的視野，陳述這個驚天動地的事件。

***The World is Flat*，《世界是平的》**（雅言文化）

作者目前為止最佳的代表作。藉此了解全球化對世界的衝擊。

George Gilder（吉爾德）

Microcosm

作者是傑出的思想家，儘管立論有待商榷。

***Telecosm*，《電訊狂潮》**（先覺出版）

雖然看得一頭霧水，但我還是欣賞他的著作。

Malcolm Gladwell（葛拉威爾）

***Blink*，《決斷兩秒間》**（時報文化）

關鍵往往取決於第一印象。

***The Tipping Point*，《引爆趨勢》**（時報文化）

讓我們了解突變時機的重要著作。

Seth Godin（高汀）

***Purple Cow*，《紫牛》**（商智文化）

簡潔、有趣、實用的小品。

Bennett Goodspeed（古德斯比德）

The Tao Jones Averages

內容簡潔，字字珠璣。剖析產業界浪漫的一面。

Benjamin Graham（葛藍姆）

***The Intelligent Investor*，《智慧型股票投資人》**（寰宇出版）

投資必讀寶典。

Benjamin Graham & David Dodd（葛藍姆、陶德）

***Security Analysis*，《證券分析》**（寰宇出版）

歷久彌堅，證券分析的聖經。

Andrew Grove（葛洛夫）

***Only the Paranoid Survive*，《十倍速時代》**（大塊）

見識矽谷傳奇人物的心路歷程。

Guy Kawasaki（蓋・川崎）

***The Art of the Start*，《創業的藝術》**（商周出版）

給有志創業者的手冊。

Kevin Kelly（凱利，《連線雜誌》前主編）

New Rules for the New Economy,

作者高瞻遠矚，匠心獨具。

Andy Kessler（克斯勒）

How We Got Here

趣味恆生的小品。

Randy Komisar（高米沙）

***The Monk & the Riddle*，《僧侶與謎語》**（先覺）

機鋒處處，剖析企業的靈魂。

Edwin Lefèvre（李佛）

Reminiscences of a Stock Operators

《股票作手回憶錄》（寰宇出版）

李佛摩（Jesse Livermore）傳奇性的發跡史，內容發人深省。

Michael Lewis（路易士）

***Liar's Poker*，《老千騙局》**（先覺）

解開華爾街之謎的經典作之一。

***Moneyball*，《魔球》**（早安財經出版）

教你如何出奇制勝。

***The New New Thing*，《以新致富的矽谷文化》**（先覺）

矽谷創業大師克拉克（Jim Clark）的人生。

Martin Lindstrom（林斯壯）

***Brand Sense*，《收買感官，信仰品牌》**（商智文化）

全方位打造成功品牌的途徑。

Peter Lynch & John Rothchild（林區、羅斯查得）

***Beating the Street*，《彼得林區征服股海》**（財訊出版）

林區三部曲的第二部作品。

***Learn to Earn*，《爲下一波股市反彈做準備》**（雅書堂）

一如巴菲特和杜拉克，林區的作品都不容錯過。

***One Up on Wall Street*，《彼得林區選股戰略》**（財訊出版）

針對一般讀者最佳的投資入門。

Charles Mackay（麥凱）

Extraordinary Popular Delusions & Madness of Crowds

《異常流行幻象與群衆瘋狂／困惑之惑》（財訊出版）

透過投資泡沫，解析群衆的非理性行為。可見人性的弱點根深蒂固。

Burton Malkiel（墨基爾）

***A Random Walk down Wall Street*，《漫步華爾街》**（天下文化）

投資大師的經典著作。

Carolyn Marvin（馬芬）

When Old Technologies Were New

以不變應萬變。

Geoffrey Moore（墨爾）

***The Gorilla Game*，《大金剛法則》**（臉譜）

創新者的必讀經典。

***Inside the Tornado*，《龍捲風暴》**（臉譜）

講述創新的必勝策略。

John Nasbitt（奈思比）

***Megatrends*，《大趨勢》**（天下文化）

John Nasbitt & Patricia Aburden（奧泊汀）

***Megatrends 2000*，《2000 年大趨勢》**（天下文化）

了解大趨勢，是投資成長型股票的基本功課。

Thomas Neff & James Citrin（聶夫、辛勤）

Lessons from the Top

《50 位頂尖 *CEO* 的領袖特質》（聯經出版）

分析成功 CEO 共有的特質——熱情。

Nicholas Negroponte（尼葛洛龐第）

***Being Digital*，《數位革命》**（天下文化）

了解數位時代的經典作品。

Donald Norman（諾曼）

The Invisible Computer

鋪陳科技與未來的關係。

William O'Neil（歐尼爾）

How to Make Money in Stocks

以步步為營的做法投資成長型股票。

David Packard（普卡德）

***The HP Way*，《惠普風範》**（智庫文化）

一切都從那間車庫開始。精采萬分的故事。

Anthony Perkins & Michael Perkins（柏金斯等）

The Internet Bubble

完全一針見血。

Thomas Peters & Robert Waterman（畢德士等）

***In Search of Excellence*，《追求卓越》**（天下文化）

分析成功企業的特質。

Daniel Pink（平克）

Free Agent Nation

描繪知識工作者的未來。

Faith Popcorn（波普康）

***The Popcorn Report*，《爆米花報告》**（時報文化）

洞悉消費者趨勢的好書。

Claude Rosenberg（盧森伯格）

Stock Market Primer

投資理論的經典之一。

Jack Schwager（史華格）

***The New Market Wizards*，《新金融怪傑》**（寰宇出版）

匯集一些投資高手的專訪。

Peter Schwartz（舒瓦茲）

***The Art of Long View*，《遠見的藝術》**（商周出版）

文筆稍嫌枯燥，仍不失為「引領風潮」的最佳指南。

***Inevitable Surprises*，《未來在發酵》**（時報文化）

另一本講述未來的好書。

Peter Schwartz, Peter Leyden & Joel Hyatt（舒瓦茲等）

The Long Boom

描繪未來世界的風貌。

Peter Schwartz & James Ogilvy（舒瓦茲等）

Next Leap

作者舒瓦茲是情境分析大師。

Jeremy Siegel（席格爾）

***Stocks for the Long Run*，《散戶投資正典》**（麥格羅・希爾）

席格爾是華頓商學院教授，對投資的科學理論見解精闢。

Michael Silverstein、Neil Fiske & John Butman（席維斯坦等）

***Trading Up*，《奢華，正在流行》**（商智文化）

強調品牌的形象重於一切。

John Sperling（施佩林）

Rebel with a Cause

阿波羅集團的股價績效足以證明一切。

Kathryn Staley（斯坦利）

The Art of Short Selling

研究賣空技巧的書籍屈指可數，本書值得一讀。

James Surowiecki（索羅維基）

***Wisdom of Crowds*，《群衆的智慧》**（遠流）

欲了解網路的威力，本書不可不讀。

Kara Swisher & Lisa Dickey（狄琪等）

There Must Be a Pony In Here Somewhere

切記！聰明人照樣會幹傻事。

Alvin Toffler（托佛勒）

***Future Shocks*，《未來的衝擊》**（時報文化）

高瞻遠矚的經典作。

John Train（特雷恩）

The Midas Touch

我個人認為，這是講述巴菲特傳奇史的最佳著作。

***The New Money Masters*，《新股市大亨》**（寰宇出版）

研究投資大師的歷程，總是獲益良多。

Ralph Wanger（華格）

***A Zebra in Lion Country*，《獅子王國的斑馬》**

若你打算買一本個人理財手冊，選這本準沒錯。

附錄三

名詞解釋

accounts receivable（應收帳款）：因出售對方貨物或服務所產生的應收款項。收款期限在一年以內。在公司的資產負債表上，這筆錢列為流動資產。

accounts receivable turnover（應收帳款週轉率）：銷售金額和應收帳款的比率。若資金週轉困難或客戶拖欠帳款，會透過這個數字顯示。有些時候以天數表示。

alternative energy（替代能源）：除傳統的燃油、天然氣、煤炭等之外的新能源。

Alternative Investment Market（AIM，另類投資市場）：創立於一九九五年，倫敦證交所的次級市場，供中小企業上市交易。

amortization（攤銷）：本利逐漸分次攤還債務，而非一次還清。

anticipation approach：一種股票的估價方式。注重在市場預期的表現，假設目前的行情已適當反應股票的實際價值，包括對未來一般的看法。

arbitrage（套利）：利用一檔股票（或債券）在不同交易地點的價差，在一處買進又在別處賣出，以賺取利潤。

asset（資產）：個人或公司擁有的有價物品。若能快速轉換成現金就稱為流動資產，如銀行存款、股票、公債、共同基金。而房地產、私人物業或他人積欠的債務則屬流動性較差的資產。

balance sheet（資產負債表）：顯示公司在某特定日的資產、負債和淨值的財務報表。

bear（空頭）：認為股價會下跌的一方。其對手就是多頭（bull）。

bid（買進報價）：在某個時間點，買方願買入某一檔股票報出的最高價格。

biopharmaceutical（生技醫療）：運用生物科技研發醫療產品，增進人類和動物的健康和農業。

biotechnology（生物技術）：利用活體細胞和生化科技進行基礎研發的產業。產品包括醫藥和研究用材料。

blog（weblog，部落格）：一種按照日期反序編排、在網站上發表個人感想的空間。根據寫作宗旨、才華能力和作者本人的意念，內容和品質參差不齊。很多作者純粹當成個人的流水帳，只給自己欣賞。靠著免費的網頁出版工具興起，源於九〇年代中期。

blogosphere（部落格圈）：泛指網上的部落格群體。

blue chip（藍籌股）：交易熱絡、具指標地位、紀錄良好、知名度高的普通股。通常上市很久，歷經多空市場洗禮，具有一定的投資價值。

book value（帳面值）：一種會計作帳方式，根據公司的資產負債表來估算其普通股的淨值。

branding（品牌經營）：以信譽、形象與品質，打造一家公司或某項產品的知名度。

bull（多頭）：看好股市大盤或某檔股票走勢而買進的一方。跟空頭（bear）對立。

capital market（資本市場）：證券交易一年以上、運作成熟達一定程度的金融市場。

capital turnover（資本週轉率）：一項衡量公司狀況的指標，可以及早發現情況不妙。

資本週轉率 ＝ 銷售額／（有形資產 － 短期應付帳款）

cash flow（現金流量）：一家公司在某段期間創造和可運用的現金，把非現金的費用（如折舊）加上稅後淨收入。可以顯示公司目前的財務狀況。

cash flow per share（每股現金流量）：一種估算公司財務狀況的方式。將營運的現金流量減去優先股股息，再除以流通的普通股數。

collective intelligence（集思廣益／集體智慧）：透過網際網路的平台，整合眾人的力量和智慧。

common shares outstanding（流通的普通股）：目前投資人持有的股票，包括員工股（設限股）和投資大眾的股票。公司購回的股票不算在內。

common stock（普通股）：上市公司發行的股權証券。可按照持股比例，其股東有投票權，並均分股利。

CAGR (Compound Annual Growth Rate，年平均複合成長率)：一筆投資平均每年成長的比率，其股票或利息所得不斷滾入本金。

CAGR＝（現值／原本價值）^（1／經過幾年）－1

consolidation（合併）：產業從許多小公司合併為少數大公司的過程。

CCI（**Consumer Confidence Index，消費信心指數**）：一項由民間機構工商協進會（Conference Board）所做的調查，估算消費者對短期經濟景氣所抱持的態度。數值越高，顯示消費強勁，有助於振興經濟。

consumer confidence trend（**消費信心**）：廣為財經界用來評估消費者人氣以及對經濟可能引發的效應的許多方式。密西根大學每月公佈的調查報告，在業界最具權威性。

CPI（**consumer price index，消費物價指數**）：一般美國百姓購買日常消費用品付出的平均價格，與前一年同期價格的比值。

consumer saving（**消費存款**）：隨著利率和消費者信心變動的另一種處理錢財的方式。

convergence（**合流／加乘效應**）：產業或趨勢的合流，創造新的產品和平台。

current ratio（**流動比率**）：包括現金、應收帳款、與存貨在內的流動資產，除以流動負債（所有的短期債務）。若比率等於或大於一，表示週轉正常。

current yield（**當期報酬率**）：一筆投資的年收入，以收入金額除以目前投資的成本。

deflation（**通貨緊縮**）：和通貨膨脹相反。表示貨物和服務的成本下跌，通常是貨品供應過剩和現金短缺所導致。儘管在初期，價格下降有助於提升購買意願，也會引發一些副作用如失業率上升、生產量下降、投資意願低落等等，可見不是好事。

demographics（**人口結構／人口組成**）：如年齡、種族、教育程度、就業狀況、生活水平等反應人口狀況的因素。

depreciation（**折舊**）：因損耗和過時導致資產價值減少。企業生財設備的折舊通常可用來抵稅。

D&A（**depreciation and amortization，折舊和攤提**）：因損耗、年限、報廢等因素使固定資產的價值減少，所導致非現金的支出。也包含租賃資產、無形資產、福利、損耗的攤提。在計算現金流量時要加回去。

derivative market（**衍生交易市場**）：從傳統交易市場衍生，如期貨和選擇權這類因應特殊需求的市場。提供基本的期貨市場功能，但多半用制式的買賣合約。

dividend yield（持股報酬率）：投資人因持股收到的回報，除以當初買進的成本。

dividend（股利）：公司分給股東的股票或現金。每股得到的報酬一樣。

double play（加乘效果）：盈餘高成長加上P／E倍數不斷向上調整，是投資人夢寐以求的狀況。

due diligence（正當調查程序）：在一家公司股票上市前展開完整的調查程序。由投資方指定的承銷商與會計師事務所負責執行。

earning（盈餘）：公司在某段期間內的淨利。多半指扣稅之後的利潤。

earning yield（盈餘收益率）：最近十二個月內每股盈餘，除以每股市價。

EBIT（earning before interest & tax，稅前息前獲利）：營業額減去賣出貨物的成本、一般支出、和管理支出。換句話說，就是未扣除所得稅和利息支出前的利潤。

EBITDA（earning before interest, tax, depreciation, & amortization，未計利息、稅項、折舊及攤銷前的利潤）：不考慮利息、稅項、折舊和攤銷，衡量獲利的方式。便於把有負債和無負債的公司之間來比較，或是不同稅率的公司。此外，也可暫且忽略利息和稅賦，只考慮盈利能力。

economic moat（經濟護城河）：巴菲特自創的說法，形容某些公司具有特殊的競爭優勢。

EPS（earning per share，每股盈餘）：一家公司每股賺到的盈餘。

EPS＝（淨利－股利）／流通股數

equity（股份）：股東持有普通股或優先股，在公司握有的股權比例。

FIFO（first in, first out，先進先出）：一種會計作帳方式，假設會優先處理舊的存貨，相反就是LIFO。

follow-on offering（後續發行）：在初次公開發行之後，後續再發行普通股。

GDP（Gross Domestic Product，國內生產毛額）：一個國家一年產出的貨品和服務總值。

gross margin（毛利率）：未扣除營運費用之前的利潤。

毛利率＝毛利／營業額

GNP（**Gross National Product，國民生產毛額**）：一個國家一年生產的最終產品（包括勞務）的市場價值的總和。可以把這個國家用來生產所花的費用加起來，或計算其國民所得總額，包括海外生產所得。

growth company（**成長型公司**）：盈餘和營收成長率亮麗，值得投資的公司。

hedge fund（**對沖基金**）：一種私有、缺乏規範、鎖定有錢人（最低門檻從一百萬美元起跳）的投資管道。投資標的包括股票、債券、外匯、選擇權、及衍生產品，投機性強，注重短期效益。

homesourcing（**家庭接案**）：雇用在家工作的人。

human capital（**人力資本**）：一家公司或機構以人員當作資本，只要人才對公司作出貢獻，就如其他形式的資本。

hurdle rate（**報酬率門檻**）：足以吸引投資人花錢投資的「起碼」報酬率。

in the money（**有利可圖**）：處份之後能獲利的選擇權。反之，「Out of the money」表示處份之後無利可圖。

inflation（**通貨膨脹**）：貨品和服務的成本上漲，通常可由消費者物價指數加以衡量。當流通的錢過剩，要買的貨品太少，就導致通貨膨脹。經濟成長會導致通貨溫和逐步的膨脹，因為消費支出的速度比生產稍快。

IPO（**initial public offering，股票首次公開發行**）：公司把股票公開發行，以達到籌資目的。

intrinsic value（**內含價值，指公司**）：考慮資產、盈餘、股份、營運前景等因素所判定的價值。

intrinsic value（**內含價值 ，指選擇權**）：股票市價減去實際處份的價格。或股票選擇權處份之後獲得的利潤。

intrinsic value approach（**內含價值算法**）：不考慮當前市價來估算股票價值的方法。這種算法排除了市場因素，純粹估算這支股票本身應有的價值。

inventory turnover（**存貨週轉率**）：一年存貨和銷貨的比例，表示這段會計期間存貨可週轉幾次。

存貨週轉率＝年營業額／年終時庫存

large cap（**大型股**）：市值在五十億美金以上、股票公開上市的企業。

LBO（**leveraged buyout，融資收購，槓桿收購**）：拿自家公司的資產抵押給銀行或保險公司進而獲得融資，用來收購其他公司的股份。

LIBRO（**London interbank offered rate，倫敦銀行同業拆息利率**）：倫敦國際銀行同業間從事歐洲美元資金拆放利率，被國際市場作為美元貸款的計息基礎。

LIFO（**last in, first out，後進先出**）：最近收到的存貨，優先出貨。由於銷貨成本較高，利潤減少，比起先進先出，這種算法相對比較保守。

liquidity ratio（**流動比率**）：一檔股票的交易量相對於交易價格。交易量愈大，流動比率愈高。

long position（**長倉**）：買進一檔股票，傾向持有。

margin of safety（**安全利潤**）：由葛藍姆自創的字眼。亦即一檔股票內涵價值與交易價格的差異。當股價明顯低於其內涵價值，安全利潤獲得一定的保障，投資人才願意購買。

market cap（**市值**）：依照公司發行的普通股目前的交易價格，來估算這家公司的價值。

市值＝股價×普通股數量

market maker（**造市商，莊家**）：針對某一檔股票，由幾家指定公司報出買進和賣出的價格，且在某些特定狀況下必須履行買賣。

market share（**市場佔有率**）：一家公司的商品在市場上所佔的比例。

市場佔有率＝市值／市場規模

Metcalf's Law（**梅特卡夫定律**）：網路的威力和用戶與供應商數目的平方成正比。

microcap（**微型股**）：股票公開買賣、市值五千萬美元到兩億五千萬之間的企業。

midcap（**中型股**）：股票公開買賣、市值十億美元到五十億之間的企業。

Moore's Law（**摩爾定律**）：晶片運算能力每十八個月會增加一倍，成本會降低一半。

mutual fund（**共同基金**）：基金公司向股東募集資金，用來操作股票、債券、選擇權、期貨、或其他金融工具。對投資人來說，這樣可分散投資，並委由專業人士操盤。

nanocap（**迷你股**）：股票公開買賣、市值小於五千萬美元的企業。

nanotechnology（**奈米科技**）：以一到一百奈米為單位，操作物質原子或分子的尖端技術。

NASDAQ Exchange（**那斯達克交易所**）：美國證券交易商協會（National Association of Securities Dealer, NASD）

開發的電腦交易系統，提供買進和賣出的報價給各交易商，讓店頭市場和掛牌的股票進行交易。不同於美國證交所（AMEX）和紐約證交所，那斯達克並沒有讓買賣雙方喊價的交易廳，所有交易都是透過電腦和電話完成。此外，它也沒有像紐約證交所一樣，僱用專家購買違約的單子。

negatrend（**逆勢**）：不利於市場商機的趨勢或潮流。

nominal GDP（**名目 GDP**）：在一段期間內，產出的貨品和服務的市場價值，包括境內外商和外僑的收入，但不包括境外僑民和境外公司的收入。不考慮通貨膨脹的因素。

NTM EPS：預計未來十二月的每股盈餘。

NYSE（**New York Stock Exchange，紐約證券交易所**）：美國規模最大、成立最久的證券交易所。位於紐約市華爾街，主管職責包括規則制定、監管上市公司、上市掛牌作業、審理上市公司董監事更替、審核上市申請。不同於一些後來的交易所，NYSE還是在大廳進行交易，裡頭擠滿了代表買賣雙方的經紀人——所謂的經紀人，彼此高聲喊價以撮合交易。在各交易所當中，NYSE對企業掛牌資格的審查最為嚴格，即使資格樣樣符合，也不見得一定能順利掛牌。

open-source（**開放原始碼軟體**）：讓任何人都可看到或修改程式碼的軟體行銷理念。因為人人都能修改、除錯、改進，可大大提升軟體的效率。

operating margin（**營業獲利率**）：不考慮投資策略、資金運用、或稅務因素，純粹從營運績效來評估公司的獲利能力。

營業獲利率＝營業收入／營業額

P／E／G ratio（**P／E／G 比率**）：本益比（P／E）除以盈餘成長率。依照華爾街的通則，當P／E／G值等於一，表示這檔股票價格合理；小於一，表示低於行情；大於一，表示超出行情。

P／E／G＝本益比／三到五年的盈餘成長率

Philadelphia SOX Index（**費城半導體指數**）：由費城證交所編製的指數，共十八檔股票，其中十四檔是英特爾等晶片大廠。其他四檔則是應用材料等半導體設備廠。

phishing（網路釣魚）：利用網路通訊的途徑，以騙取用戶的私人秘密資料。

podcasting（播客）：透過網際網路主動下載或播放音訊檔。

PPI（**producer price index，生產者物價指數**）：所有在初級市場交易的貨品價格指數，按月公佈。PPI上升，意味著通貨膨脹蠢蠢欲動。

P／E（**price-to-earning ratio，本益比**）：一檔股票目前的市價，除以該公司的每股盈餘。

P／E＝股價／每股盈餘

private equity（**未上市股**）：一般來說，這類股票流動性差，很難轉手，所以多著眼於長期投資。投資這類股票，獲利途徑包括：等著股票上市、公司出售或併購、資本結構調整。

PPM（**private placement memorandum，私募備忘錄**）：說明一筆投資的內涵和風險的文件。

prospectus（**創投內容說明書**）：對外籌資的說明文件。闡述公司的背景、營運狀況、計劃籌資的財務細節等等。

pure play：一項投資計劃或公司營運的前途，幾乎完全繫於單一產品或特定因素。

quick asset（**速動資產**）：可輕易換成現金或已經是現金的資產。

速動資產＝流動資產－存貨

quick ratio（**速動比率**）：類似流動比率，但不包括存貨。

速動比率＝（現金＋應收帳款）／負債

random walk theory（**漫步理論**）：一種股價走勢理論，主張股價的走勢彷彿隨意漫步，毫無規律可循，從過去的走勢無法推算未來的價格。依照這一派人士的觀點，股票連續漲了幾週，並不表示後勢看好。

real GDP（**實質 GDP**）：在一段期間內，產出的貨品和服務的市場價值，包括境內外商和外僑的收入，但不包括境外僑民和境外公司的收入。會依據消費者物價指數CPI和通貨膨脹等因素而調整。

reality media（**真實媒體**）：由用戶自己透過公開論壇來製造內容的媒體平台。

relative value（**相對價值**）：考慮風險、流動性、報酬率等因素，來衡量某項投資相對於其他投資的價值。

relative value approach（**相對價值法**）：透過比較的方式，來估算股票的價值。

R&D（research & development，研究開發）：公司為了未來發展而投資，在財務報表上列為目前的花費。一般來說，成長型公司的研發費用佔營業額比例較高。

ROE（return on equity，淨值報酬率）：獲利除以股價。顯示該公司的獲利能力。

ROE＝淨利／股東權益

ROIC（return on invested capital，資本回收率）：衡量企業表現的方式之一。若這個數字高於資金成本（加權平均的資金成本），表示公司營運有方；若低於資金成本，表示營運差勁。

ROIC＝稅後純利／總投資額

risk aversion（風險趨避）：投資人不願承擔的投資風險。

RSS（really simple syndication or rich site summary，真正簡單聯合供稿系統）：一種以XML格式傳輸的內容。通常用來主動遞送新聞和部落格文章。包括標題、大綱和指向內容的連結。

Russell 2000 Index（羅素二〇〇〇指數）：一個包含兩千支小型股的指數。

S&P 400 Index（標準普爾四百指數）：一個包含四百支美國中型股的指數。

S&P 500 Index（標準普爾五百指數）：包含五百支美國大型股的指數，是美國股市的主要指標。

S&P 600 Index（標準普爾六百指數）：一個包含六百支美國小型股的指數。

same-store sale（也稱為 comparative-store sale，同店銷售成長率）：比較同一家店面開張一年以上的營業額。

secondary market（次級市場）：之前發行過的股票或票券的交易市場。

secondary offering（後續發行）：股票首次上市之後，後續再次發行股票。

SG&A（selling, general, & administrative expense，銷管費用）：不一定包括研發費用的費用總合，視該公司的性質而定，也考慮研發所佔的比例。

selling short（賣空）：看壞股票後市，先行賣出，並承諾之後買回。

sensitivity analysis（敏銳度分析）：衡量一家公司適應各種狀況的能力和程度。譬如，當營業額成長一成，或是毛利率增加一個百分點，會碰到什麼情況。

small cap（小型股）：市值在兩億五千萬到十億之間、股票公開上市的企業。

stagflation（停滯性通膨）：經濟增長遲緩、失業率居高不下、通貨膨脹嚴重。

stagnation（停滯）：證券市場的交易量在低檔盤旋。

total debt service（償債比率）：某段期間內，債務總額和收入總額的比例。最好低於四成。

償債比率 ＝ 債務總額／收入總額

trade deficit balance（貿易逆差）：一個國家的進口和出口的比率或差額。

貿易逆差 ＝ 進口總額－出口總額　或　進口／出口

turn（週轉率）：一家公司每年存貨出清的次數。

unemployment rate（失業率）：某段時間內，沒有就業的人數相對於總勞工人口的比例。

VC（**venture capitalist**，創投業者）：提供資金給未能上市籌資的創業公司或是小公司，以期日後獲利的業者。

visibility（盈餘或業績的可見度）：營運前景可預測的程度。

VoIP（**Voice over Internet Protocol**）：運用封包連結技術，透過網際網路進行電話語音傳輸。

Web 2.0：透過網際網路，整合通訊、商業、資訊、產品和服務為單一平台的技術。將全球經濟結合為一體。

wiki（維基）：夏威夷土語的「快速」（quick）。Wiki的網站標榜讓用戶自由溝通，自行編撰內容。

Wikipedia（維基百科）：讓全球用戶自行編撰內容的線上百科全書。共五十多種語言，光是英文的內容就有一百多萬條。

國家圖書館出版品預行編目資料

尋找下一支飆股 / 麥克・莫伊（Michael Moe）著；
韓文正譯. -- 初版. -- 臺北市：遠流,
2008.01
面； 公分. --（實戰智慧館；341）
譯自：Finding the next Starbucks : how to identify and invest in the hot stocks of tomorrow
ISBN 978-957-32-6232-9（平裝）

1. 證券 2. 投資分析

563.53 96024590